Emmanuel Roblès
DE L'ACADÉMIE GONCOURT

Un printemps d'Italie

roman

Éditions du Seuil

TEXTE INTÉGRAL

EN COUVERTURE :
Georges Rohner, *La Place de Trevi à Rome*
1966 (détail). Collection Subes
© ADAGP

ISBN 2-02-012191-3
(ISBN 2-02-001142-5, 1re publication)

Un printemps d'Italie

Lorsqu'en février 1944 Jacques Sainte-Rose, second pilote d'un bombardier abattu sur la côte italienne, arrive à Rome occupée par les Allemands, une grande famille romaine le cache dans son « palazzo ». Il ne tarde pas à devenir l'amant de Sandra, femme belle et déconcertante. Or, il n'aspire qu'à rejoindre les Alliés qui tiennent l'Italie du Sud, et cette liaison n'est à ses yeux qu'une sorte de « repos du guerrier ». Mais est-ce tout à fait le sentiment de sa maîtresse? Quoi qu'il en soit et dans l'attente de l'évasion que lui préparent ses amis romains, Jacques Sainte-Rose s'éprend d'une jeune fille, Marie.

Crises et conflits individuels se déroulent sur un fond d'événements historiques, comme la tragédie des Grottes ardéatines, où les nazis assassinèrent plus de trois cents otages.

Dans *Un printemps d'Italie*, récit intensément dramatique, Jacques Sainte-Rose, par fidélité à lui-même et aux autres, s'efforce de vaincre ce terrible hiver qui s'est étendu sur notre civilisation et sur le monde.

Emmanuel Roblès est né en 1914, à Oran, d'une famille ouvrière. Il fait ses études à Alger où il rejoint, en 1937, un groupe de jeunes écrivains parmi lesquels Albert Camus, René-Jean Clôt, Max-Pol Fouchet. Mobilisé durant six années, il termine la guerre en mai 1945 dans le Wurtemberg. Mais l'Italie, qu'il a connue au cours de la campagne de 1944 et qui l'a passionné, lui inspirera des romans comme Cela s'appelle l'aurore, Un printemps d'Italie, Venise en hiver *et* Le Vésuve. *Le prix du Portique couronne sa première pièce,* Montserrat, *et le prix Femina, en 1948, son roman* Les Hauteurs de la ville.

En qualité de reporter ou de conférencier, il a parcouru de nombreux pays. Il a écrit également pour la télévision et le cinéma, et collaboré, en particulier, avec Luis Bũnel et Luchino Visconti. En 1973, il a été élu à l'académie Goncourt.

Au début de cet après-midi de juillet mil neuf cent quarante-quatre je me trouvais à Rome, *au bar de l'hôtel* Plaza, *et tout en savourant mon quatrième ou cinquième vermouth (je rentrais du front de* Toscane) *je surveillais chaque mouvement de la jolie barmaid, une* Milanaise *aux épaules nues, très agréables à regarder. Accoudé au comptoir je jetais de temps à autre un coup d'œil dans le hall où trois lieutenants du 1er régiment de chasseurs-parachutistes, rappelé de Sicile, courtisaient de fraîches jeunes filles romaines. Aidé par deux femmes élégantes, le compositeur Mascagni, l'auteur de* Cavalleria rusticana, *seul civil toléré dans ce palace réquisitionné pour nous, descendait très lentement le grand escalier, et les dames soutenaient le vieillard comme s'il pouvait se briser au moindre choc. Il avait une belle couronne de cheveux blancs au-dessus d'un visage creusé, tourmenté, couleur de glaise.*

Moi, je devais écrire un article pour l'agence dont j'étais le distingué « war correspondent » mais je retardais le moment de relater l'attaque des blindés américains que j'avais suivie la veille, tant j'avais encore l'esprit perturbé par la mort de mon ami le capitaine Peter H. Forbes, *un athlète de vingt-huit ans, tué près de moi d'une balle dans la gorge, alors que nous étions tous deux juchés sur l'arrière d'un char avec quelques fantassins, les cuisses brûlées par la chaleur du moteur. Non, je n'avais aucune envie de quitter le bar (malgré son air irrespirable et la triste odeur de son café* ersatz*) pour l'affreux désert de ma chambre. Je préférais, chaque fois qu'elle se présentait à ma hauteur, parler de mon cœur à la barmaid, ce qui ne pouvait l'émouvoir car elle ne savait pas un mot de français.*

— Mignonne ! disais-je en avançant la main.

Et je tentais de lui expliquer qu'elle me plaisait, que j'aimais ses épaules, ses lèvres, et jusqu'à la frange collée par la sueur sur son front étroit. Elle souriait, esquivait mon geste :

— Eh, proibito toccare!

— Tant pis, chérie !

Elle ne pouvait savoir combien il est difficile de guérir de certains souvenirs et comment le capitaine Forbes m'avait regardé avec une intensité bouleversante, s'efforçant en vain de me parler, tandis qu'à gros bouillons rutilants le sang s'échappait de sa blessure. Et que voulait-il me dire, puisque ses yeux s'ouvraient déjà sur un abîme dont moi-même à cette minute je ressentais l'horreur ?

Coincé entre les bouteilles, le petit poste de radio se mit à fredonner Illusione, dolce chimera sei tu, *et déclencha la sonnerie du téléphone. Le barman, un jeune homme très fin, en courte veste blanche à épaulettes torsadées, se tourna de mon côté :*

— C'est pour vous.

— Pour moi ?

— Oui monsieur.

Je pris l'écouteur qu'il me tendait. Dans le long miroir d'en face je voyais deux officiers du génie qui discutaient en riant. Il paraît qu'on me cherchait partout, qu'on me réclamait d'urgence au bureau de l'hôtel.

— Qui donc ?

Je me souviens que la réponse pénétra dans mon oreille comme un jet d'eau glacée et que je raccrochai vivement l'appareil. Sans se soucier de ma réaction les deux officiers continuaient à rire à l'autre bout du comptoir. Seul le barman m'examina avec une surprise amusée.

— Chut ! dis-je, l'index sur la bouche.

A quoi bon me déranger? Je savais que l'homme qui demandait à me rencontrer était mort, bien mort, et que cet appel téléphonique ne pouvait être qu'une hallucination auditive provoquée par l'alcool. J'ajoutai cependant pour le barman :

— Un fantôme ! Parlons net : dès que j'ai trop bu j'entre aussitôt en relation avec l'au-delà !

Il secoua la tête, incrédule.

— Au point, écoutez donc, qu'un soir d'orgie au gin fizz ma mère Jézabel devant moi s'est montrée! *Toute nue ! Avec des salières où l'on aurait pu loger des noix de coco !*

De nouveau le téléphone. Je refusai de répondre et me mis à chanter l'air d'Orphée aux enfers dans l'opéra de Glück : Spectres, Larves, Ombres terribles...

I

Au volant de la petite Fiat noire, sans cesser d'observer la route devant lui, le docteur Aldo Mantegna dit :

— Nous allons atteindre un contrôle.

Cette annonce tira Sainte-Rose de sa torpeur. Jusque-là il était resté engoncé dans son manteau (celui du propre fils du médecin) le col relevé, les mains frileusement enfouies dans les poches, à regarder les bornes kilométriques défiler en se disant que chacune d'elles le rapprochait peut-être d'un dénouement malheureux. Malheureux pour lui et pour son compagnon. Davantage, à coup sûr, pour celui-ci. Le recèlement d'un aviateur allié était puni de mort.

A droite et à gauche, la campagne romaine, dans la blême lumière de ce matin de février, ressemblait à un de ces paysages angoissants de Chirico, impression qu'accentuaient les portées fuyantes de lignes électriques, les verticales des poteaux de bois, les taches brunes des fermes noyées dans les vapeurs hivernales. Quelques oiseaux traversèrent l'espace d'un vol pesant au-dessus des terres gorgées d'eau. Le visage du docteur semblait à présent plus jeune, comme si l'approche du danger le dépouillait d'une accumulation de fatigues, de soucis, de chagrins, comme si l'énergie qui se durcissait en lui effaçait l'usure des années. Autour d'eux, pas une présence humaine. Un désert. Inutile de parler car le moindre mot pouvait faire surgir de partout des hordes armées, ivres de cruauté, de massacre.

Sainte-Rose sentait sa jambe blessée s'alourdir. Sous le pansement, des milliers de fines mâchoires mordaient dans la plaie. Il essuya sa vitre embuée du revers de la main et ce fut le seul geste qu'il osa. *Resistere per vincere !* disait sur un mur une inscription au coaltar. Plus au sud existaient des plaines, des vallées, des montagnes où des hommes cherchaient à se tuer, où les obus faisaient gicler des geysers de pierrailles. Tout cela si proche et si lointain! On lui avait assuré qu'à Rome on entendait la canonnade d'Anzio. *Vincerà chi vorrà vincere !* Le panneau défila à droite, disparut, remplacé par une interminable file de cyprès pointés vers le ciel en décomposition. Il regarda les mains du docteur crispées sur le volant, se rappela les paysans qui l'avaient secouru, recueilli, réconforté. Cette plongée dans les souvenirs allégeait un peu son inquiétude. Il revoyait la grande cuisine carrelée de rouge, les guirlandes d'oignons, les cuivres au-dessus de la cheminée, les bougies devant la niche d'une figure sainte, la table et le fromage de bergerie et la bouteille dans son paillon, et les visages amicaux des petits hommes, leurs yeux vifs d'écureuils. Il se souvenait des draps frais, des nuits interminables à cause des charpentes qui craquaient, de l'horloge qui battait fort, des veilleurs qui soupiraient près des fenêtres, s'agitaient parfois dans l'obscurité. Il se souvenait des premières heures dans cette ferme, de la vague de joie qui avait roulé en lui à l'idée qu'il était bien vivant, du plaisir violent que lui avait procuré le premier verre d'eau, le premier sourire de femme, les doux mots de compassion : *Poverino ! Che peccato ! Com'e triste la vita !*, le scintillement d'un cruchon de verre, le murmure du robinet dans l'évier. Peu après sa blessure s'était infectée. La fièvre avait usé ses forces en lui insufflant parfois des peurs bondissantes qui le surprenaient comme le saut d'un animal dans une forêt. Cette jambe malade lui interdisait toute possibilité de résistance, toute possibilité de fuite, imposait aussi la hantise de l'amputation. Mantegna l'avait rassuré mais après tout, s'il le conduisait à Rome, n'était-ce pas pour le confier à un chirurgien ? A s'imaginer infirme, un dégoût lui prenait le cœur. Serait-il un de ces hommes que les femmes ne désirent pas ? dont elles ont seulement pitié ? Il se souvint de cette belle paysanne qui le soulevait de son lit pour le soigner, se rappela son émoi à sentir contre lui cette gorge dure, son effort pour ne pas céder à la tentation de baiser cette joue fraîche, ou pétrir cette chair qui avait un parfum de prairie, de vie libre ! Dieu, qu'il avait chaque fois résisté à son désir, alors que ces épaules, cette voix, cette odeur, ce souffle si tiède et si proche aggravaient sa fièvre sans qu'apparemment elle se rendît compte de rien, tout à son travail, maniant avec dextérité les ciseaux et les bandes de pansement, nettoyant la plaie d'une main légère. Mais par respect pour l'hospitalité et le dévouement de ses bienfaiteurs il comprimait sauvagement cette tendresse, cette ardeur qui le faisaient trembler. En effet pour le soustraire aux recherches on montait la garde jour et nuit, on surveillait le chemin, on se tenait prêt en cas d'alerte à le transporter dans un lieu secret, un des silos de la ferme, et il avait honte de ses élans impurs alors qu'on dépensait tant de courage, qu'on assumait pour lui tant de vrais risques.

Et à présent, sur la route de Rome, à l'approche de ce contrôle dangereux, il ne pouvait se détourner de cette femme, se rappelait comment sa seule apparition lui faisait battre le cœur, allumait sa chair, lui donnait l'illusion qu'elle était l'unique refuge contre toute la laideur et l'absurdité du monde. Il avait aimé ses longs cils, sa peau très brune, son duvet noir sous l'aisselle, ses larges seins qui tendaient la blouse. Dès qu'elle repartait il sentait son esprit osciller, se reprochait ses scrupules. A cette heure de tels émois lui semblaient déjà très anciens, baignés d'innocence. Il devait se préparer pour cet obstacle qui surgirait au tournant. Bien qu'il parlât convenablement l'italien il redoutait le barrage de police à cause des pièces d'identité dont on l'avait pourvu et qui lui semblaient d'imitation trop visible.

A gauche dans les lointains brouillés par la pluie ou la brume, Rome surgit enfin. Comme à travers un aquarium, on distinguait les coupoles et les campaniles parmi les formes bleuâtres des édifices modernes et les taches plus sombres des collines. Prise dans ces vapeurs, une planète jaune et noire dérivait lentement et Sainte-Rose reconnut le dôme de la basilique Saint-Pierre. La grisaille ajoutait à la ville un aspect inaccessible et rendait plus lugubre la maigreur hivernale des campagnes qui s'étendaient en avant des premières lignes de maisons. On aurait dit une cité au bord d'une mer figée, une cité morte, dépeuplée à jamais avec de profondes ténèbres dans les rues et une sorte d'écume au ras des toits. Aucune fumée. Rien ne bougeait. Parfois une lueur perçait entre deux nuages, se posait sur quelques hautes façades, approfondissait davantage l'aspect de désolation, d'abandon définitif. Sainte-Rose contemplait ce spectacle à travers le pare-brise. A cause de la fièvre, il transpirait et tremblait de froid, mais par courts accès que précédait une contraction de toute la peau du visage. Sa jambe gauche pesait comme de la fonte. Il vit un oiseau s'envoler et tout son esprit le suivit au-dessus des arbres. Chargé de parachutistes allemands, un convoi s'annonça à longs et impérieux mugissements de trompe, précédé d'un véhicule où s'entassaient des officiers. La Fiat se rangea sur le côté. Ces troupes descendaient sans doute vers la ligne Gustav ou le front d'Anzio.

— D'ordinaire, dit Mantegna, ils circulent de nuit, à cause des incursions de chasseurs alliés.

Tous les hommes, en tenue de combat, des branchages fichés autour du casque, avaient des yeux clairs et froids comme des morceaux de glace pris entre les paupières. Ils étaient très jeunes, athlétiques, avec un air de fauves sûrs de leur force et il parut à Sainte-Rose que certains d'entre eux le regardaient de façon ironique comme s'ils devinaient en lui un ennemi vaincu. Seize camions. Les deux derniers portaient sur le toit de leur cabine des mitrailleuses pointées vers le ciel. Sous le vent de la vitesse les branchages ondulaient, donnaient à tout le convoi l'impression d'une étrange connivence avec la nature.

La pluie s'était mise à tomber. La Fiat repartit et après un bois de pins et un panneau qui indiquait « Roma 15 km » le barrage apparut. Au milieu de la chaussée un signal ordonnait de s'arrêter. On voyait l'extrémité d'un cheval-de-frise tiré sur le bas-côté et un gendarme allemand, fusil à la bretelle, sa plaque de cuivre en travers de la poitrine. Une file de véhicules attendait, progressait par à-coups dans la fumée des tuyaux d'échappement. Aussi massif que le premier, un autre gendarme se découpait sur le sombre désert de la lande. En cas de danger, aucun espoir. Et déjà une autre voiture arrivait derrière, bloquait la Fiat. Sainte-Rose ne sentait plus sa blessure. Il avait l'extrémité des doigts glacée, les ongles violets. Il eut conscience également que chaque détail, chaque geste prenait pour lui une importance dont son esprit, à toute allure, s'efforçait de démêler le sens. Par exemple, il suffisait pour le troubler qu'un des gendarmes regardât dans sa direction ou qu'un des conducteurs prît une mine contrariée ou se penchât vers son voisin comme pour lui souffler quelque avertissement sauveur.

— Parlez le moins possible, Jacques, et laissez-moi agir, dit rapidement le docteur.

Sainte-Rose approuva. Toute sa vie semblait tendue en lui, haletante, hérissée, avec l'agressivité et le désespoir d'un renard pris au piège. Rien d'autre à faire désormais que d'attendre. Il ne bougeait pas mais savait qu'il lui serait impossible de fermer les paupières. Il voyait les policiers italiens qui allaient d'un véhicule à l'autre, sans hâte, et toute cette scène paraissait se dérouler au fond d'une masse d'eau, avec les mouvements au ralenti de nageurs sous-marins.

A cause du pansement on avait roulé le bas du pantalon (fourni lui aussi par le docteur) et Sainte-Rose éprouva une haine subite pour sa blessure puis se dit que, blessure ou non, si cette équipée tournait mal toute tentative d'échappée serait vaine. Il s'essuya le front et les joues. Chez le docteur — celui-ci l'avait hébergé les derniers jours — il avait lu un ouvrage qui relatait la fameuse « Nuit des Longs Couteaux » à Munich et l'extermination des chefs de la S.A. Lorsqu'on pénétra dans la cellule de Roehm, à la prison de Stadelheim, il était torse nu à cause de la chaleur de juin.

Dès qu'il vit ses assassins, la sueur jaillit littéralement de toute la surface de sa peau. Un pareil détail et la certitude que ce reître était un homme courageux, avait marqué son esprit. La peur pouvait avoir l'autonomie de la fièvre ou de la douleur physique. A présent arrivaient les policiers italiens, leur haleine condensée par le froid. A celui qui s'arrêta à sa hauteur le docteur, sans mot dire, tendit tous les papiers, les siens et ceux de Sainte-Rose, qui apprécia son calme. Il lui sembla cependant que ce policier au profil de chat sauvage, l'œil jaune et le nez plat, avait le visage même de son destin et qu'il examinait avec trop de soin ses propres documents d'identité. Son cœur battait vite et il craignit qu'on pût lire cette émotion sur ses traits. Alors qu'il ne s'était guère attardé sur les pièces du docteur le policier réfléchissait maintenant, les yeux plissés, les lèvres durement serrées.

— Il vient d'avoir un accident, dit Mantegna. Pied gauche broyé. Je le conduis à la Polyclinique.

Le policier ne parut pas l'avoir entendu tant il était visiblement concentré sur quelque idée précise. « Fichu », pensa Sainte-Rose. Il imaginait déjà le coup de sifflet pour alerter le poste, la course des autres policiers, l'encerclement de la Fiat. Provoquée par ce que toute cette minute avait d'insupportable il eut une impulsion nerveuse, ouvrit rapidement sa vitre en manœuvrant la manivelle et reçut d'un coup la fraîcheur de la campagne avec l'odeur de la terre humide mêlée aux relents d'huile brûlée. Tout son corps s'était arc-bouté comme celui d'un boxeur prêt à recevoir des coups et à leur résister. De l'air d'un homme qui vient enfin d'atteindre le fin fond de sa méditation le policier se mordit la lèvre inférieure et regarda le pansement de Sainte-Rose. Le docteur dit, un peu confidentiel :

— Hé oui, il faut l'opérer.

— Coffre, grogna le policier.

On surveillait le trafic du marché noir. Docilement le docteur descendit pour ouvrir le coffre arrière. Cette vérification terminée, le policier, avec une lenteur redoutable, revint à hauteur de la portière, observa Sainte-Rose, sa jambe allongée, sans cesser de mordiller sa lèvre mais cette fois comme quelqu'un qui s'apprête à vous lancer un trait décisif, à démasquer, sans même hausser la voix, votre infamie, votre cynisme. Un instant Sainte-Rose vit tout près, ces yeux bordés de cils touffus dont le regard exprimait une méfiance instinctive, une méfiance de bête de chasse au flair infaillible. Sur ce visage craquelé, aux narines dilatées, l'étroite moustache accentuait l'expression de ruse méchante. Au-delà du pare-brise tous les autres personnages ressemblaient à des marionnettes de bois ou de cire dont lentement on aurait tiré les fils. Pas un d'entre eux n'était vivant. Il n'y avait de vivant, de réel, que cet individu lourdement armé qui paraissait comprimer un ricanement moqueur, et lui, Sainte-Rose, qui attendait, poitrine bloquée, la fin d'un jeu sans espoir. A côté de lui le docteur s'était transformé lui aussi en marionnette, mais cassée, le buste plié au-dessus du volant, la tête inclinée, les mains raides. Dans les champs, derrière le policier, des flaques d'eau luisaient, reflétaient le ciel d'hiver, semblaient marquer un territoire libre, étendu jusqu'à l'horizon, un territoire d'asile où il suffirait de pénétrer pour échapper à tout péril. Soudain une voix cria depuis le bouquet de pins, une voix qui traversa le ronflement sourd des moteurs tournant au ralenti :

— *Avanti !*

Un camion étroitement bâché aussitôt s'ébranla.

— Passez, dit le policier en rendant les papiers.

Il se redressa et des insignes brillèrent sur sa poitrine. Puis, d'un coup d'épaule il rajusta le bretelle de son mousqueton, agita le bras en direction de la voiture suivante. Sainte-Rose sentit qu'un poing de fer lâchait son cœur. Déjà le docteur lançait la Fiat, se faufilait entre les autres véhicules, dépassait l'un des gendarmes allemands.

— Pourquoi cette attitude? Que soupçonnait-il?

— Peut-être, dit plaisamment le docteur, peut-être a-t-il pensé que vous cachiez de précieuses victuailles dans votre pansement et que votre jambe blessée n'était que ce vieux truc connu de tous les douaniers du monde!

Par la vitre ouverte l'air vif chargé d'eau, piquetait les joues. Parce qu'il s'était trompé d'itinéraire le docteur aboutit non loin du Forum Mussolini dont Sainte-Rose eut à peine le temps d'apercevoir les bâtiments et les statues sous les arbres. Le docteur rebroussa chemin en direction du *ponte Milvio* car le Forum abritait des unités de la P. A. I, la police italienne d'Afrique récemment rapatriée, qui opérait des contrôles plus rigoureux que ceux de la police routière. Après le pont la voiture s'engagea dans la via Flaminia, se rabattit ensuite sur la rive gauche du Tibre. Sept ans plus tôt Sainte-Rose était venu à Rome pour quelques semaines et il avait passionnément aimé cette ville où il avait fait une découverte importante, celle de lui-même. Il y avait connu en effet d'ardents mouvements du cœur dont il n'était pas coutumier depuis les premiers émerveillements de l'enfance. Mais aujourd'hui les maisons, les places, les jardins, les arbres le long du fleuve paraissaient enveloppés d'une tristesse un peu hagarde comme si un grand malheur était aux aguets, errant à travers les rues avec un regard de fou. Des femmes se hâtaient sous leur parapluie. Une voiture allemande se dégagea du crachin qui effaçait le Palais de justice, le château Saint-Ange, révéla sa charge de soldats coiffés de casquettes à longue visière de toile qui leur faisaient des profils de vautour, s'enfonça dans une ruelle comme si elle plongeait à jamais dans un gouffre. Silencieux, deux gamins l'un derrière l'autre marchaient le long d'un mur, l'œil fixe, la peau blafarde.

Peu après la Fiat virait à main gauche pour s'arrêter sur une *piazzetta* cernée de maisons délabrées, devant un petit hôtel particulier dont l'antique façade s'écaillait sur toute sa surface.

Tandis que le docteur allait frapper au portail, Sainte-Rose recommença à frissonner de fièvre. Tout semblait désert. Entre les murs flottait une lumière maussade alliée à une odeur de cave. Peu après, sur les dalles luisantes d'humidité, un chat traversa prudemment cette solitude, un chat noir et blanc, la patte légère, l'œil étoilé. A ce signe, Sainte-Rose admit que tout sentiment de sécurité était trompeur, que rien n'était définitivement gagné et qu'il devait rester vigilant.

Dès que la Fiat eut pénétré dans la cour ce qui le surprit ce fut le silence, un silence de crypte, de galerie de mine, un silence immobile comme une lourde draperie. Il prit sa canne, sortit peineusement de la voiture, refusa l'aide du vieux portier et regarda les trois étages du *palazzo* aux fenêtres protégées de grilles à l'espagnole. Entre ces fenêtres des bas-reliefs dégradés représentaient des têtes de lion avec les yeux lisses et profondément cruels des statues.

2

A la suite de la domestique, une robuste femme d'une cinquantaine d'années, ils pénétrèrent dans un grand salon aux fenêtres voilées, orné de hauts miroirs et d'un lustre énorme, avec des chapelets de perles en cristal, des pendeloques, des bougeoirs en pâte de verre qui accrochaient la lumière et formaient un buisson hérissé d'éclats, évocateur de fêtes élégantes.

Visiblement, la Marchesa Vitti les attendait devant la cheminée où brûlait une grosse bûche. Elle était assise dans un fauteuil à oreillettes, les mains posées à plat sur une écritoire. Autour d'elle les meubles légers, les tableaux, les livres à dorures, les flambeaux d'argent, les tentures créaient une intimité moelleuse. Malgré ses soixante-douze ans, la Marchesa avait un aspect alerte qu'elle devait d'abord à ses yeux vifs, à cette expression supérieure de personne sans cesse en éveil, qui a déjà connu les plus surprenants détours de la vie sans jamais s'en lasser, prête encore à de nouvelles découvertes, le cœur ferme et toujours à l'affût. Vêtue d'une robe noire à boutons de jais, à col et manchettes de dentelle, le buste étroit, elle se tenait très raide et le lorgnon dont elle usait pour lire pendait sur sa poitrine au bout d'une chaîne d'argent. Coquetterie subtile, elle retenait sa coiffure par un ruban d'un gris à peine plus foncé que celui de ses cheveux. Pour son maquillage elle était restée fidèle à la mode de sa jeunesse, ce qui expliquait son visage plâtré, les cercles roses sur les joues, les paupières fardées de bleu et semées de paillettes. Sainte-Rose eut l'impression qu'elle avait dû être une jeune femme très romanesque, éprise d'intrigues galantes, de défis amoureux, une créature excessive peut-être, dure et brillante, lancée dans la vie comme une flèche de cristal. En fait, il savait d'elle bien peu de choses sinon qu'elle était ardemment francophile, qu'elle ne pardonnait pas à Mussolini sa déclaration de guerre à la France, et qu'autrefois elle avait correspondu avec Romain Rolland. Toujours par le docteur Mantegna, il savait également qu'elle avait refusé de suivre son fils aîné, Cosimo, dans sa propriété des environs de Viterbe et qu'elle vivait à Rome avec son autre fils, Luigi, et sa belle-fille, Sandra. Encore ceci : Cosimo et Luigi étaient nés d'un premier mariage avec un sieur Pavone, riche commerçant en grains, décédé quarante ans plus tôt.

En souriant — et quand elle souriait son visage se plissait comme du papier — la Marchesa dit que Sainte-Rose serait logé au dernier étage pour des raisons de sécurité. On avait en effet aménagé une cachette sous la toiture où déjà, durant quelques semaines, s'étaient réfugiés deux Israélites, rescapés des rafles d'octobre organisées par les nazis. Sainte-Rose remercia la Marchesa qui avait si spontanément accepté de l'héberger, à peine Mantegna l'eut-il informée par un messager de confiance. D'un geste elle fit entendre que ces remerciements étaient superflus et ajouta qu'elle avait convoqué pour la soirée un chirurgien de ses amis.

Une fois de plus Sainte-Rose dut faire le récit de son

aventure, évoquer l'envol des dix-huit bombardiers B26 depuis le terrain de Villacidro, en Sardaigne, l'attaque d'un important dépôt d'essence de la Wehrmacht au nord de Rome, non loin de la côte, le succès du raid malgré la vigoureuse opposition de la Flak, et, à l'emplacement de l'objectif, la colonne de fumée noire qui bouillonnait dans la douceur de la campagne ombrienne. Deux appareils touchés à mort dont celui de Sainte-Rose. L'explosion de l'obus, au-dessous de lui, l'avait cabré. Ensuite le feu s'était propagé si vite, qu'au laryngophone le chef de bord avait donné l'ordre d'évacuer l'avion. Débarrassé de son casque et de son gilet antiflak, Sainte-Rose avait sauté par la soute à bombes dont la trappe était restée ouverte. Il comprit qu'il était blessé à la jambe seulement lorsqu'il se trouva suspendu au bout de son parachute. Le sang s'égouttait le long du brodequin mais Sainte-Rose n'avait qu'une hantise, que le vent ne l'entraînât loin au-dessus de la mer. Il ne faisait confiance ni à son *mae-west* ni à ses qualités de nageur. D'autres parachutes glissaient dans l'espace avec leur aspect de méduses. Il ne put les compter, préoccupé par son propre atterrissage, et hurla lorsque sa jambe blessée toucha durement la lande couverte de broussailles, non loin de la plage. Et s'il ne voyait pas les vagues, effrondré qu'il était entre des touffes de genêts, il entendait néanmoins le grondement de leurs épais rouleaux. Depuis les champs environnants des paysans qui avaient assisté au drame s'étaient précipités, soucieux de gagner les Allemands de vitesse. Ils avaient chargé sur leur charrette les deux seuls rescapés — Sainte-Rose et Bourgoin, le navigateur — pour les conduire jusqu'à leur ferme et les cacher dans un pailler. A la nuit un sergent et un soldat de la Wehrmacht, montés sur un side-car, se présentèrent pour une enquête mais tout le monde prétendit que les deux parachutistes en question avaient dû s'engloutir au large comme tous les autres.

Puis les recherches cessèrent, cette agitation se calma et Bourgoin partit pour Rome à bord d'une camionnette des postes. A Rome il connaissait un vieux sculpteur en mesure de l'héberger et de l'aider éventuellement dans son projet de traverser les lignes. A toutes fins utiles Sainte-Rose avait appris par cœur l'adresse de ce refuge. Mais dans les jours suivants, l'état de sa blessure ayant empiré, il avait fallu le transporter jusqu'au village chez le docteur.

— Mon Dieu, dit la Marchesa, quand cette guerre finira-t-elle?

Et Sainte-Rose pensa que désormais il raconterait toujours son aventure comme il venait de le faire, et comme il l'avait déjà fait aux paysans et à Mantegna, et que ce récit, au fond, n'avait aucun sens communicable, qu'il ne s'agissait que d'une approximation. Jamais personne ne concevrait l'intensité de ces quelques secondes avant le saut dans l'abîme, avant l'ouverture du parachute (qui peut jurer qu'il va s'ouvrir!) et cette percée dans l'espace, la raison écrasée comme dans ces cauchemars où l'on roule à travers le néant. Il se rappelait le dernier visage, celui, très pâle, d'un des jeunes mitrailleurs à l'instant où il s'agitait dans la cuve arrière, alors qu'il était déjà mort, dépouillé de toute réalité, irrémédiablement lié à cette masse enflammée et à cette chute de folie. Il aima la Marchesa à cause de la compassion qui l'avait obligée à fermer les yeux et peut-être avait-elle compris, elle qui avait déjà tant vécu, que cette guerre n'était qu'une hallucination et que toutes ces morts n'étaient que des énigmes dont on pouvait avec beaucoup d'amour et de patience, trouver la clef. Dieu, qu'il avait chaud! Il but un verre de la liqueur que lui servait Sofia, la vieille domestique, parce qu'il savait que l'alcool contraignait son esprit à s'amenuiser, à passer par d'étroites filières et qu'il se délivrait alors de certaines obsessions. De chaque côté dc la cheminée où crépitait la bûche, les murs portaient deux tapisseries touchées par la clarté grise qui passait les fenêtres. Celle de gauche représentait la dernière course d'Atalante vaincue par Hippomène et l'autre, Hector et Andromaque sur les murailles de Troie.

Après le départ du docteur (qui ne pouvait s'attarder à cause du couvre-feu) Sofia conduisit Sainte-Rose au dernier étage et d'abord lui fit traverser une galerie sous le regard de personnages tout chamarrés, dans des cadres baroques. L'un d'entre eux, revêtu d'une cuirasse, avait une expression féroce. Le dernier portrait avant l'escalier menant sous le toit, était celui d'une jeune femme en grand décolleté, les bras nus, un éventail aux doigts, et qui ressemblait vaguement à la Marchesa.

La chambre où Sofia l'introduisit (cette ascension l'avait épuisé) était de bonne dimension avec des rideaux aux fenêtres, une armoire paysanne en noyer et un lit de fer à boules de cuivre. Pour chauffage, un poêle à bois dont le tuyau s'enfonçait au milieu de la cheminée. Dix ou douze papillons sous verre ornaient un mur. Les ailes de certains d'entre eux ressemblaient à des yeux farouchement braqués sur le nouvel arrivant.

Pendant qu'il s'installait Sofia n'arrêtait pas son bavardage. Au début il l'écouta distraitement, pressé qu'elle allumât le feu et le laissât seul. La fièvre provoquait une sorte d'usure, un effacement un peu léthargique de l'esprit. Ensuite il s'efforça d'être attentif. C'était une brave femme que Sofia, et il savait qu'il allait étroitement dépendre d'elle. Elle disait qu'elle était la seule domestique pour tout le *palazzo*, si l'on exceptait Giacomo, son mari, qui faisait office de jardinier et de concierge et l'aidait, à dates fixes, à cirer les parquets et nettoyer les vitres. Elle regrettait la splendeur passée des Vitti qui autorisait alors l'emploi d'un personnel nombreux « Pensez que Madame avait deux femmes de chambre à son service ». Madame n'était marquise que par son second mariage et appartenait à la riche bourgeoisie romaine. Elle avait, plus par amour que par vanité, épousé ce marquis sans fortune qui l'aurait complètement ruinée avec ses spéculations désordonnées, sa passion des voyages et des grands hôtels, s'il n'avait eu le bon goût de mourir vingt ans plus tôt d'une mauvaise fièvre au Brésil.

Quant à son fils, Luigi Pavone, ce n'était, à son avis, qu'une « machine à calculer ». Elle ne dit rien au sujet de sa femme et tint expressément à lui montrer une trappe dans le plafond du palier qui permettait l'accès aux combles. Sainte-Rose jugea que si d'aventure il se trouvait contraint de se cacher là-haut, le plus borné des policiers le débusquerait aussitôt. Il ne fit cependant aucune remarque et s'allongea sur le lit, face au cadre à papillons. Sa jambe entière jusqu'à la hanche, semblait remplie de braises et une sueur fétide lui couvrait le visage.

Resté seul il s'efforça de dormir mais dès qu'il fermait les yeux il ressentait un mouvement de vague déferlante, le même que dans le B26 en perdition. Peut-être était-ce un effet de la fièvre ou peut-être était-ce une résurgence de cette angoisse qu'il avait connue à la seconde de sauter dans le vide. Il contraignit son esprit à se concentrer sur une idée précise. Que valait ce refuge? L'objectif était simple : échapper à la captivité, rejoindre Bourgoin après guérison, tenter avec lui de gagner les lignes alliées. Mais de nouveau sa pensée s'éparpilla sous l'effet de la fatigue et il éprouva le sentiment déprimant de la ville entière fermée autour de lui, avec plusieurs murailles concentriques impossibles à percer une à une, des murailles très hautes, et lisses, couleur d'argent comme la coque des grands avions de guerre.

Parce que la maison était très silencieuse il entendit qu'on montait l'escalier. Ce n'était pas Sofia, le pas était trop léger. Il écouta, intrigué. On atteignait le couloir et c'était bien vers sa chambre qu'on se dirigeait. Aux deux coups brefs frappés à la porte il répondit, tout en essayant de se redresser sur un coude.

Elle avait un corps mince, des épaules un peu frêles et la robe, d'un bleu électrique, marquait bien la taille, les hanches plates, la ligne voluptueuse des cuisses.

— Ne vous agitez pas, dit-elle en français. Je suis la belle-fille de la Marchesa Vitti. Je viens faire connaissance.

Et sans embarras elle s'assit en face de lui, les jambes croisées haut, toujours souriante. D'un geste elle lui imposa de ne pas quitter le lit, et il découvrit que dans ce visage les énormes yeux noirs cillaient à peine, ce qui donnait à son regard une intensité bizarre, comme si avidement elle s'efforçait de capter l'impression qu'elle faisait sur Sainte-Rose.

Avec la même aisance elle alluma une cigarette, tendit le

paquet, dit de cette voix de gorge, un peu râpeuse, qui le surprenait :

— J'ai appris que vous avez vécu une aventure terrifiante.

— La guerre, dit laconiquement Sainte-Rose dont les tempes battaient vite.

— Et vous voulez y retourner ?

— Mais oui.

— Vous êtes militaire professionnel ?

— Officier de réserve.

— Naturellement, un aviateur est un combattant précieux dans un conflit comme celui-ci où la technique domine. Il faut beaucoup de temps pour l'instruire, le former, il représente à tous égards un investissement considérable...

Il y avait de l'ironie dans sa voix et Sainte-Rose traduisait facilement le sens de ces phrases : « Imbécile, tu es ici à l'abri, tu ne risques plus grand-chose, Rome sera prochainement libérée et tu veux recommencer à jouer les vaillants cowboys ».

La lumière de la lampe, qu'elle avait elle-même allumée, faisait briller ses joues, ses mains courtes et très blanches, mettait des lueurs sur ses dents tandis que sa voix s'accordait intimement à cette atmosphère de réclusion. Une femme attirante, certes, en dépit de cette assurance affectée. Personne ne devait l'empêcher d'agir à sa guise, de céder à ses désirs, aux impulsions les plus troubles.

— On vous soignera, vous guérirez vite, dit-elle du même ton vaguement railleur. Et sans transition elle ajouta : Comment trouvez-vous mon français ?

— Excellent.

— Merci. Quel plaisir de le parler !

Pour ces derniers mots elle avait appuyé une main sur sa poitrine, à hauteur des seins.

— Vous êtes parisien?

— Non. Aixois.

— Mais vous connaissez Paris?

— Assez bien.

— Tout de suite après la guerre j'irai passer là-bas deux ou trois mois. Une fin de guerre est toujours joyeuse et il faudra rattraper ces années idiotes.

Elle devait appartenir à ces êtres obsédés par le temps qui fuit, qui sans cesse se tournent vers leur jeunesse. Quel âge pouvait-elle avoir? La quarantaine? Elle avait conservé un corps de jeune fille, une peau fraîche. Sur son cou un collier de perles roses formait une curieuse petite ligne, comme la boursouflure d'une cicatrice récente. Elle continuait à évoquer ce que seraient ses réjouissances futures sans jamais mentionner son mari, et Sainte-Rose devinait qu'elle était avide de plaisir et jalouse de son indépendance, sans aucune inclination à la charité, avec une sorte de perversité primitive.

Pour s'essuyer le front il se servit d'un pan du drap. Il avait soif. Par moments un froid pénétrait en lui comme si on lui injectait de l'eau glacée dans les os. Il voulut cependant la questionner à son tour :

— Vous avez approuvé la décision de votre belle-mère à mon sujet?

— Ma belle-mère ne m'a pas consultée. Elle est chez elle et agit à sa guise.

— Cependant, à vous aussi je fais courir des risques.

— J'aime les risques, dit-elle.

Et elle rit en le regardant fixement de ses yeux dilatés. Elle ajouta :

— De toute façon, je sais que vous voulez passer de l'autre côté dès que votre état le permettra et que vous en trouverez l'occasion. Il ne peut s'agir que de quelques semaines. Et si personne ne vous dénonce, comment soupçonner votre présence ici ?

— On pourrait donc me dénoncer?

— Les domestiques sont sûrs.

— Et vous?

Elle rit de nouveau :

— Moi non.

— Je vous crois, dit-il.

— Pourquoi?

— Je pense que personne, en effet, ne doit pouvoir se fier longtemps à vous.

— Oh! Vous avez raison!

Ils avaient adopté un ton de plaisanterie mais lui savait qu'ils entamaient déjà un jeu subtil pour se démasquer mutuellement. Par instants elle lui rappelait ces petits animaux cruels qui se tiennent à l'affût, l'œil fixe, entre des rochers ou des broussailles.

— Il ne faut jamais être trop lucide, dit-elle. Ce qui fait l'intérêt de chacun de nous, n'est-ce pas souvent ce qu'il a d'imprévisible, d'incertain?

Pour elle, pensait-il, le bien et le mal doivent être des notions sans valeur, et peut-être ridicules. A l'observer davantage, une autre image lui venait à l'esprit, celle d'une plante sessile recouvrant tout son entourage par un lent et insidieux étalement.

— Avez-vous eu très peur quand votre avion a été abattu?

La question le surprit mais il y répondit avec simplicité :

— En effet.

— Vous avez des frères et des sœurs?

— Un frère.

— Et vos parents?

— Ma mère est morte. Mon père s'est remarié.

Il était un peu déconcerté par cet interrogatoire mais s'y prêtait machinalement, entraîné par son rythme même.

— Et avant la guerre, que faisiez-vous dans la vie?

— Je la gagnais.

— Comment cela?

— Chez un architecte.

— Etes-vous lié à une femme?

— Non.

Il disait vrai mais elle le regarda de ses gros yeux immobiles comme si elle en doutait ou comme si elle s'en étonnait, car par moments son visage devenait « opaque » et ne laissait rien deviner de ses sentiments. Allait-elle poursuivre en le questionnant sur ses aventures intimes? Sa tête s'alourdissait et ses forces baissaient peu à peu, épuisées par cette douleur du talon à la hanche. Elle dut prendre conscience de son état car elle se leva :

— Reposez-vous, dit-elle. Le docteur Marco ne va pas tarder.

— Vous partez déjà?

— J'ai en bas du travail qui m'attend.

— Vous reviendrez?

— Est-ce que cela vous ferait plaisir?

— Ne soyez pas coquette avec moi.

Elle rit en s'éloignant vers la porte, de ce rire bref qui paraissait moins exprimer la gaieté qu'un défi vaniteux, un dédain moqueur.

— Je vous enverrai par Sofia des livres et d'autres cigarettes.

Elle avait laissé son paquet sur le lit. Son pas s'éloigna dans le couloir puis dans l'escalier. Il l'écouta décroître. La pluie dégoulinait sur les vitres, une pluie d'hiver dont les murs épais du *palazzo* étouffaient la rumeur. Qu'il eût réellement cherché à retenir cette créature déroutante, qui lui inspirait un véritable malaise, le laissait surpris, insatisfait de lui-même. Il savait cependant qu'à vingt-huit ans il n'avait pas encore approfondi les mystères de sa propre nature et qu'il restait en lui de vastes domaines à explorer.

3

Petit, trapu, avec une voussure du dos qui le faisait paraître bossu et de minuscules yeux noirs toujours en mouvement derrière leurs lunettes, comme deux insectes effrayés, le docteur Marco était un vieil homme d'une délicate bonté. Il traitait Sainte-Rose à la pénicilline, antibiotique américain dont les Alliés commençaient depuis peu à se servir dans leurs hôpitaux.

Comment Marco se procurait-il ce remède ? Jamais Sainte-Rose n'osa le lui demander. Durant ces journées où le docteur le visita chaque soir il garda la chambre, ravitaillé par Sofia qui acceptait aussi de refaire ses pansements et lui marquait un dévouement qui le touchait. Aucun des autres habitants de la maison ne se montra. Pour la Marchesa, si elle ne parut jamais à l'étage, c'était à cause de la difficulté qu'elle avait à grimper l'escalier abrupt, mais elle ne manquait pas de multiplier les attentions et lui envoyait par Sofia des journaux, du café, et aussi du bois pour le poêle. Le froid, en effet, tourmentait souvent Sainte-Rose. Une couverture sur les épaules, il passait des heures à lire et, quand l'électricité n'était pas coupée, écoutait de la musique grâce à un poste de radio avec lequel il captait également les informations de la B.B.C.

(Aux dernières nouvelles, le siège de Leningrad venait d'être rompu et l'aviation américaine avait écrasé l'abbaye de Monte Cassino sous ses bombes.)

Ayant découvert dans un tiroir un jeu de cartes abandonné par les précédents réfugiés, il amusait Sofia avec ses tours. Il en connaissait plusieurs, certains très spectaculaires. Quand Sofia s'attardait, il l'interrogeait sur la vie à l'intérieur et à l'extérieur du *palazzo*. Il apprit ainsi que la Marchesa était très matinale et qu'après sa toilette Sofia devait la farder soigneusement selon ses indications.

C'était une sorte de petite cérémonie, longue, compliquée, avec des rites imposés. La Marchesa, Sofia le savait, conservait encore de nombreuses lettres d'amour dans un secrétaire et elle avait mission de les détruire dès que la vieille dame « s'en irait ». Elle employait toujours cette formule pour parler de la mort de sa maîtresse.

Au sujet de Luigi Pavone, elle ne dit rien d'intéressant sinon qu'il partait tôt, rentrait tard assez souvent et qu'il s'agissait d'un homme froid, un peu distant, tout le contraire de son frère Cosimo qui régissait le domaine de Viterbe.

— Que fait-il donc de ses journées ?

— Il occupe un poste assez important au ministère des Finances, situation qui lui permet, entre autres choses, de faire venir du ravitaillement de la ferme.

Quant à Sandra elle demeurait au lit toute la matinée et partait chaque après-midi personne ne savait où. Le ton laissait supposer que la signora Pavone menait, jusqu'aux approches du couvre-feu, fixé à sept heures du soir, une existence assez libre.

— Et qu'en dit son mari ?

— Oh, lui !

Sofia ne s'étonnait pas des questions de Sainte-Rose, trouvait sa curiosité naturelle et prenait plaisir à le renseigner. Il apparaissait clairement qu'elle n'aimait pas beaucoup Sandra, qu'elle la jugeait capricieuse, égoïste, paresseuse, et ne lui pardonnait pas de répondre parfois à la Marchesa de façon insolente. Sandra était née en Suisse, d'une mère zurichoise et d'un père triestin, « donc un peu autrichien », selon l'avis de la servante. Sa famille avait acquis une propriété dans la région de Bénévent et c'est à l'époque de ses études à Rome qu'elle avait rencontré Luigi et l'avait subjugué.

Mais Sainte-Rose posait surtout des questions relatives à l'état d'esprit de la population romaine, aux différentes manières de circuler à travers la ville, au danger des contrôles et des rafles jusque dans les tramways. Il s'efforçait d'évaluer les difficultés et les obstacles pour rejoindre Bourgoin. Mantegna lui avait expressément recommandé de ne pas téléphoner chez le sculpteur. Depuis l'occupation de Rome par les Allemands et la création de la République sociale-fasciste plusieurs polices sévissaient, et la pression alliée dans le sud exaspérait plus que jamais leur zèle. Il fallait craindre les tables d'écoute. Seule solution : envoyer à Bourgoin un messager. Comme il avait scrupule à utiliser Sofia ou son mari, restait Sandra Pavone. Parce qu'il s'en méfiait réellement il attendait de la revoir, de lui parler, de la mieux connaître avant toute démarche. A la vérité, qu'elle ne l'eût pas visité une seconde fois le dépitait. Et penser que Bourgoin déjà était peut-être en relation avec un de ces groupes clandestins spécialisés dans l'évasion des aviateurs alliés!

Peu à peu son état s'améliora et quoiqu'il ne pût encore se

chausser il s'entraîna à la marche soit dans le couloir, soit dans les combles. Il y grimpait à l'aide d'un escabeau et trouvait là un vaste terrain de manœuvre entre les vieilles malles et les meubles réformés. Les précédents réfugiés avaient laissé quelques inscriptions sur les murs et, en particulier, celle-ci au crayon noir : « La nuit aussi existe le soleil. » Par un œil-de-bœuf il pouvait contempler, au-delà d'une étendue de toits, les Monts Albains dans les brumes et se sentait alors prisonnier. Dans cette solitude il réfléchissait beaucoup à lui-même et admettait que depuis l'adolescence il avait toujours eu faim de quelque chose qu'il ne soupçonnait même pas, que la guerre avait exaspéré cette faim et qu'il en souffrait.

Plus tard, avertie par le docteur Marco des progrès de Sainte-Rose, la Marchesa l'invita à dîner en compagnie de Sandra et de Luigi, en lui recommandant de ne descendre que vers sept heures de manière à éviter toute surprise. Presque chaque après-midi, en effet, elle recevait la visite de vieilles dames jacassantes qui se groupaient autour du feu jusqu'au dernier délai.

Pour Sainte-Rose cette soirée offrait la possibilité, parmi d'autres agréments, de s'entretenir avec la signora Pavone et, dans le meilleur des cas, de l'intéresser à son projet. Il fit une toilette minutieuse, utilisa pour son pied encore emmailloté, une pantoufle prêtée par Sofia et, précautionneusement, s'engagea dans l'escalier. Du dernier palier, après la galerie de peintures, on avait déjà vue sur le grand salon et il découvrit dans la lumière du lustre tout illuminé, la Marchesa et son fils qui paraissaient tous deux dans un état de vive agitation. Lorsqu'il déboucha dans la pièce Luigi Pavone — grand, sec, l'œil jaune et le front démesuré

— le salua brièvement. Cet accueil, l'atmosphère anxieuse, les visages tendus, l'intimidèrent. Mais Luigi posa sur lui son dur regard d'aigle et lui apprit que le couvre-feu commencerait dans quelques minutes et que, pour une raison inexplicable, sa femme n'était pas encore rentrée.

— Tu ne te prépares pas? dit l'homme en ressortant de la salle de bains. Lui était déjà tout habillé.

Couchée sur le ventre au milieu du lit, dans le désordre des draps, Sandra murmura paresseusement qu'elle resterait encore un peu.

— Nous ne partons pas ensemble?

— Tu es trop pressé.

Elle savait d'instinct qu'un homme sensuel est généralement courageux. Celui-ci, déjà suspect à la police pour raisons politiques, venait des environs de Rome et courait chaque fois de vrais risques pour la rejoindre. Elle s'en amusait et parfois s'efforçait de jouer les amoureuses passionnées pour le retenir jusqu'aux limites extrêmes et le sentir inquiet. Et quand à la fin il se dégageait, elle ironisait en simulant l'amertume :

— Tu as vraiment si peur?

Elle inclinait souvent à mettre les êtres en porte-à-faux avec leur vérité profonde, ne s'épargnait pas elle-même à l'occasion.

— Méfie-toi, dit-il en ajustant son bracelet-montre, le couvre-feu n'est pas loin.

— Mais oui...

Elle se retourna sur le dos et il se pencha pour l'embrasser entre les seins.

— A mercredi?

— Bien sûr.

Elle écouta le bruit de l'ascenseur, soupira, s'alanguit de nouveau. Dans le studio que trois mois auparavant elle avait loué dans ce quartier des Parioli pour leurs rendez-vous, une bonne chaleur régnait grâce à un poêle alimenté d'un bois fourni au prix fort par le concierge.

Deux fois par semaine elle retrouvait ce partenaire, sans vaine sentimentalité, bien qu'elle appréciât sa fougue amoureuse et sa science des caresses. A cet après-midi de plaisir qui l'avait laissée tout engourdie s'ajoutait l'effet des *grifas*, ces cigarettes euphorisantes que les Allemands réservaient à leurs formations d'assaut et qu'elle se procurait au marché noir dans la via Tor di Nona. Dans ce bienheureux apaisement des sens elle se sentait rejetée hors du temps, libre comme un de ces puissants oiseaux de mer qui planent souverainement pendant des jours entre les deux abîmes.

Dans l'immeuble, aux étages supérieurs, coup sur coup, deux portes claquèrent. Elle s'alarma « quelle heure peut-il être? » chercha de la main sa petite montre-bracelet, « devrait être sur la table », y renonça, l'esprit de nouveau entraîné dans un doux naufrage, en glissade oblique dans un univers huileux, puis émergea lentement, « six heures et quart! ». Cette fois elle fit effort pour se libérer. Dès qu'elle se trouva debout, l'idée s'imposa que pour rejoindre le *palazzo* il lui faudrait traverser toute la ville. Prise d'une fébrilité soudaine elle courut dans la salle de bains pour une brève toilette « si je ne trouve pas un tram, quelle histoire », enfila son slip, ses bas, refusa de revêtir sa combinaison et sa robe, surtout sa robe qui fermait par derrière avec douze boutons, mit ses vêtements en boule dans son grand sac de cuir avec, pêle-mêle, le soutien-gorge, les bijoux, la montre, les cigarettes et, nue sous son manteau, sortit en hâte, ferma la porte sur elle, descendit vivement l'escalier et suffoqua quand, dehors, le froid la frappa au visage.

La rue était déserte. Elle s'élança vers l'avenue sous le crachin qui voilait de lointains lampadaires, ralentit à cause du souffle qui lui manquait, de l'air glacé qui lui brûlait les poumons. Pas de tram sur l'avenue. Restait le dernier autobus dans une rue parallèle. Déjà elle commençait à imaginer une fable pour Luigi qui en sa qualité de fonctionnaire au ministère des Finances bénéficiait d'un laissez-passer et pourrait venir la chercher dans quelque salle de police. Mais quelles complications! Sans compter que dans ces officines les promiscuités devaient être déplaisantes et les courants d'air meurtriers. Sur le trottoir d'en face un homme venait à sa rencontre, d'un pas rapide, sous un parapluie funèbre. « Parrucchiere ». D'horribles bustes de cire luisaient derrière la vitrine. Elle accéléra l'allure. Le froid attaquait ses cuisses sous le manteau, « J'ai été imprudente ». La rue s'éclairait à droite et à gauche avec les rares lumières imposées par les restrictions d'électricité et que, d'ailleurs, le black-out éteindrait dans quelques minutes. « Comune di Roma! SPQR! Vietato... » Elle se dit que précisément ce soir elle devait dîner avec le petit aviateur français. Au diable! Si elle ne trouvait aucun moyen de locomotion elle retournerait au studio. Mais celui-ci n'avait pas le téléphone. Dans ce cas, comment préviendrait-elle son mari? A présent elle était irritée contre elle-même. Quelle heure pouvait-il être? Pas très loin de la demie? Fichu... Mieux valait rebrousser chemin. Ensuite elle verrait. Juste à cet instant une voiture glissa le long du trottoir, ralentit à sa hauteur.

Une voiture allemande. A l'intérieur deux officiers qui souriaient. Le manteau étroitement fermé sur sa nudité, elle leur fit signe d'une main. La voiture s'arrêta.

— Vous rentrez, madame?

— Je ne trouve pas de tram et le couvre-feu est proche. Pourriez-vous me rapprocher de chez moi?

— Montez, vous nous guiderez.

— Merci.

Celui qui avait parlé et qui s'appliquait à rouler les « r » descendit pour qu'elle s'installât entre le conducteur et lui.

— Vous habitez seule? demanda l'homme au volant avec une nonchalance toute chargée de sous-entendus.

— J'ai un mari. Et une belle-mère...

Il rit, le bas du visage baigné par la lumière sous-marine du tableau de bord puis fredonna « Erika, nous t'aimons!... » C'est à ce moment qu'elle s'aperçut que ses deux compagnons portaient tous deux un uniforme noir avec des insignes à tête de mort. Cette situation, elle, nue sous son manteau, pressée entre deux officiers SS, lui parut d'une extrême drôlerie. Personne ne parlait. De temps à autre Sandra disait brièvement « à droite », ou « à gauche ». Avec une lenteur insinuante l'autre officier avait glissé sa main et lui caressait le genou sans cesser de regarder droit devant lui. Elle le laissait faire, s'amusait d'avance de sa réaction lorsqu'il découvrirait qu'elle n'avait pas de robe. Place d'Espagne ils rencontrèrent un barrage. Un garde se pencha, salua, fit signe de passer. Plus loin, le Corso n'était plus qu'un tunnel ténébreux. Le couvre-feu venait de commencer. Sur les pavés humides les phares camouflés allumaient des luisances bleuâtres. Encore à droite. La main du SS remontait à présent le long de la cuisse, une main vivante, brûlante. Cette fois elle l'écarta fermement, regarda ensuite l'officier d'un air moqueur mais il restait très calme. Impossible de voir son expression car la petite lueur des cadrans ne l'atteignait pas. Il lui sembla cependant qu'il retenait son souffle. Encore des rues, toutes désertes, sinistres. Au *palazzo* on devait s'inquiéter à son sujet et peut-être était-il temps de songer à une explication quelconque de son retard. Une paresse freinait son imagination. Et l'autre imbécile qui recommençait ses approches, glissait de nouveau ses doigts sous le manteau...

— Nous y voilà, dit-elle en montrant la *piazzetta* qui ouvrait à droite.

La voiture vira et s'arrêta devant le portail.

Une fois dehors, l'idée vint à Sandra d'inviter à boire ses deux compagnons, moins en vérité pour les remercier de leur complaisance que pour s'amuser de l'émotion qu'ils provoqueraient. Tous deux acceptèrent. A peine Giacomo, le portier, eut-il ouvert qu'il gémit de saisissement en voyant la jeune femme encadrée par ses deux gardes noirs.

Tandis qu'ils rangeaient leurs casquettes et leurs manteaux dans l'antichambre Luigi parut au bruit et, à son tour, resta figé de stupeur et d'inquiétude.

— Des amis, dit-elle d'un ton naturel. Et voici mon mari.

— Luigi Pavone, soyez les bienvenus.

Elle sourit tant sa voix réticente démentait la sincérité de l'accueil. Les deux Allemands se présentèrent à leur tour mais si vite qu'elle retint seulement que le plus grand se prénommait Helmuth et l'autre Warner. Ou peut-être Walter.

— J'ai voulu me procurer des cigarettes, dit-elle. Je me suis mise en retard et comme je ne trouvais pas de tram ces messieurs m'ont galamment raccompagnée. A présent permettez que je me rende pour quelques minutes dans ma chambre.

Tandis qu'elle s'éloignait elle sentit le regard de rapace de Luigi qui la suivait. Elle l'entendit aussi qui disait : « Par ici, je vous en prie » et se souvint alors que le petit aviateur français devait se trouver avec la Marchesa.

Lorsqu'après avoir tranquillement dépouillé son manteau, enfilé sa robe et refait son maquillage elle rejoignit le salon, le spectacle qui l'attendait la réjouit. La Marchesa était assise sur son fauteuil juste en face du feu. A droite elle avait Luigi et Sainte-Rose et à gauche les deux Allemands et tout le monde paraissait s'ignorer. Derrière eux Sofia très émue chargeait un plateau de bouteilles et de verres. Toujours avec gaîté Sandra annonça que ces deux officiers si galants appartenaient à la SS et démentaient à eux seuls « la réputation farouche de ce corps d'élite ». Comme Sainte-Rose la regardait fixement elle lui demanda :

— Cher Marcello, je suppose qu'on vous a également présenté.

— Certainement.

Marcello Guardi était le nom fictif de Sainte-Rose. Mais dans son mauvais italien, le plus jeune des Allemands protestait :

— Pourquoi affirmez-vous que nous sommes de la SS?

Il paraissait mécontent et son compagnon d'un ton revêche précisa que les hommes des Panzershützen, c'est-à-dire des unités de chars, portaient aussi un uniforme noir et des insignes à tête de mort sans pouvoir pour autant être confondus avec quiconque. Sandra dit alors avec bonne humeur : « Excusez-moi ».

Par bonheur Sofia offrait déjà les boissons et l'incident tourna court. Sur son fauteuil, la tête appuyée au dossier, la Marchesa gardait le silence et Sandra devinait à son attitude qu'on ne lui tirerait pas un mot. Quant à Sainte-Rose elle le trouvait très pâle. Il venait de se lever, s'appuyait sur sa canne, tenait son verre d'alcool de l'autre main, paraissait fort intéressé par la tapisserie d'Hector et d'Andromaque. Introduire deux officiers allemands dans une maison où l'on cachait un aviateur allié était une plaisanterie dont elle espérait beaucoup, un jeu qui contraindrait sans doute sa belle-mère et Luigi, et Sainte-Rose lui-même, à des contorsions réjouissantes. Or pour l'instant il ne se passait rien et les deux visiteurs semblaient aussi mal à l'aise que leurs hôtes.

— Des tankistes, dit-elle. Vous êtes sans doute en permission ?

Warner-Walter fit un geste qui pouvait signifier n'importe quoi. On but ensuite avec une étrange gravité et Luigi parla du raid aérien le plus récent et des destructions dans le quartier de la via Ostiense.

— Le pape fait de pressantes démarches pour que Rome soit reconnue ville ouverte.

— Ce sont les Alliés qui refusent. Pas nous, dit Helmuth.

— Les Alliés y consentiraient sans doute si nombre de vos unités militaires ne s'y abritaient pas, répliqua Sainte-Rose avec une telle nervosité que Warner-Walter le regarda, un peu surpris, et Sandra vit alors une cicatrice qui partant de l'oreille gauche s'enfonçait verticalement dans le col. Il était jeune et pourtant ses cheveux grisonnaient. Physiquement elle le trouvait trop raide comme s'il portait un corset orthopédique mais il gardait dans les gestes une élégante souplesse. C'était lui qui l'avait caressée dans la voiture. Il avait un front dur, une mince mâchoire carnassière et sur tout le visage le hâle des hommes qui vivent constamment au grand air.

— Savez-vous, dit-il, ce qui rappelle le plus l'odeur du sang ?

Sainte-Rose haussa légèrement les épaules comme pour dire que la question le laissait indifférent.

— J'ai eu l'occasion, un jour en Ukraine, de baigner littéralement dans le sang, dans une large flaque de sang. Le mien. Mon char avait sauté sur une mine. C'est une odeur à la fois un peu sucrée et un peu aigre, tout à fait celle d'un vermouth de bonne qualité.

Sainte-Rose promena son verre sous le nez, le renifla, dit tranquillement cette fois que la remarque lui semblait juste et le vida d'un seul coup en renversant la tête.

L'Allemand but à son tour et dit d'un ton las :

— Qu'est-ce que vous pouvez, vous, savoir de ces choses ?

L'autre officier, Helmuth, avait gardé le regard sur les flammes de la cheminée. Il se tourna vers Sainte-Rose avec un lent et inquiétant mouvement de la tête comme en ont certains fauves dont l'attention est éveillée par de lointains indices. Rapetissés sous l'effet d'une vague suspicion ses yeux examinaient Sainte-Rose, sa jambe raide, son pied bandé. Il avait une bouche très pâle, ses lèvres ressemblaient à deux minces bourrelets de glaise.

— Demain, reprenait son camarade, demain nous serons de nouveau en ligne. Le printemps viendra. C'est la saison des grandes offensives.

Il avait une petite lueur blanche dans chaque pupille, une

petite lueur rongeuse, et Sandra eut l'intuition que ce garçon allait prochainement mourir et qu'il en avait lui-même la prescience. Elle en éprouva non un sentiment de pitié mais de répulsion, comme s'il se fût réellement agi de quelque mal contagieux. Tout enfant déjà, à Zurich, elle ne supportait même pas la vue des infirmes ou des malades, moins par l'effet d'une sensibilité excessive que par dégoût viscéral de ce qui menaçait ou affectait le corps.

Mais Luigi renouait avec sa première idée :

— Les raids aériens sur Rome sont une véritable folie, dit-il. Et qui peut soutenir, par exemple, que la coupole de Saint-Pierre, ce chef-d'œuvre de Michel-Ange, résistera à de nouveaux ébranlements ?

Sandra se demandait où son mari voulait en venir. Elle tenait qu'il avait l'intelligence courte et que, sorti des chiffres, son esprit s'enlisait. Comment ne se rendait-il pas compte que les deux visiteurs ne semblaient guère intéressés par ce thème ! Ce fut Sainte-Rose qui intervint.

— Je suppose, dit-il, dans son italien légèrement exotique, que les monuments et les œuvres d'art ne manquaient pas non plus à Varsovie, Leningrad, Londres ou même Belgrade.

Avec une certaine aigreur, Luigi, tout raide et plus vautour que jamais, — sa tête dégarnie au bout de son long cou, — répliqua :

— Je ne pense pas à Rome seulement comme au plus beau et au plus important musée de l'art et du savoir humains mais comme capitale spirituelle de la chrétienté. Il y a là une offense sans commune mesure.

Un regard de sa mère l'arrêta. Tournée vers lui elle l'observait avec un dédain glacé. Subitement Sandra comprit que

Luigi avait peur et qu'il se réfugiait dans une véhémence factice, bien qu'il fût sincère et que le sort de sa ville lui importât pour les raisons précises qu'il venait d'avancer.

— Monsieur, dit Helmuth, une main dans la poche, l'autre serrée sur son verre, à hauteur de la ceinture, le christianisme, aujourd'hui, n'est-il pas lui aussi un objet de musée ? Il fut un temps assez récent où, par exemple, nous, Allemands, tendions la joue gauche quand on nous avait frappé la joue droite. Ces temps sont définitivement révolus.

— De toute manière, dit Warner-Walter, monsieur a raison de condamner les Alliés qui après avoir détruit sans motif valable l'abbaye de Monte-Cassino ravagent tout aussi sauvagement la plus belle ville du monde.

Sainte-Rose s'agita, parut vouloir intervenir et ne dit rien. Mais Helmuth n'en avait pas fini avec Luigi et l'attaqua de nouveau :

— Le christianisme, monsieur, est une croyance débilitante et infantile, bonne à consoler ou rassurer les vieilles gens. Dans quelques années il aura disparu, du moins en Europe, devant une doctrine jeune, dynamique, qui exalte l'énergie et l'audace, non une sotte résignation.

Ces deux hommes athlétiques, dans leurs sinistres uniformes noirs, — marqués de têtes de mort et de tibias entrecroisés, — avec l'aisance de leurs gestes, leur voix brève, la force qu'on devinait enfermée dans leur torse et leurs bras, suggéraient une cruauté très ancienne, libre, sans aucun frein moral.

Mais Luigi avait secoué la tête pour signifier qu'il n'approuvait pas les propos d'Helmuth. Il était blême et des cernes d'une teinte brunâtre se creusaient sous ses yeux. Quant à la Marchesa qui jusque-là était restée enfoncée dans son fauteuil, figée comme un mannequin, un peu ridicule avec ses paupières charbonneuses et ses joues plâtrées, Sandra la vit se lever pour dire d'un ton bas comme si elle avait eu la gorge obstruée :

— Le christianisme, pour tout autre qu'un nazi, bien entendu, a au moins le mérite de proclamer cette vérité que toute vie humaine est sacrée. (Petit silence. Les bûches craquèrent à cette minute en pétillant). Et ce n'est pas (coup d'œil mauvais à Helmuth) croyez-moi, un mince mérite!

Sans saluer l'assistance elle partit en direction de l'escalier. Luigi la suivit pour l'aider à grimper les premières marches mais elle s'en débarrassa d'un mouvement du bras.

— Désolé, dit Warner-Walter à Sandra.

Encore un silence mais plus trouble, traversé d'étincelles qui giclaient hors de l'âtre.

— Veuillez l'excuser, dit Sandra en souriant de façon charmeuse, mais au fond d'elle-même elle estimait que la scène avait été d'un grotesque achevé. Puis le doigt levé elle réclama l'attention, fit appel à Sainte-Rose :

— Monsieur Guardi, si vous en receviez l'ordre, seriez-vous prêt à bombarder Rome?

— Certainement, dit-il.

Il avait paru surpris et se tenait face à Sandra, les deux mains réunies sur la poignée de sa canne.

— Vous voyez! dit Helmuth à Luigi, avec une ironie légère. Et cependant il est italien et, je présume, bon catholique.

Sandra prit une bouteille de vermouth et offrit de remplir elle-même les verres à la ronde. Elle était ravie de la nervosité de son mari, de l'embarras de Sainte-Rose qu'elle devinait sous son apparence trop placide. Son visage était devenu plus aigu. La seule chose qu'elle appréciât en lui était ses yeux veloutés, un peu tristes. Elle convenait en elle-même que c'était surtout pour lui qu'elle avait cherché à envenimer le débat, avec l'espoir de quelque défaillance dont elle le raillerait ensuite. Or il se comportait convenablement et, passé les premières minutes d'émoi, contrôlait mieux ses nerfs. Elle se demanda comment les choses tourneraient si, à présent, pour défier surtout la Marchesa et lui ôter l'avantage de cette sortie trop théâtrale et d'un goût relatif, elle disait aux deux Allemands : « Écoutez, cet homme, là, devant vous, est un aviateur français que nous cachons et qui, une fois guéri, repartira pour vous combattre. » Peut-être suffirait-il de ces quelques mots pour que tout se transformât d'un coup, pour qu'enfin se brisât cette inertie des jours, s'effritât cette épaisseur du temps. Et parce qu'elle avait sans doute trop longuement regardé en direction de Sainte-Rose, Helmuth s'adressa soudain à celui-ci.

— Vous êtes jeune, dit-il. Pourquoi n'êtes-vous pas mobilisé ?

Toujours cette voix coupante qui ôtait à l'italien assez correct qu'il utilisait, sa sonorité habituelle.

— Dès que je serai guéri je rejoindrai mon corps, dit Sainte-Rose, et de la pointe de sa canne il montra son pied bandé.

— Quelle est donc votre arme ?

— Aviation.

— Personnel navigant ?

— Mais oui !

— Blessé au combat ?

— Non. Par maladresse, en bêchant mon jardin.

Cette fois Sandra sentit une chaleur voluptueuse lui

prendre toute la poitrine, lui gonfler les seins. Près d'elle, juste sous le lustre, Luigi semblait enveloppé dans une pluie de sel qui tombait du fouillis de pendeloques et de perles illuminé, lui blanchissait bizarrement les paupières, les joues, l'arête du nez.

— Ah! dit rêveusement Warner-Walter, moi aussi j'aurais aimé l'aviation, mais dans la chasse.

Helmuth continuait à observer Sainte-Rose.

— Et vous bombarderiez Rome, disiez-vous?

— Il en a une envie folle, dit Sandra, convaincue cette fois que le dialogue allait mal tourner. Il est d'origine napolitaine et tous les Napolitains nous haïssent.

Le grand tankiste la regarda s'approcher de lui en souriant, un œil à demi cligné, et prit le parti de sourire à son tour. Puis il regarda sa montre, dit rapidement :

— Il se fait tard. Nous devons repartir. Ah, excusez-moi auprès de la vieille dame. Je ne voulais pas la choquer.

— Je lui transmettrai vos regrets, dit-elle. Mais ce n'est pas grave.

Les deux officiers saluèrent à la prussienne, d'une rapide inclinaison de la tête, en claquant les talons. Déjà Sofia s'empressait, apportait les manteaux, les képis. Ce fut Luigi qui les reconduisit jusqu'au portail.

Durant sa courte absence Sandra s'approcha de Sainte-Rose :

— Vous m'en voulez? dit-elle.

— Allons donc! Vous m'aviez prévenu.

— Moi?

— Vous m'avez dit l'autre jour qu'on ne pouvait se fier à vous. Vous parliez d'or.

— Vous avez eu peur?

Il haussa les épaules et elle s'écarta de lui. La présence de Sofia l'empêchait de poursuivre. Elle se jeta sur un fauteuil devant le feu, alluma une cigarette. De toute cette scène elle ne retenait que ce moment où l'avait effleurée de nouveau sa hantise. Non, il n'existait réellement aucun remède contre la coulée inexorable du temps, rien que ce leurre que procuraient les *grifas* et les cigarettes à l'opium. Elle aurait voulu se dresser devant Sainte-Rose, lui crier en plein visage qu'elle n'avait jamais eu d'autre richesse que son corps, d'autre ennemi que cette peur de la déchéance et de la vieillesse. Mais Luigi revenait. Avec une haine sèche elle l'écouta traverser l'antichambre.

4

Dans les jours qui suivirent, Sainte-Rose ne rencontra plus Sandra. Pour échapper sans doute aux reproches des siens, ou pour toute autre raison, elle était partie chez sa sœur, via Salaria. A en croire Sofia c'était là son comportement habituel lorsqu'elle était contrariée. Peut-être avait-elle subi, après l'alerte provoquée par les tankistes, une scène de son mari ? La forme d'intelligence de Sainte-Rose l'inclinait à chercher dans les êtres leur passion élémentaire. Il avait observé Sandra et s'avouait incapable de la définir. Devait un peu se droguer. Devait aussi coucher facilement sans accorder à la sexualité la moindre valeur d'engagement. « Encore une petite énigme ambulante. » Il devinait en elle plus que de l'insatisfaction, peut-être une pente désespérée, mais comment savoir ? Et par là-dessus un petit goût pervers d'humilier. Une partie au moins de l'explication pouvait être fournie par la personnalité même de son mari. De toute manière, depuis la visite des officiers allemands et le départ de Sandra, l'atmosphère du *palazzo* était devenue pesante. Sainte-Rose aurait préféré rester seul mais, chaque soir, depuis qu'elle le savait à peu près ingambe, la Marchesa l'invitait et il dînait entre Luigi et elle, sans plaisir, tant la morosité du premier le mettait mal à l'aise. Il faisait ainsi l'apprentissage d'un univers étroit, plein de chuchotements, de secrets, de brusques silences, de querelles étouffées, et il lui semblait que l'esprit étrange de Sandra tournait dans la nuit autour de la maison avec un vol heurté de chauve-souris.

— Vous allez sortir en ville? s'exclama Sofia le jour où Sainte-Rose la pria de lui montrer, pour les essayer, des chaussures de Luigi et de Giacomo. Pour son pied blessé il lui fallait une forme assez basse qui libérât entièrement la cheville.

— J'ai envie de me promener, dit-il gaiement.

— Vous en avez parlé à la Marchesa?

— Mais oui.

C'était vrai. La veille il l'avait prévenue qu'il rejoindrait son camarade, l'autre aviateur rescapé, pour organiser leur évasion. Elle n'avait posé aucune question et s'était contentée de le regarder longuement, de ses yeux lourdement fardés. L'approuvait-elle? Peu importait. Sur un plan de Rome il avait repéré la rue du sculpteur, relativement proche du *palazzo* (avantage : il pouvait s'y rendre à pied, évitant ainsi le piège des tramways et de ces autobus électriques, que les Romains appellent filobus, où les contrôles étaient fréquents, sans possibilité de s'y dérober). Cette rue était située au-delà du mausolée d'Auguste, en bordure du Tibre, à trente ou quarante minutes de marche.

La pensée de revoir enfin Bourgoin le rendait un peu nerveux tandis qu'il s'exerçait à marcher dans le couloir avec, aux pieds, les chaussures — larges, souples, — de Giacomo.

Le jour choisi par Sainte-Rose pour cette visite coïncida

avec le retour de Sandra. Dès son arrivée elle s'était mise à circuler dans la maison comme à l'accoutumée et il remarqua que la Marchesa lui adressait la parole avec calme et courtoisie, exactement comme si rien ne s'était passé.

— Vous sortez vraiment? dit-elle.

— Une heure ou deux. Je me sens un peu confiné.

Elle aussi le regarda longuement mais avec une légère ironie.

Elle ajouta :

— Et si je proposais de vous accompagner?

— Je refuserais.

— Bien entendu!

— Pour ne pas vous compromettre si j'étais pris.

Ils rirent tous deux mais elle de façon un peu forcée. A droite le Tibre apparut d'une couleur boueuse entre ses rives couvertes de plaques de gazon, et la coupole de Saint-Pierre (une pensée pour Luigi qui craignait tant pour elle!) rappelait un gigantesque aérostat prêt à s'envoler dans le ciel brumeux. Il dépassa le pont Umberto Primo. Les gens qu'il croisait avaient tous des yeux de poissons morts, des yeux blancs et fixes, cernés de noir. *SPQR Comune di Roma*, disaient des affiches. *Profilassi della rabbia!* La rage, — quelle rage? — menaçait Rome. Sans doute était-ce là l'explication de ces rues mornes, de ces silhouettes furtives qui semblaient fuir quelque calamité lancée à leurs trousses! Il marchait en s'aidant de sa canne.

— Cinquième à gauche! dit le portier. L'ascenseur fonctionne.

Quand Sainte-Rose se trouva devant la porte avec la plaque de cuivre au nom de S. Filangeri il imagina l'accueil de Bourgoin et sonna en souriant déjà. Vint lui ouvrir un vieillard en tricot noir à col roulé sur lequel sa tête grise et sèche semblait reposer comme sur un coussin.

— Bourgoin, dit brièvement Sainte-Rose du ton qu'il aurait pris pour livrer un mot de passe.

— Entrez.

Et dès qu'il eut repoussé le battant, le vieux sculpteur lui donna une petite tape sur l'épaule :

— Vous êtes Jacques Sainte-Rose, n'est-ce pas? André vous avait très bien décrit. Et votre jambe?

— Guérie, ou peu s'en faut.

Sainte-Rose avait déjà compris. Tout l'appartement d'ailleurs semblait désert.

— Depuis quand est-il parti?

— Une semaine.

— Il m'attendait?

— Oui et non. Comment vouliez-vous...

Déçu et satisfait à la fois, Sainte-Rose demanda :

— Tout s'est bien déroulé?

— Mais oui. Ils étaient quatre ou cinq. Je ne sais plus au juste. Je sais seulement qu'il y avait trois Américains d'un même équipage. Tous sont sains et saufs de l'autre côté.

— A quand mon tour?

Parce qu'il faisait froid dans la pièce il ne retirait pas son manteau, don du docteur Mantegna, et sous lequel il ne portait qu'un complet léger.

— Si vous êtes en forme — je veux dire : en forme parfaite, car l'épreuve est rude — le départ pourrait avoir lieu dans quinze ou vingt jours.

— Je serai prêt d'ici peu. J'ai été très bien soigné. Ma blessure est encore sensible mais en bonne voie de cicatrisation.

— Attention! Il vous faudra porter des brodequins pour la neige et la montagne!

— Je pense que bientôt ce sera possible.

— De toute manière nous devons attendre le retour de l'équipe des passeurs. Leur chef sera chez moi vendredi soir, neuf heures. Il restera ici pour la nuit et repartira aux aurores. Oui, il a un laissez-passer. Faux, naturellement.

— Comment le rencontrer?

— Avec le couvre-feu, je ne vois pas... A moins que vous veniez coucher vous aussi, cette nuit-là chez moi. Je vous préparerai moi-même à dîner car ma femme est partie chez notre fils Carlo à Spolète. Elle souffrait du froid. Et puis le ravitaillement est maigre, sa santé peu solide, et les bombardements lui détraquaient les nerfs.

Sainte-Rose accepta l'invitation sans hésiter.

— Le garçon en question s'appelle Luca. Enfin, appelons-le Luca. Bourgoin lui a parlé de vous. Il est parfaitement au courant et il attendait comme moi que vous vous manifestiez d'une manière ou d'une autre. Un peu de rhum? J'ai aussi du genièvre.

— Volontiers.

— Hé, peut-être préférez-vous du lait chaud? J'en reçois des boîtes par la Croix-Rouge.

— Du genièvre, plutôt.

Le vieux ouvrait le bahut, sortait des bouteilles, des verres. Quand il passait devant la fenêtre son profil se découpait à contre-jour, menton pointu, nez en étrave, la tignasse de crins gris dressée en deux ailes symétriques. Il semblait las, marchait en traînant ses grosses espadrilles tandis que Sainte-Rose lui décrivait rapidement son séjour au *palazzo* Vitti, en omettant l'incident des tankistes et les détails trop pittoresques.

— Je ne vous offre pas de vous héberger comme Bourgoin. D'abord à cause du manque de chauffage. Vous sentez ce froid? Mais nous allons faire une flambée dans l'atelier. Ensuite, parce que je ne peux m'approvisionner convenablement. Je suppose que vous êtes mieux chez cette brave Marchesa. J'ai un peu connu son second mari. Il était beau et amateur de jolies filles.

A bavarder tout en marchant il s'essoufflait. Décidément il ne semblait pas en bonne santé lui non plus. Pourquoi donc après le départ de Bourgoin n'avait-il pas rejoint sa femme?

Comme si par un effet de télépathie le vieux avait capté cette pensée il murmura en se laissant aller sur le divan :

— J'ai l'impression parfois d'avoir mille ans et que je vais d'une minute à l'autre tomber en poussière. Regardez aussi ces mains!

Il avait les doigts déformés par les rhumatismes, les articulations gonflées.

— Je ne parviens pas à travailler dans ce climat. Et je ne parle pas seulement du climat physique. Vous connaissez l'inscription de Michel Ange sur le socle de *La Nuit* : « Si c'est pour voir la tyrannie, inutile de te réveiller! »

Il remplissait les verres. Sa main ressemblait à une araignée rougeâtre. Sainte-Rose, que l'alcool réchauffait, s'attendrissait à écouter son français zézayant. Ils parlèrent de l'avion abattu, des paysans secourables, de Bourgoin enfin, navigateur du bord, déjà de l'autre côté des lignes, peut-être envolé à cette heure pour la Sardaigne et le camp de Villacidro, évocation qui rendit Sainte-Rose (mais l'alcool y contribuait) doucement nostalgique.

Filangeri avait connu Bourgoin à Paris à l'occasion de sa

dernière exposition, presque à la veille de la guerre. Non que Bourgoin s'intéressât particulièrement aux arts plastiques mais il était alors étudiant et veilleur de nuit dans l'hôtel même où les Filangeri étaient descendus.

Peu après, Sainte-Rose demanda poliment à voir l'atelier. La pièce vaste et haute de plafond donnait par deux fenêtres sur le Tibre. A travers la grisaille on apercevait le Monte Mario, crêté de verdure, et les coupoles de l'Observatoire. En bas, dans le fleuve, ondulait le reflet des édifices riverains. Le vieux allumait rapidement du feu dans le poêle ce qui attira un chat sorti d'on ne savait où, un chat roux aux oreilles déchiquetées.

— C'est Illyoutchine, dit le vieux.

Illyoutchine n'accorda aucune attention à Sainte-Rose et défila devant lui d'une allure nonchalante. Le long des murs, des bronzes, des marbres, des esquisses de plâtre. Dans un angle un théâtre de marionnettes, vert et jaune, avec des figures de bois sculpté. En face, une grande forme sous un voile humide.

— Ma dernière œuvre, dit le vieux. J'y travaille depuis des mois. Mais pour plusieurs raisons je ne parviens pas à la terminer.

Il dégageait précautionneusement la glaise, déroulait l'étoffe, faisait apparaître une jeune femme, la hanche droite d'abord, puis les jambes, le buste et, enfin, le visage d'une perfection classique.

— On peut, si vous voulez, l'appeler : *Naissance du printemps*, dit-il encore. Chacun peut lui donner un nom à sa guise.

Le corps avait les proportions de celui de la Vénus de Cnide, les mêmes seins menus et droits, les mêmes cuisses pleines et jusqu'à la même courbe charnue du pubis. La tête aux joues larges, au front bombé, avait un air de gravité souriante ou plutôt de contemplation et d'émerveillement comme devant quelque spectacle né d'un effort rigoureux, d'une volonté généreuse et invincible.

— Le modèle existe ?

— Mais oui, dit Filangeri. C'est Marie Leonardi, la fille d'un de mes amis. Je l'ai connue enfant. Elle doit avoir aujourd'hui vingt-cinq ou vingt-six ans. Sa mère était française. De Nice. C'est pourquoi son vrai prénom n'est pas Maria, à l'italienne. Son père a été tué pendant la guerre d'Espagne. Attention ! du bon côté. Il était antifasciste à tout crin.

Sur chaque bord du crâne les ailes de cheveux gris s'agitèrent.

— Elle est réellement aussi belle ? dit Sainte-Rose.

— Mais oui.

— Il s'agit d'une commande ?

— Pas du tout. Cela dit, j'ai soixante-douze ans. C'est un âge où l'on ne mise pas du tout sur l'avenir. Mais pour un artiste, vous le savez l'avenir c'est son œuvre.

— Pourquoi ne pas terminer celle-ci ?

Le vieux sculpteur montra ses mains aussi noueuses que des pièces de bois.

— J'attends de pouvoir me soigner. Et puis, où trouver un fondeur par le temps qui court ? Sans compter, attention ! que les Allemands saisissent tous les métaux non ferreux !

Il avait dit la dernière phrase en riant et ce rire le rajeunit, révéla ce qu'il y avait encore d'enfantin en lui sous l'usure des traits. Comme il retournait près du poêle et s'asseyait sur un fauteuil, le chat grimpa sur ses genoux et s'y pelotonna.

— Cette jeune fille pose-t-elle en professionnelle?

— Marie? Oh non. Elle n'a jamais accepté de poser qu'à cette unique occasion. (Un silence.) Pour moi, peut-être la dernière.

Aucune mélancolie dans le ton, aucun apitoiement sur soi-même. A reculons, le visage tourné vers l'esquisse toute luisante d'humidité, Sainte-Rose le rejoignit.

— Elle travaille dans les services administratifs de l'E.I.A.R., ou si vous voulez de Radio-Rome, derrière la Piazza Mazzini. Ce n'est pas si loin. De temps à autre elle vient me voir et ne manque jamais de m'apporter quelques provisions.

De sa main déformée par l'arthrite il caressait rêveusement le chat.

— Elle a du cœur, murmura-t-il encore.

Curieusement ces mots firent écho dans l'esprit de Sainte-Rose à un besoin de tendresse féminine qui le prenait pour la première fois depuis très longtemps, depuis Alger et les soirées dans un petit hôtel d'Hussein Dey, en compagnie d'une jeune auxiliaire de la Royal Air Force, toute blonde et menue, dont les soupirs heureux s'accordaient intimement à la proche rumeur de la mer.

Peu après il prit congé de Filangeri pour retourner au *palazzo* non sans avoir confirmé le rendez-vous du vendredi suivant. Il était satisfait de cette entrevue, et à ce sentiment se mêlait une espérance indéfinissable.

Sur le palier il rencontra un homme qui attendait aussi l'ascenseur et qui l'observa avec curiosité. Il était de petite taille, les paupières rouges avec un énorme cache-nez remonté jusqu'à la bouche. Sans doute quelque voisin du sculpteur.

Durant toute la descente l'insistance de cet avorton à le regarder lui causa une véritable gêne.

A cette même heure Marie atteignait La Piazza Mazzini, vaste carrefour à huit voies en étoile, toute proche de l'E.I.A.R., où elle travaillait. Dans son petit groupe de la Macchia (le nom de la Résistance urbaine à Rome) l'ordre était venu de surveiller l'itinéraire d'une colonne blindée de la Wehrmacht. On voulait savoir si cette grande unité qui depuis des jours descendait du nord, suivie sur tout son trajet (elle ne se déplaçait sur route que la nuit) par des guetteurs des organisations clandestines, ne ferait que traverser la ville en direction du front sud, ou si elle y cantonnerait. Les chars allemands venaient d'entrer par la via Cassia et au lieu de passer le Ponte Milvio roulaient le long du Tibre. On avait signalé les véhicules d'avant-garde à l'entrée de la via Angelico. Les services secrets des Alliés réclamaient d'urgence des renseignements à son sujet. Marie, de son poste d'observation, entendait déjà le lointain grondement des monstres, pensait à ceux qui, tout comme elle, étaient postés le long des branches de cet éventail formé par les rues qui s'ouvraient après l'étranglement entre le Monte Mario et le Tibre. Sa tâche : non seulement vérifier le trajet mais compter les chars et les camions. Il faisait froid. Des jardinets du rond-point montait une odeur de terre saturée d'eau. En biais, sur le côté gauche de l'avenue conduisant au fleuve, elle apercevait la façade de l'église du Christ-Roi. A l'intérieur se trouvait un prêtre à qui elle devrait remettre aussitôt le résultat de toutes les observations concernant le convoi.

Elle ignorait si le vieux monsieur — guêtres, chapeau gris — à l'angle de la via Sabatino, qui regardait attentivement les vitrines, était lui aussi de guet, mais d'imaginer ce réseau de compagnons inconnus, en alerte comme elle, la mettait à l'unisson d'un monde d'illusions généreuses. Le grondement se rapprochait comme celui d'un orage. Elle aperçut non loin d'elle, au-delà d'une plate-bande où s'ébattaient quelques moineaux, un jeune homme qui lui souriait. Le genre « joli garçon ». Brun, tête nue, les cheveux bien lissés. Elle se déplaça pour se trouver face à la via Oslavia. Précédé d'un camion découvert, le premier char *Tigre*, un mastodonte de soixante-huit tonnes, la gueule de son canon muselée de toile verte, arrivait dans le chahut de ses énormes chenilles. Sur le camion les soldats chantaient *Drei Lilien*. Le *Tigre* défila à droite, contourna le rond-point, s'enfonça dans la via Ferrari, avec, debout dans la tourelle, en manteau de cuir, les lunettes sur le front, un jeune officier tankiste au visage d'une beauté réellement féminine, les yeux clairs et glacés. En face le vieux monsieur avait disparu. En revanche le jeune homme aux moineaux se rapprochait d'elle, lentement, sans la moindre curiosité pour la bruyante colonne qui déferlait à présent sur la place. Encore deux *Tigres* frappés sur le flanc de la croix noire, leur carapace badigeonnée de vert et d'ocre, puis, sans qu'on sût pourquoi, un petit char *Panther* inséré entre deux colosses, bossué à l'arrière par ses fûts d'essence, les chaînes battant le pavé. « Surtout ne pas me perdre dans mes comptes! » L'air glacé la mordait aux chevilles, pénétrait sous ses jupes. Elle sentait aussi l'humidité du sol à travers ses semelles trop légères. Déjà deux *Tigres* abordaient la place à leur tour, chargés de feuillages comme des jardins ambulants.

Le terrain tremblait sous leur masse et leur tintamarre se répercutait jusqu'aux sommets des grands immeubles. Encore trois camions et le chant des soldats secoués par les cahots :

In Afrika rollen die Panzer...

Puis, une ambulance avec l'insigne de la Croix-Rouge, l'inscription sur la portière en lettres gothiques : *Deutsches rotes kreuz*, suivie d'une voiture BMW, puis un espace et, au loin, entre les façades lugubres, rampant comme un crustacé gigantesque dans la mouillure de cet après-midi de mars, d'un gris de fond sous-marin, un autre char géant, le long canon pointé comme une antenne redoutable.

— Vous attendez quelqu'un, mademoiselle?

La voix suave du jeune daim, juste derrière elle.

— Fichez-moi la paix, dit-elle d'un ton bas et coléreux.

Au diable, cet idiot qui venait juste à ce moment la perturber!

— Si vous êtes seule, je peux me permettre de vous inviter dans ce café là-bas? Il y fera plus chaud!

— Je vous ai déjà dit de me laisser tranquille! Est-ce clair? Sachez que j'attends mon fiancé.

— Non, non. Vous n'attendez pas quelqu'un. Pourquoi un rendez-vous en un endroit pareil? Et par ce froid!

— Filez, je vous dis.

— Ce fiancé a de la chance.

Elle céda à la tentation d'ironiser :

— Il est Suisse dans la garde pontificale. Et pas plus que moi il n'aimera votre genre.

— Quel regret! Moi qui suis si tendre!

Septième *Tigre*. Sixième camion. Un autre *Tigre* avec un fanion à croix gammée sur l'avant. Le garçon continuait de sa voix de plus en plus sucrée :

— Et penser que vous préférez un Suisse à un Italien!

Elle haussa les épaules, le sentit cependant intrigué par son attitude mais resta, elle, attentive au défilé du convoi. Huitième char. Le neuvième : un *Panther*. Interdit de prendre des notes. S'appliquer au rôle de badaud anonyme. L'idée lui vint que ce type, après tout, pouvait être un indicateur ou un policier. Elle n'était jamais d'une excessive pruderie et en temps ordinaire accueillait tranquillement les hommages des garçons. Celui-ci cependant l'exaspérait parce que, d'évidence, il ne pouvait tomber plus mal. Dixième char : un *Tigre!* Ses crochets de dépannage comme deux défenses tirebouchonnées, d'une cruauté préhistorique. La moitié du corps dressé hors de la tourelle, le chef de char, indifférent, lointain, la croix de fer au cou, l'œil gris, lui parut symboliser la froide férocité de la guerre.

— Quel succès vous devez avoir, dit le jeune homme. Je le comprends. Vous êtes si merveilleusement attirante.

Ton de raillerie gentille mais sur un fond réel d'admiration. A cause de son impatience elle allait peut-être mêler le nombre de chars et celui des véhicules d'accompagnement. D'un geste furtif elle tira sur son collier, en cassa le fil. « Qu'est-ce que vous faites? » et les perles de verre sautèrent jusque dans le ruisseau, brillèrent çà et là sur les dalles de ciment. Mais Marie en avait gardé une poignée dans la main. Poche supérieure droite : les blindés. Poche inférieure : tout le reste. Le jeune homme s'affairait. « Il y en a jusque dans l'eau! » gémissait-il, tout courbé. De son côté elle l'encourageait en feignant la désolation : « Mon Dieu, un cadeau de ma mère! Je le portais pour la première fois! » Encore une ambulance puis huit chars, puis douze camions. Tous les soldats, assis sur les banquettes, le fusil entre les cuisses, la regardèrent au passage. Elle vit dans leurs yeux une expression affamée qui la troubla. Toujours accroupi, le jeune homme continuait à glaner les perles, et comme certaines étaient tombées aussi dans un massif de fleurs, il allongeait le bras, les extirpait avec précaution pour ne pas s'enduire les mains de boue. Enfin, après le passage d'une grande ambulance, retentit la pétarade des derniers motocyclistes d'escorte. Le jeune daim s'était redressé, revenait vers Marie.

— Tenez, dit-il, je crois qu'elles y sont au complet.

Elle les récupéra en remerciant du bout des lèvres.

— Pourquoi, dit-il, êtes-vous si méchante avec moi? Je vous répugne vraiment à ce point?

Ton presque pathétique. Peut-être ne s'agissait-il pas d'un policier, ou alors il avait de remarquables dons d'acteur. De toute manière, ne pas entrer dans son jeu. Le temps pressait. Elle le planta là, eut le temps de voir dans son œil la petite lueur maligne des hommes qui savent, en virtuoses, attendrir les femmes et misent sur cet attendrissement. Au diable! La colonne entière était passée et le fracas des chars retentissait à présent dans la longue tranchée formée par les rues qui se succédaient en direction de la Piazza Cavour. Toute cette colonne d'acier avec sa puissance, sa brutalité, sa marche irrésistible, suggérait l'image d'un couteau qu'on enfoncerait dans un corps vivant. D'un pas rapide Marie avait traversé le rond-point. Le garçon tenta de la suivre ce qui le contraignit à sautiller à sa hauteur de façon un peu ridicule sans cesser de supplier : « Mademoiselle, oh, je vous en prie, mademoiselle! » Le mot *signorina* prenait dans sa bouche une douceur harmonieuse. Sans doute quelque Pisan ou quelque Florentin. Sans ralentir elle s'engagea dans l'avenue Mazzini. Alors seulement il renonça.

Elle était mécontente. A cause de ce malheureux crétin elle avait bel et bien failli brouiller la composition exacte de la colonne allemande. De plus, pour le cas où le jeune daim eût été un indicateur, elle avait dû se contraindre afin d'éviter une querelle ouverte. Restait sa ruse du collier dont elle s'amusait encore. Et, finalement, c'est en souriant qu'elle pénétra dans l'église.

5

Le soir même, après le dîner, Sandra s'était retirée dans sa chambre. Elle avait laissé son mari à l'écoute de la radio tandis que Sainte-Rose opérait pour la Marchesa quelques tours de cartes. Le Français l'intéressait sans qu'elle en sût les raisons précises. Peut-être parce qu'il semblait entièrement tourné vers un seul dessein (qu'il eût parlé de promenade cet après-midi-là n'était bien entendu qu'une feinte!) et qu'elle-même avait une ardente nostalgie de départ! Aussi : soif d'unité. Parfois de sentir en elle plusieurs êtres — et contradictoires —, la rendait nerveuse, l'incitait à fuir et à se fuir, à changer de lieu, d'entourage. Restait l'opium, il est vrai, et cette bulle cotonneuse dans laquelle le monde s'effilochait après quelques cigarettes, et surtout imposait cette sensation que la pensée perdait enfin ses pointes aiguës et blessantes, qu'elle s'aplanissait, tournait en cercle étroit comme si le temps ne se déroulait plus mais au contraire s'enroulait sur lui-même. Plantée devant sa glace elle pratiqua comme à l'accoutumée divers mouvements de culture physique. Elle était en slip, voyait ses seins et leur fleur brune, son ventre plat, ses cuisses musclées. Quand elle eut terminé elle prit une douche brûlante, se pesa, enduisit son visage d'une crème que lui procurait à prix d'or une amie. Le lendemain elle devait rejoindre son amant mais lui avait déjà téléphoné pour se libérer du rendez-vous en donnant un vague prétexte. Les répliques de l'homme au bout du fil (il ne semblait pas dupe) avaient fini par l'agacer. Qu'il crût ou non ses explications lui importait peu.

A quoi consacrerait-elle cette prochaine journée ? Elle n'en savait rien, n'avait aucun projet défini. De toute manière elle pourrait toujours le rappeler, le faire venir in extremis. Elle était sûre d'une seule chose, c'est qu'elle allait changer d'amant. Il lui arrivait ainsi de fermer brusquement des portes à l'intérieur d'elle-même avec l'illusion — et la certitude qu'il s'agissait d'une illusion — d'infléchir par-là même le cours de son destin.

A peine se fut-elle enfoncée dans son lit que les sirènes d'alerte mugirent. Nue sous son épaisse robe de chambre elle rejoignit le salon. Luigi et Sofia s'occupaient déjà de la Marchesa, lui faisaient revêtir un gros manteau noir, enfiler des gants. Dans la cour, Giacomo laissait pénétrer les voisins que le règlement autorisait à utiliser la cave du *palazzo*, décrétée abri collectif. On entendait du salon le piétinement des personnes qui arrivaient, franchissaient le portail, tandis que le cri lugubre des sirènes continuait à traverser tout le ciel.

— Vraiment, vous voulez rester ici ? demanda la Marchesa.

Il objecta que dans l'abri il trouverait des gens du quartier qui n'avaient pas l'habitude de l'y rencontrer et que cela pouvait être imprudent.

— Comme vous voudrez, dit-elle.

Sandra, de son côté refusa de descendre, à cause du froid humide qui régnait en bas, en réalité parce qu'une certaine claustrophobie lui rendait ces heures insupportables.

Restés seuls, Sainte-Rose se mit à faire des réussites sur la longue table et Sandra s'installa dans un fauteuil face à la cheminée, les jambes hautes découvrant ses cuisses jusqu'à la naissance des zones intimes, très à l'aise, une cigarette aux lèvres. Les sirènes moururent et dans la nuit commença le grondement des bombardiers couvert aussitôt par le vacarme de la D.C.A. déchaînée. Tout le ciel semblait vibrer comme un gong immense frénétiquement martelé sur toute sa surface.

— On raconte qu'une grande unité blindée est venue cantonner dans le sud de la ville, dit Sandra.

Il resta silencieux, comme absorbé par ses cartes. Elle ajouta :

— A quoi pensez-vous?

— A la difficulté, la nuit, pour les B25 et les B26 de toucher des objectifs précis. Ne sont pas exactement faits pour ce travail.

— Comment savez-vous qu'il s'agit de ce genre d'appareils?

— Supposons que j'aie un don.

— N'est-ce pas un type d'appareil que vous manœuvrez vous-même?

— Oui.

Des explosions retentirent soudain, profondes, et, bizarrement, des vitres — mais seulement du côté du jardin — se mirent à vibrer. En même temps les pendeloques du lustre tintèrent de façon délicate, sur deux notes, comme les sons d'un instrument très ancien. Elle fut persuadée qu'il était très loin d'elle, indifférent à sa présence, ce qui lui causait une vague irritation. La chaleur de la cheminée — elle avait jeté une nouvelle bûche dans l'âtre — lui procurait un bien-être physique qui contrastait avec l'instabilité émotive de son esprit. L'odeur méridionale de certaines fleurs dans un vase tout proche réveillait des souvenirs de son adolescence, imprécis mais tout ensoleillés, et elle ouvrit sa robe pour offrir à la chaleur ses seins, son ventre, renouant ainsi à trente ans de distance avec ces journées d'été où elle s'étendait nue dans les champs, sous le ciel incendié, ivre de sentiments et de désirs confus. Les explosions provoquaient un frémissement de tous ses nerfs par ondes brusques qui parfois lui hérissaient la peau des bras et du visage et elle éprouva le besoin de parler.

— C'est pour faire un travail dans le genre de celui-ci que vous voulez passer les lignes ?

Cette question parut le surprendre. Il leva la tête, se contenta de murmurer :

— Bien sûr...

— Il est donc possible, reprit-elle, qu'un jour, ou plutôt par une nuit semblable, vous veniez à votre tour lâcher des bombes sur nous ?

— Oui.

— Et le hasard pourrait guider l'une d'entre elles précisément sur cette maison ?

— En effet.

— Comment accueillez-vous cette idée ?

— Quand j'étais enfant j'entendais dire très souvent que j'avais, en naissant, tué ma mère puisqu'elle était morte en me mettant au monde. Sans le vouloir on a ainsi développé en moi un somptueux complexe de culpabilité. A la longue je suis parvenu à faire bon ménage avec lui.

— Et vous vous en êtes guéri par le cynisme?

— Non, la lucidité.

Il aligna quelques cartes. La lumière de la cheminée le touchait de biais, dégageait sa joue, sa mâchoire osseuse, révélait une pureté virile qui l'émouvait.

— Qu'est-ce que vous entendez par là?

— Les camarades qui naviguent là-haut, je sais ce qu'ils éprouvent en ce moment, et qu'ils ne sont ni tout à fait innocents ni tout à fait coupables, comme d'ailleurs la plupart d'entre nous. Au nom de quelle morale les jugez-vous? Pour ma part je cherche depuis longtemps à me construire et en même temps des choses en moi s'effondrent, soit par ma faute, soit par l'effet des circonstances.

Elle ne le comprenait pas entièrement mais elle devinait en quoi il était différent d'elle, et qu'il s'efforçait de colmater en lui les brèches par où pourraient s'élancer des passions plus ou moins torrentueuses, incontrôlables. Peut-être appartenait-il à cette race d'homme pour qui les sentiments violents sont une faiblesse qu'il faut réduire? Avec une subtilité rusée elle attendait qu'il s'aperçût de sa nudité. Le dossier du fauteuil la cachait mais une fois debout il la verrait à coup sûr et cette pensée provocante l'empêchait de céder à la peur car le fracas de la D.C.A. s'amplifiait et les explosions devenaient plus proches.

— Il faudrait, continuait Sainte-Rose sans cesser de manier ses cartes, jeter hors de soi des choses parfaitement admises qui nous semblent essentielles ou précieuses, pour que la vie, et donc la mort, nous apparaissent enfin dans leur simplicité réelle. J'ai connu beaucoup de chambres d'hôtels anonymes.

Et quand je suis parti pour la guerre j'ai appris que ma belle-mère avait distribué à droite et à gauche les livres et les vêtements que je n'avais pu emporter, comme si jamais plus je ne devais revenir. Et c'est une brave femme, qui a pour moi de l'affection, mais qui d'instinct doit savoir que l'absence est déjà une image de la mort.

Des coups de sifflet stridents perforèrent le grondement de l'artillerie : quelque chef d'îlot qui, sur la place, rappelait aux consignes de black-out. Mais du côté de la rue, Giacomo avait soigneusement aveuglé les persiennes avec des bandes de tissu noir.

— Savez-vous, poursuivait Sainte-Rose, qu'avant un départ en mission les équipages doivent obligatoirement vider leurs poches entre les mains d'un officier désigné? Pour des raisons formelles il est interdit de conserver sur soi fût-ce des cigarettes ou un ticket de tramway. La première fois j'ai compris que j'avais déjà l'habitude au moment de partir de vider jusqu'à mes poches secrètes, celles de l'âme, avant même de devenir pilote de guerre, et cette petite formalité ne m'a pas du tout ému.

Encore un coup de sifflet. Une voix grondeuse monta :

— Lumière au trois!

Ce cri parut exaspérer davantage le chahut hystérique de la D.C.A. Sandra avait légèrement replié sa robe mais gardait les seins à découvert. Elle écoutait paresseusement Sainte-Rose qui disait :

— En Allemagne il arrive que des aviateurs alliés, abattus par la Flak ou la chasse, soient fusillés en l'air par les civils pendant qu'ils descendent du ciel en parachute, et quand ils touchent la terre ils ne sont plus que des cadavres déchiquetés. Si une telle aventure m'advenait, je crois qu'au-delà de ma terreur et de mon désespoir je n'en voudrais pas trop à mes assassins. Les maisons éventrées, les décombres, les enfants écrasés sous les ruines, cela existe. Ce que nous ressentons, nous, là-haut, n'est pas une compensation. Autre chose...

Il jeta le paquet de cartes d'un geste de lassitude, se leva, fit quelques pas dans le salon, s'éloigna du fauteuil de Sandra, l'esprit soudain envahi par certaines images, les visages parallèles des pilotes, le bombardier à l'avant dans l'habitacle vitré, le doigt sur le bouton de déclenchement, les mitrailleurs rivés à leur machine dans les étroites tourelles, la soute à bombes ouverte, les engins amorcés, sinistres dans ce repos illusoire, à travers cet univers fracassé : balles traceuses, flocons rouges et noirs de la D.C.A. et les yeux flamboyants des projecteurs, les embardées de l'appareil dans les remous furieux des déflagrations! Qu'il était étrange de vivre ces deux émotions à la fois, dans ce petit hôtel particulier si vétuste et que le souffle d'une explosion suffirait seul, peut-être, à détruire! Il entendit Sandra qui demandait d'un ton à la fois moqueur et agressif :

— Combien d'amants croyez-vous que j'ai eus jusqu'ici?

Il s'arrêta, se tourna vers elle, haussa les épaules, reprit ensuite sa marche de long en large de l'autre côté de la table, loin de la cheminée tandis qu'elle continuait :

— Trente-huit, mon cher! Et Luigi m'a épousée vierge! Nous sommes en Italie, n'est-ce pas? J'avais à peine dix-huit ans!

Elle replia les jambes et il découvrit alors sa posture provocante.

— Trente-huit, et dans ce nombre rien que des partenaires agréables!

La D.C.A. s'amplifia soudain, les pendeloques du lustre firent de nouveau retentir leur musique mélodieuse.

— Agréables, sauf dans un cas. Un inconnu qui m'avait abordée dans la rue et que j'avais suivi chez lui sans même savoir son nom. Très doux et prévenant au début il se met à me frapper une fois au lit et parce que je crie et que je me débats il m'écrase et me paralyse. Ma résistance lui plaisait et ma peur aussi, et dès que je l'ai compris et que je me suis tenue tranquille il s'est calmé.

Sainte-Rose faillit demander : « Pourquoi me racontez-vous ça ? » mais dans la même seconde il se dit qu'elle subissait le choc nerveux produit par le bombardement, ou peut-être qu'elle voulait saccager quelque chose en elle qui la tourmentait. Sofia lui avait confié que Sandra, deux ans après son mariage, avait eu une petite fille morte de méningite, que cet événement tenait encore une place importante dans sa vie. Mais pouvait-on croire tout ce que disait Sofia ? Et Sandra continuait :

— J'ai un autre souvenir mais plus heureux, celui-là. A Gênes, il y a quatre ou cinq ans, j'ai passé la nuit avec deux hommes. J'avais bu avec eux et j'avais accepté d'en suivre un, mais il s'était arrangé pour que son ami fût présent dans l'appartement...

Comme Sainte-Rose s'éloignait vers le fond du salon, s'enfonçait dans la pénombre, elle se redressa, tournée vers lui :

— Vous êtes choqué, n'est-ce pas ? Allons, venez donc me dire que je vous dégoûte et que je me conduis comme une catin !

Le grondement de l'artillerie faiblissait comme celui d'un orage qui s'éloigne.

— La seule chose que j'aimerais vous dire, c'est que je n'ai aucune vocation de confesseur et que vous pouvez conduire votre vie comme il vous plaît ! D'ailleurs, tout ce que vous rapportez est intéressant. Pas neuf, je crois, mais intéressant.

Elle rit brusquement, d'un rire saccadé. Lui se disait qu'il est toujours dangereux de dédaigner une femme qui s'offre, et juste à cet instant trois explosions presque simultanées ponctuèrent le mot *dan-ge-reux*.

Il ne lui venait pas à l'idée de profiter de cette situation tant il lui paraissait indigne de prendre la femme — fût-elle aussi provocante que Sandra ! — d'un homme qui contribuait à le cacher et risquait pour lui la mort ou, au moins, la déportation. Une telle retenue, il en était très conscient, était méritoire car depuis des semaines il n'avait pas touché à une femme et cette abstinence forcée lui valait souvent des nuits insomnieuses.

Brusquement l'artillerie cessa et peu après les sirènes annoncèrent la fin de l'alerte. De nouveau on entendit dans la cour les voisins qui abandonnaient l'abri, se répandaient sur la placette en échangeant des appels étouffés. La Marchesa entra à la fin, semblable à une de ces vieilles aristocrates peintes par Goya qui surprennent par le contraste violent entre leur décrépitude physique et leurs atours trop légers. Sofia l'avait débarrassée de son manteau et, de son petit pas mécanique, elle s'en fut chez elle. Dans l'ombre ses yeux de chouette brillaient intensément. Derrière elle Luigi paraissait très las. Il souhaita le bonsoir et à son tour disparut dans sa chambre. Avant de songer à l'imiter, Sainte-Rose reprit le jeu de cartes, le présenta à Sandra en la priant d'en choisir une, de la lui montrer puis de la remettre elle-même dans le paquet, enfin de battre celui-ci tout à son aise. Elle obéit sans cesser de le regarder de façon ironique. Sainte-Rose manipula un instant le jeu, l'étala à l'envers sur la table, retourna une carte : c'était bien celle de Sandra. Trois fois il recommença et trois fois avec le même succès. Bien qu'il devinât que Sandra était à bout de nerfs et qu'elle souhaitait de toute son âme qu'il se trompât, il s'appliqua pour réussir ce tour relativement difficile. Elle se tenait de l'autre côté de la table et une petite lueur démente s'allumait et s'éteignait tout au fond de ses yeux énormes bordés de longs cils recourbés. A aucun moment elle ne manifesta la moindre surprise et se retint de féliciter Sainte-Rose pour sa virtuosité ou son adresse.

Le lendemain elle lui proposa d'aller visiter les quartiers sinistrés mais il refusa et elle ne put démêler s'il craignait de sortir en sa compagnie, jugée une fois pour toutes « hasardeuse » (elle s'en amusait) ou s'il répugnait vraiment, comme il l'affirmait, à prendre en spectacle le malheur des autres. Finalement elle partit seule et lui demeura persuadé que cette invitation devait comporter quelque arrière-pensée.

Le même soir, après dîner, Sainte-Rose et Sandra se retrouvèrent devant la cheminée du salon à l'heure habituelle où, tandis que dans une pièce voisine Luigi écoutait la radio, Sofia aidait la Marchesa à sa toilette de nuit. Le feu n'était pas très nourri pour économiser la réserve de bois. A Sainte-Rose qui s'était plongé dans un petit ouvrage sur les Etrusques, Sandra dit d'un ton d'impertinence :

— J'espère que vous n'avez pas pris pour argent comptant

ce que je vous ai raconté hier! Je fais allusion à certaines confidences.

Qu'une femme comme elle se rétractât de cette manière abrupte laissait supposer qu'elle y avait longuement réfléchi.

— Mais non, dit-il. J'ai compris que le bombardement vous angoissait et j'ai fait la part des choses.

Elle resta un moment silencieuse à regarder les flammes.

— Vous me parliez de la guerre, ajouta-t-elle. Et vous m'accabliez aussi de vos ineptes tours de cartes.

— Pardonnez-moi.

— Allons donc! N'importe quel autre homme dans cette circonstance m'aurait fait la cour.

— Ce raid ne valait peut-être rien non plus pour mes nerfs.

Elle sourit et parfois son sourire, comme à cet instant, donnait à son visage un éclat de matoiserie assez déconcertant.

— Et moi qui croyais, dit-elle, que la guerre et le danger exaspéraient les instincts érotiques!

— C'est un préjugé qui date du XIXe siècle. Cela n'a jamais été prouvé scientifiquement.

Elle ne se doutait pas qu'avec ses regards fixes de toxicomane elle faisait bondir sa pensée comme si elle approchait de son front une pointe de fer rouge. Dieu qu'il eût aimé sortir dans le jardin, marcher sous les arbres, savourer la paix nocturne!

— Excusez-moi, je vais retourner là-haut, dit-il.

— Vraiment? Ma foi, je commence à croire que vous n'êtes pas un homme tout à fait comme les autres.

Il regardait le feu, les petites grottes pourpres dans l'amas des braises, surpris par la vulgarité du ton qu'elle avait employé.

— Peut-être pas tout à fait comme les autres, en effet. Et pour tout dire, je ne pense pas que tous les actes se valent car alors aucun d'eux n'aurait d'importance et j'ai besoin que certains comptent plus que d'autres.

— Et moi, dit-elle, je ne peux vivre sans un certain aveuglement. J'ai horreur que tout soit en plein lumière. Comme nous différons tous les deux! N'est-ce pas?

Dès ses premiers mots elle s'était levée pour s'approcher de Sainte-Rose d'une allure coulée. Penchée sur lui elle le regarda avec une subite dureté puis lui baisa la bouche, longuement, et il sentit ses lèvres très chaudes, vivantes, et sa langue agile, et juste à ce moment une porte grinça près de l'escalier. Sandra s'écarta d'un mouvement aisé, s'adossa à la cheminée à l'instant où Luigi venait annoncer que les Soviétiques achevaient de libérer toute la Crimée. Sainte-Rose se tourna vers lui. Les avait-il surpris? Rien dans son attitude ne permettait de le supposer. Il paraissait très calme et ajouta une autre information relative à la guerre dans le Pacifique. Sans doute pour se donner une contenance Sandra s'était-elle mise à tisonner le feu, un genou à terre, montrant un pied nu car en s'éloignant à reculons de Sainte-Rose elle avait perdu une de ses mules. Les flammes s'élevèrent d'un coup, projetèrent une grande lueur et toute la chevelure de Sandra parut s'embraser. Lentement Luigi descendait les marches. Vraiment on ne pouvait rien lire sur ses traits. Tandis qu'il approchait, Sainte-Rose se demanda si Sandra lui avait laissé des traces de rouge. Il était embarrassé, vaguement furieux. Diable, ce brave Luigi n'avait qu'à mieux surveiller sa femme! Mais celle-ci, d'un pas égal, rejoignit son mari, lui dit qu'en effet il fallait se réjouir de ces nouvelles, ajouta quelque chose au sujet de « la machine de guerre allemande qui faiblissait », tout cela d'un ton parfaitement naturel. Le cœur de Sainte-Rose frappait à coups profonds et espacés dans sa gorge. Peu après Sandra ajouta en souriant, et avec la même aisance :

— Eh bien, il est temps pour moi d'aller dormir, au cas où cette nuit nous subirions de nouveau une alerte.

Un instant Sainte-Rose craignit de rester en tête-à-tête avec Luigi, mais non. Luigi, lui aussi, désirait se coucher.

Quand il fut seul dans sa chambre, enfoncé dans son lit, lumière éteinte, Sainte-Rose s'aperçut pour la première fois que les ailes des papillons, sur le mur opposé, dégageaient des phosphorescences et suggéraient — mais pourquoi ? — les maquettes d'avions ennemis suspendues à Villacidro au plafond de la salle de *briefing*. Il ferma les yeux. Froid vif. Plus que la scène avec les tankistes, celle qu'il venait de vivre lui laissait la conviction définitive que Sandra, tôt ou tard, le placerait volontairement ou non dans une situation dangereuse. Que son projet d'évasion pût se trouver compromis par quelque extravagance de cette femme était pour lui une idée insupportable. Une fois de plus il examina toutes les difficultés qu'il aurait à surmonter pour sortir de Rome, et passer les lignes en franchissant les Abruzzes au-dessus de la limite des neiges. L'obsession d'un rigoureux encerclement le reprit et, même dans son sommeil, il retrouva l'image désespérante de remparts couleur d'acier, lisses à l'infini, sans une seule ouverture.

Ce fut au cours de l'après-midi suivant que Sandra, lentement, grimpa jusqu'au dernier étage. En bas, dans son petit salon particulier la Marchesa recevait quelques vieilles amies autour d'un café à goût de réglisse accompagné de petits fours à la fève. Dehors, il pleuvait. Sandra pénétra dans une des pièces pour domestiques qui servaient à présent de débarras. On y avait entassé des malles et remisé une grande volière en osier et un mannequin de bois qui avait dû appartenir à la Marchesa, avec la taille cambrée, la croupe rebondie comme sous l'effet de l'impitoyable corsetage de l'époque, mais qui suggérait un corps jeune, tendre, voluptueux. Tout à côté Sainte-Rose avait mis en marche la radio et elle écouta avec ennui l'écho des gigantesques orages qui dévastaient la terre. Depuis la veille surtout elle se sentait au sommet d'une pyramide de sentiments, de souvenirs, entourée d'un vaste désert gris. Après quelques minutes elle ressortit, alla frapper à la porte voisine. Dans la lumière blafarde de la chambre elle vit Sainte-Rose qui, surpris, la regardait comme s'il cherchait à deviner ses intentions. Peut-être avait-il déjà la certitude qu'elle était nue sous le beau kimono de soie orné de fleurs finement brodées? Ses yeux s'étaient légèrement plissés. Il portait un tricot de laine bleue aux manches retroussées sur les poignets.

— Je vous dérange?

— Mais non! dit-il, et vivement il alla éteindre le poste.

— J'avais besoin de parler à quelqu'un.

— Dans ce cas vous avez bien fait...

Il semblait sincère quoique un peu troublé.

— Il pleut, dit-elle, et la maison est remplie de vieillardes.

— Je comprends.

Elle pensait à l'autre homme qu'elle aurait dû rejoindre aux Parioli à cette même heure.

— Mais asseyez-vous donc, dit-il.

Elle se laissa tomber sur un fauteuil. Tandis qu'il chargeait le petit poêle elle se disait qu'il ne lui faciliterait rien et que de son côté elle avait toujours du mal à capter l'esprit des autres.

Elle était très consciente aussi que son rythme de vie procédait par vagues successives séparées toujours de creux profonds. En ce moment elle se savait portée par un long, un interminable rouleau prêt à déferler. Le buste en avant, une cigarette au bout des doigts elle observait Sainte-Rose, attentive à ses moindres gestes.

Il paraissait bizarrement compassé.

— Est-ce que je vous fais peur? demanda-t-elle à la fin.

Avec la même ironie il répliqua :

— Allons donc! C'est moi qui me fais peur!

Elle se dit que par instants il lui semblait hostile, dressé amèrement contre elle. Qu'elle aurait aimé lui caresser le visage, faire affleurer cet être invisible qui était en lui, étrangement délicat et secret, capable de tendresse, capable de conjurer la peur, le vide effrayant du monde! Après tout, elle n'était pas tellement plus âgée que lui! Or, au lieu de se laisser influencer par ce désir elle se crispa et dit sèchement :

— Vous avez des scrupules pour certaines choses mais s'il fallait écraser des centaines d'innocents sous vos bombes...

— Faire la guerre c'est toujours tuer des innocents.

— Je suis allée hier matin voir les victimes du dernier raid. Il y avait des enfants. J'ai parlé avec la mère d'une petite fille qui avait eu les jambes déchiquetées.

Elle découvrait qu'elle parlait à contre-courant des sentiments qui l'avaient incitée à rejoindre Sainte-Rose et qu'elle ne pouvait cependant s'arrêter. Cela lui paraissait aussi difficile que d'empêcher la fuite d'un animal fantasque simplement en levant les bras. A la fenêtre, le front contre la vitre,

Sainte-Rose regardait d'un air soucieux le jardin sous l'averse.

— Vous devriez repartir dans votre chambre, dit-il et lorsqu'il se retourna elle vit qu'il avait les pommettes enflammées, les yeux brillants.

— J'espère que vous ne me jetez pas dehors?

— Non.

— Merci, dit-elle avec une fausse humilité.

Et comme il reprenait la même position devant la fenêtre elle demanda :

— A quoi pensez-vous?

— A un avion qui traînait derrière sa formation après un raid. Il était durement touché et ne pouvait rejoindre les autres, se faisait distancer. Et personne ne pouvait rien pour lui. Ensuite, le feu s'est mis à le dévorer.

Elle comprenait qu'il répondait à son reproche précédent et fut prise de lassitude. Cette petite fille qu'elle avait évoquée allait mourir, le médecin le lui avait assuré, et rien à ses yeux ne compenserait jamais cette injustice monstrueuse. Elle se souvenait qu'elle n'avait pu pleurer, exactement comme dix-huit ans plus tôt devant un visage d'enfant pétrifié par la mort. A cette évocation toute sa pensée bondit comme une eau torrentueuse par-dessus des rochers.

— Cet avion, c'était le vôtre?

— Non. Mais tout se passe de la même manière.

Saurait-il jamais la raison profonde qui l'avait fait monter chez lui? cette hantise de la solitude contre laquelle aucun subterfuge ne pouvait rien? De nouveau elle sentit le désir de le défier, de le provoquer, de l'obliger à se tourner entièrement vers elle, d'accaparer tout son esprit.

— Vous savez, mon mari et moi ne sommes que de bons camarades.

— Je ne crois pas cependant qu'il se réjouirait de votre visite ici.

— Je ne le crois pas non plus. Il n'est pas si détaché que je le prétends parfois. De toute manière l'adultère à mes yeux n'est pas un péché.

Il ne réagit pas mais elle était convaincue qu'il l'écoutait avec une forte attention.

— Et je me demande, poursuivit-elle, ce qu'est réellement un péché ? Peut-on considérer que c'en est un, par exemple, d'assassiner des petites filles ? Cela fournirait un repère.

Le front contre la vitre il continuait à regarder dans le jardin, comme si quelque danger se trouvait aux aguets, tout en bas, entre les maigres massifs.

— De toute manière, dit-elle, il me semble que je suis née avant que la notion de péché ait été inventée. J'ai une âme qui, j'en suis certaine, s'est formée aux premiers âges du monde, avant qu'on ne soit venu racheter nos fautes et nous apporter le salut. Disons que j'ai en quelque sorte une âme préhistorique.

La pluie avait cessé depuis un moment. Les hautes branches d'un arbre luisaient d'humidité. Sainte-Rose, à pas lents, revint vers le centre de la pièce, se rapprocha de Sandra, les bras étroitement croisés, dans une attitude un peu frileuse et sous son regard elle sentit sa gorge se durcir, mais elle continua de sourire. Puis d'un geste vif elle jeta sa cigarette à moitié fumée dans un cendrier.

— Vous ne croyez à rien, dit Sainte-Rose d'une voix navrée. Vous avez une petite âme qui court sans se poser comme ces phosphorescences qu'on voit la nuit dans les cimetières.

— Je crois seulement à ceci : que je suis vivante à cette minute. Je crois qu'hier n'existe pas et n'a jamais existé. Pas plus que l'heure qui va venir n'existe encore. Je crois qu'en dehors de cette minute tout n'est que silence pascalien, vide sidéral, sommeil hypnotique ou tout ce que vous voudrez, à votre choix.

Il était tout près du lit, à présent, et ses traits exprimaient une volonté soudaine de possession. Elle recevait enfin ce qu'elle avait souhaité et quelque chose en elle, desséché jusque-là, tremblait, s'ouvrait, s'épanouissait délicieusement sous les ondes de ce désir d'homme qui l'enveloppaient peu à peu. Un éclair tout neuf allait jaillir au plus profond de son être, la blesser, la délivrer, la tirer de ses peurs. Elle avait renversé la tête, fermé les yeux à l'instant même où il avançait la main, écartait le kimono, dénudait ses seins. Elle souriait encore lorsqu'il l'allongea sur le lit, se coucha sur elle.

6

Le vendredi, au milieu de l'après-midi, Sainte-Rose se rendit chez Filangeri pour rencontrer Luca. Il avait prévenu la Marchesa qu'il ne rentrerait que le lendemain matin. Elle n'avait posé aucune question mais avait indiqué que dans un cas extrême il pourrait l'appeler au téléphone en parlant de lui à la troisième personne. « Comme si vous vous appeliez Tiberio. Un Tiberio a été, quand j'avais dix-sept ans, mon premier amour! » Elle s'était engagée aussi à ne dire à Sandra et à Luigi que l'essentiel, qu'il passait la nuit chez des gens de la Macchia pour mettre au point son évasion.

— Rien de plus. Vous connaissez ma belle-fille. Trop fantasque. J'ai été un peu comme elle dans ma jeunesse. Je la comprends. Elle est d'ailleurs davantage ma fille que Luigi n'est mon fils. C'est pourquoi je lui pardonne souvent ses fantaisies.

Il aborda l'avenue avec prudence. *SPQR Comune di Roma! Vietato*... Toujours cette atmosphère de ville désolée par une épidémie! Ah, se méfier surtout des contrôles de police! Il marchait en traînant la jambe et au-delà de son inquiétude la vie lui paraissait infiniment précieuse et passionnante! Le sentiment de se trouver au cœur d'une grande cité fermée sur elle-même lui ajoutait une certaine exaltation. En effet, chaque jardin, chaque rue, chaque lampadaire prenait à ses yeux une harmonie irremplaçable comme chaque objet à bord d'un navire isolé en pleine mer. Un soleil gris courait derrière les nuages. Sainte-Rose regardait froidement passer les camions allemands chargés de soldats et il pensait à Sandra et à sa propre anxiété en abordant Luigi au dîner, une heure somme toute après qu'il eut possédé sa femme. Dieu qu'elle était ardente! Il revoyait son corps étroit, ses cuisses nerveuses, l'expression tourmentée de son visage dans le plaisir. Il ne regrettait rien et cependant il n'était pas content de lui, hostile à ce dédoublement de son esprit comme à cette hypocrisie dont il devrait faire preuve désormais jusqu'à son dernier jour de Rome. Au bout de l'avenue le fleuve coulait vite. Pour Sainte-Rose, depuis qu'il avait quitté le *Palazzo*, chaque minute s'accélérait et il découvrait qu'il ne voulait avec précision qu'une seule chose : son départ pour les Abruzzes. Dès son arrivée à Rome il n'avait vécu que pour ce projet, et cette idée n'avait jamais cessé de briller — diamant enfoui — au plus profond de lui-même. Qu'importait Sandra? Une créature croisée sur la route de sa vie comme tant d'autres! Et tandis que cette pensée se formait en lui un instinct l'avertissait qu'il cherchait en vain à s'aveugler le cœur, qu'il était allé au-delà d'une simple aventure galante et que cette femme portait en elle un mal profond dont il pourrait lui-même subir les atteintes.

Une demi-heure plus tard il s'engageait dans l'immeuble de Filangeri. Le sculpteur le reçut avec la même affabilité. Il portait son habituel tricot noir à col roulé. Chez lui le froid était plus pénétrant que dans la rue.

— Venez dans l'atelier. Je vais tout de suite allumer le poêle. Voulez-vous de l'alcool ou du lait chaud?

— Alcool.

Dans l'attente de Luca ils parlèrent de la guerre et des dernières nouvelles diffusées par la B.B.C. Le poêle se mit à ronfler et la chaleur commença à embuer les vitres. Comme un long fantôme l'esquisse en glaise se dressait sous son voile. En face, un chat de bronze, dans une attitude d'affût, donnait le sentiment d'un corps bourré d'énergie électrique prêt pour un bond dont dépendait quelque chose d'essentiel, de vital, et l'expression même de la tête, oreilles pointées en avant, suggérait cet engagement absolu. Une telle intensité, plus que l'élégance et la pureté des formes, captiva Sainte-Rose comme s'il voyait l'interprétation plastique de sa propre tension intérieure. Frileusement Illyoutchine (qui sans doute avait dû naguère servir de modèle) restait pelotonné dans sa corbeille. Après avoir proposé une partie d'échecs, Filangeri disposa les pièces qu'il avait lui-même taillées dans de l'ébène et du bois de citronnier. Avant d'entamer la partie il alla tirer les rideaux de la fenêtre. Celle-ci encadrait, au-dessus des toits, une masse de nuages violets que Sainte-Rose trouvait accordée à ce qu'il appelait le « silence océanique » de la ville. Enfoncée dans ce silence il imaginait Sandra en attente, car elle l'attendait, il en était certain, et cette idée, il en convenait, lui procurait un vague plaisir.

La partie était bien entamée lorsqu'il entendit les freins de la voiture grincer au pied de l'immeuble. Des portières claquèrent et il perçut des bruits de pas sur le trottoir. Puisque le couvre-feu avait commencé il s'agissait sans aucun doute d'un véhicule officiel.

Alerté à son tour, Filangeri écouta un instant et conclut :

— Nous avons un haut fonctionnaire qui habite au deuxième.

Comme il ne semblait pas inquiet, le jeu reprit. Cependant la rumeur en bas dans le corridor commençait visiblement à intriguer Sainte-Rose. Son oreille captait un piétinement dans l'escalier, — au moins quatre ou cinq personnes, et elles ont négligé l'ascenseur. Pourquoi? Peut-être est-il en panne? — Le vieux était plongé de nouveau dans ses calculs, mais le chat qui jusque-là somnolait venait de lever la tête et se mettait à ressembler à son effigie de bronze. Sainte-Rose eut l'impression que le monde se rétrécissait peu à peu, se limitait lentement à cet immeuble posé sur rien, prêt à basculer dans le vide, et sa pensée elle-même parut se réduire à un petit cercle contre lequel par bonds rapides elle se meurtrissait. Cette fois Filangeri écoutait lui aussi. Il s'était redressé. Entre eux l'échiquier absorbait toute la lumière de la petite lampe électrique suspendue à un mètre au-dessus. On avait dépassé le deuxième étage, celui où demeurait le fonctionnaire, et l'on atteignait déjà le troisième palier. Alors Filangeri se redressa, un peu effaré. Inutile de poser la question. Pour lui non plus il ne pouvait s'agir de Luca. Luca ne devait-il pas venir seul? D'un geste il fit signe de ne pas bouger et Sainte-Rose éprouva aussitôt une exaltante curiosité pour ce qui allait se produire comme chaque fois qu'il se trouvait pris dans une situation dangereuse. Etrangement proches, les pas cette fois sonnèrent le long des marches du dernier escalier. Furtivement sur ses espadrilles Filangeri s'avança jusque dans le couloir, son ombre projetée de façon grotesque sur la cloison par la lampe basse de l'atelier. D'une allure chaloupée le chat traversa la pièce laissant à Sainte-Rose une sensation d'abandon définitif. Les pas s'étaient arrêtés devant la porte de l'appartement. Au-delà des rideaux s'étendait la nuit glacée. Sainte-Rose serra sa ceinture sur le pantalon prêté par le docteur Mantegna et boutonna également sa chemise qui, elle, provenait de l'armoire de Luigi. On sonna deux coups brefs. Une eau écumeuse cascadait dans l'esprit de Sainte-Rose pendant que Filangeri glissait là-bas dans l'obscurité, disparaissait, le chat sur ses talons. De nouveau on sonna mais avec plus d'insistance. Cet appel le traversa tout entier, se répercuta à travers une suite de chambres sonores, éveillant le souvenir d'une autre sonnerie toute semblable, un jour qu'il avait laissé à la porte, sans lui ouvrir, une femme qui l'aimait et qu'il avait décidé, lui, de ne plus jamais revoir. Madeleine! Le nom surgit dans sa mémoire, escamoté aussitôt, détruit par les coups impatients frappés contre la porte. Filangeri tirait le verrou. Sainte-Rose qui s'était précipité le voyait, chétif, dans son gros pantalon et son tricot déformé, les cheveux ébouriffés. Sous la lumière jaune du couloir que le vieux venait d'allumer l'homme apparaissait dans son uniforme sombre, avec des luisances sur le baudrier et le ceinturon. Un policier de la P.A.I. Pourquoi ses compagnons ne se montraient-ils pas?

— Monsieur Filangeri?

— Oui.

— Capitaine Ritelli. Puis-je entrer?

— Je vous en prie.

Un violent courant d'énergie agita Sainte-Rose comme un boxeur au moment où il va s'élancer au coup de gong sur l'adversaire.

— Je vois que vous n'êtes pas seul? disait l'officier. Je ne vous dérange pas?

Ton de courtoisie gentille. Qu'est-ce que cela signifiait? Et que faisaient les autres? Rien ne bougeait sur le palier bien que l'officier retînt le battant d'une main comme pour inciter quelqu'un à le suivre. Il semblait à Sainte-Rose que son sang sifflait dans ses artères, que son esprit devenait un inépuisable réservoir de haine. Le policier s'avança d'un pas tranquille, entra dans la zone éclairée par l'ampoule. Il avait un visage long et pâle, un sourire vaguement moqueur. Pourquoi s'était-il découvert? Pourquoi cette courtoisie? Au sentiment du malheur inévitable se superposait à présent la sensation confuse d'un danger réel mais encore en sursis. L'officier en effet parlait au vieux sculpteur avec une certaine déférence. Le rocher restait en équilibre et il ne tomberait pas, n'écraserait personne si Sainte-Rose ne faisait pas un mouvement, se retenait de respirer. Brusquement des rires éclatèrent aigus, hystériques et deux jeunes femmes surgirent comme des folles en agitant leur sac à main par-dessus leur tête. Deux hommes (pas d'uniforme pour eux) les suivaient en riant aussi. Les jeunes femmes entouraient Filangeri sans cesser de crier joyeusement et, un peu à l'écart, l'officier continuait à sourire avec la même ironie distinguée. « Tu as eu peur! Tu as eu peur! Avoue, avoue-le donc! »

Filangeri hochait la tête, embrassait les deux filles sur les joues.

— Et encore, dit l'un des civils, Ritelli a refusé, comme nous le voulions, de te faire marcher à fond!

Ce n'était qu'une farce et avec bonne humeur toute la troupe s'engouffra dans le couloir.

— Ne t'inquiète pas. Nous avons tout apporté!

— Même les vins!

— Ouh, qu'il fait froid!

Sainte-Rose se souvint que ces soirées improvisées étaient fréquentes à Rome en cette période de couvre-feu, mais il pensait au rendez-vous de Luca. A l'une des visiteuses, toute plate, qui avait une allure incertaine d'androgyne, Filangeri confessait :

— Oui, vraiment, j'ai eu peur!

— C'est un chic type, Ritelli, et il a des kilos de médailles!

Tous commentaient avec gaieté le saisissement du sculpteur qu'ils appelaient Filo.

— Et ta femme?

— Partie à la campagne.

— Depuis longtemps?

— Trois semaines.

— Tu en profites?

— Les bombardements affectaient ses nerfs.

— Tu ne veux pas répondre, à ce que je vois.

On entassait les manteaux dans la chambre à coucher transformée en vestiaire. Comme Sainte-Rose s'était avancé, Filangeri commença les présentations. La fille plate s'appelait Gina. L'autre, Marie, avait les seins libres sous sa robe et une bouche très charnue.

— Quel plaisir! dit-elle d'une voix chantante.

— Nous venons revoir la statue de notre Vénus, dit l'un des hommes, celui nommé Adriano, et tout le monde pénétra dans l'atelier.

— Comment, vous ne l'avez pas reconnue? dit Gina. C'est elle qui a posé pour le *Printemps*. Admirez donc!

Sainte-Rose regarda Marie qui défaisait elle-même le voile.

— Un chef-d'œuvre, dit le capitaine. Tout comme le modèle, ajouta-t-il galamment.

Il y eut un échange de plaisanteries assez lestes. Gina avait allumé une lampe et la braquait sur la statue, priant qu'on s'écartât. Dans le court désordre que cette petite scène occasionna, Filangeri put furtivement désigner à Sainte-Rose un des deux hommes en civil et lui souffler : « dangereux ». Il s'agissait d'Enzo Tavera, que l'on désignait sous le sobriquet de Zota formé de la dernière syllabe du prénom et de la première du patronyme, un individu d'une quarantaine d'années qui semblait assez satisfait de lui-même quoique court de jambes et le torse énorme, disproportionné. L'autre Italien, Adriano, était plus jeune, élégant, le visage barré par de larges lunettes derrière lesquelles ses yeux longs et vifs rappelaient l'image de poissons dans un bocal. Mais l'attention de Sainte-Rose restait captée par Marie, au point qu'il ne se rendait pas compte de la curiosité qu'il éveillait lui-même. Marie était vêtue d'un chemisier à col de dentelle et d'une jupe noire en corolle retenue par une haute ceinture de cuir verni qui marquait mieux la taille et l'épanouissement des hanches. Tout en elle suggérait une violente ardeur à vivre. Cette femme devait aimer avec passion. Ses lourdes paupières bistrées battaient comme des ailes de papillon et elle prenait parfois une voix chuchotante, prometteuse. Sainte-Rose imaginait l'expression qu'elle devait avoir dans l'amour et il eut envie de la conquérir, de l'emporter, de la jeter sur un lit, non consentante mais révoltée, pour la joie de l'asservir, de la plier à sa fougue, de la gagner enfin jusqu'à la plus tendre, la plus complète, la plus enivrante complicité! De son côté, le capitaine continuait la visite de l'atelier et s'intéressait à présent au chat de bronze qu'il examinait longuement, caressait d'une main fine ornée d'une chevalière en or.

— Notre ami Ritelli, disait Adriano, possède un ouvrage édité en Suisse consacré aux meilleurs sculpteurs européens d'aujourd'hui. Il paraît, cher Filo, que tu y figures en bonne place. Quand il a su que j'étais de tes amis il m'a littéralement supplié de vous mettre en relation.

— Très honoré, dit Filangeri.

— Il t'admire beaucoup.

— Merci.

— Un peu aussi parce que tu ressembles à Albert Einstein.

Le capitaine Ritelli souriait.

— Et surtout, dit Zota, nous lui avions vanté ta Vénus!

L'étrange fut qu'en disant ces mots il se tourna vers Sainte-Rose avec une expression de défi.

Soudain Gina se mit à hurler :

— Qu'est-ce que c'est que cette sale bête! J'ai horreur des chats! Et celui-ci a une allure de voyou!

— C'est un voyou, dit le sculpteur.

— Comment s'appelle-t-il? demanda le capitaine.

— Illyoutchine.

— Mais c'est un nom russe!

— Un chat bolchevik! s'exclama Adriano en riant.

— Pourquoi bolchevik, mon chéri?

— Oh Gina, parce que Illyoutchine est le nom d'un avion soviétique!

— Quelle idée de le baptiser ainsi!

— Chérie, intervint alors Zota, tu sais bien que Filo est un rouge! N'est-ce pas, Filo, que tu es un rouge?

— Ne le crie pas si fort! dit le sculpteur en mimant

l'effroi. Les voisins pourraient t'entendre et je tiens à leur considération!

Le chat regardait la scène rêveusement, une lueur dans ses yeux d'agathe, tandis que Gina offrait à la ronde les sandwiches qu'elle avait préparés avec Marie.

— Notre ami le capitaine Ritelli, sort à peine de convalescence. Il vient tout juste de reprendre du service. Savez-vous qu'il s'est couvert de gloire au cours de la campagne de Cyrénaïque?

Cette fois l'officier haussa les épaules et parut contrarié.

— N'empêche, dit Zota, que vous vous êtes admirablement conduit, ne soyez pas si modeste.

L'autre remua doucement la tête comme on fait devant quelqu'un qui ne sait pas de quoi il parle et Sainte-Rose devina chez le capitaine cette pudeur des hommes qui ont authentiquement connu le danger. Mais Gina avait allumé la radio et dansait avec Adriano. De son côté Ritelli avait invité Marie.

— Vous passez seulement cette nuit chez Filo?

— Oui. Je me suis attardé à cette partie d'échecs.

— Nous vous avons donc dérangés, dit Zota d'un ton froid.

Ils étaient assis à chaque extrémité du canapé, jambes croisées et un verre à la main.

— Allons donc. C'est une bonne surprise.

— Je vois que vous êtes blessé au pied!

— Peu de chose. Une chute de bicyclette. Rien en tout cas qui puisse m'empêcher de danser.

— Vraiment? Et comment cet accident s'est-il produit?

— Oh, le mois dernier, une roue dans un rail.

— Je vois.

Les yeux jaunes de Zota ne lâchaient pas son visage, mais les deux verres d'alcool qu'il avait bus lui faisaient oublier l'étrangeté de sa situation. Que Zota fût un individu dangereux selon Filangeri ne le troublait guère. Même le sourire crispé du sculpteur ne pouvait entamer ce sentiment d'invulnérabilité qui le tenait, et toutes ces figures de pierre, de plâtre ou de bronze autour de lui paraissaient sécréter plus de mystère humain que tous les hôtes réunis, Marie exceptée. Il la regardait évoluer au bras de l'officier, bien cambrée, la jambe nerveuse, le sourire gracieux. Or, la danse terminée, Sainte-Rose n'eut pas le temps d'intervenir car Zota, en effet, l'ayant devancé invita Marie tandis que l'autre couple continuait. Il prit donc le parti d'examiner certaines pièces de l'atelier plus à loisir tout en se disant que l'entrevue avec Luca était manquée, que celui-ci à cette heure avait déjà dû venir et s'en retourner après avoir entendu sur le palier les rumeurs de la fête.

— Vous regardez ces œuvres d'art sans émotion, dit soudain l'officier derrière lui. Ne niez pas. Je vous observe.

Il but une courte rasade de rhum et poursuivit :

— Moi aussi j'aurais voulu créer. Savez-vous quelle est ma hantise ? Perdre mes mains. J'ai vu un jour un camarade dont les mains venaient d'être arrachées par une grenade. Non, vous n'y comprenez rien. N'essayez pas.

— Soyez tranquille.

Sans relever l'ironie, l'officier regarda ses mains sèches et intactes et la musique, une valse, parut dérouler ses pensées comme un long ruban de soie.

— Quand j'étais étudiant, dit-il, je m'efforçais de trouver un fil conducteur qui me permît de suivre ma propre trace.

Et c'est plus tard, en me réveillant à l'hôpital de Tobrouk, avec un éclat de bombe dans le ventre que je l'ai enfin trouvé.

— Et où ce fil vous a-t-il conduit? demanda poliment Sainte-Rose.

— Vous le savez bien. Tout droit au Minotaure.

Sainte-Rose se détourna, caressa du bout des doigts le chat de bronze.

— Avez-vous senti parfois la présence de la mer bien avant l'approche d'un rivage? Votre cœur tressaille et vous savez que la mer est toute proche bien avant de découvrir que vous êtes parvenu tout au bout de la terre.

« Un de ces Italiens du sud, pensait Sainte-Rose, mobiles et nostalgiques. »

— Je bois à mon prochain rendez-vous au palais de Minos, ajouta l'officier en soupirant.

— Je bois au triomphe de Thésée, dit Sainte-Rose en levant aussi son verre qui était plein, cette fois, d'un vin très épais apporté par les visiteurs.

L'officier lui jeta un coup d'œil rapide, aigu comme une lancette. Quand il devenait grave, il paraissait plus vieux.

— Je vous plains, dit-il les yeux soudain rapetissés. Vous êtes de ces vaniteux inconscients qui croient que nous avons réellement quelque chose à faire sur cette terre.

— Sans doute, répliqua Sainte-Rose, pourrions-nous en effet nous arranger pour la rendre moins inhumaine, plus habitable?

Le capitaine le regarda d'un air de mépris. Il portait une décoration sur la poitrine dont le métal brillait, rappelait un œil de chat.

— Vous parlez comme si vous étiez atteint de cette

inepte maladie française qui s'appelle le cartésianisme.

Il y avait une certaine irritation dans sa voix. Les deux couples continuaient à tourner pendant que Filangeri, accroupi, tisonnait le poêle. Sainte-Rose posa son verre et s'étonna de son calme. Peut-être, pensait-il, n'était-ce chez le capitaine qu'une subtile provocation, une manière insidieuse de le sonder, de vérifier un soupçon encore vague? Terrain dangereux. Il avait déjà trop bu et il courait le risque de tout compromettre s'il s'y engageait. Ce gaillard était redoutablement intelligent. Il dit :

— Mon cher, vous êtes redoutablement intelligent, et entendit avec surprise sa propre phrase, à croire qu'un autre l'avait prononcée.

Le capitaine eut un léger mouvement du buste et son regard descendit du visage de Sainte-Rose à ses pieds puis remonta lentement (on aurait dit qu'il le voyait pour la première fois) et en même temps son expression s'aiguisa comme celle de quelqu'un qui cherche à percer la véritable personnalité de son interlocuteur.

— D'où sortez-vous? dit-il de sa voix basse et grondeuse. Est-ce que vous existez vraiment? Et dans ce cas prouvez-le moi.

La valse se terminait. Sainte-Rose dit en souriant :

— Ne le répétez pas. Je suis tombé du ciel. Né de la queue d'une étoile filante. Quand j'ai atterri au nord de Rome, tout au bord de la mer, je sentais encore le roussi.

Il cligna de l'œil mais bien malgré lui, poussé par un démon intérieur dont il ne pouvait, l'alcool aidant, contrôler la malice joyeuse.

Une autre valse commençait. Au passage Sainte-Rose prit Marie par le bras, lui offrit de danser et elle lui sourit de façon distraite, lui ouvrit les bras et il eut contre sa poitrine ce corps tout chaud et il appuya son ventre, sa poitrine contre ceux de sa partenaire, sa main droite pressa le dos, « la chair élastique, voluptueuse » ces mots dans son esprit furent suivis d'une pensée violente, *Dieu que j'aurais plaisir à jeter dehors tous ces gens-là pour rester en tête-à-tête avec elle* et en tournant il apercevait le capitaine qui le suivait du regard, d'un air méditatif, et Zota aussi qui l'observait de son œil noir, mais il se moquait de tout, emporté dans une allégresse conquérante au rythme de la musique. Comme Gina dansait encore avec Adriano les deux couples parfois se heurtaient dans l'étroit espace, de sorte que Sainte-Rose entraîna sa cavalière vers le théâtre de marionnettes au fond de l'atelier plongé dans la pénombre et lui murmura en français, à l'oreille, des phrases d'admiration et de désir, et il profita de sa surprise pour l'embrasser dans le cou, mais quand il chercha ses lèvres elle se déroba, le repoussa fermement. Alors il vit, parce qu'elle renversait un peu la tête, l'expression de son visage plus effrayé que mécontent.

— Vous feriez mieux de vous surveiller, dit-elle en italien. Vous vous conduisez comme un insensé.

— C'est vous qui me rendez fou !

— S'il arrive quelque malheur à Filo à cause de votre stupide inconscience, je ne vous le pardonnerai jamais.

A ce ton, il se reprit subitement.

— Pardonnez-moi, dit-il.

Dès lors ils demeurèrent silencieux mais toujours enlacés ils glissèrent vers le centre de l'atelier. Sainte-Rose souffrait à l'idée qu'il s'était laissé entraîner au-delà d'un seuil interdit. Les soubresauts de la pensée de Marie, il les devinait et s'en inquiétait, convaincu jusqu'à la souffrance que la danse unissait seulement leurs corps. « Pardonnez-moi », murmura-t-il de nouveau tandis que tournaient autour d'eux les visages de tous les autres confondus bizarrement avec les figures de pierre et de bronze. Elle ne répondit rien et lui qui aurait tant voulu la séduire, la subjuguer, éprouvait le sentiment d'un ratage irrémédiable et dans le même temps sa sensualité exaspérée maintenait en lui une volonté de rapt, de possession jalouse. La musique était assez vulgaire mais avec un leitmotiv d'une grâce romantique. Sainte-Rose observait parfois le visage de Marie, le découvrait lisse, fermé, un visage d'inconnue, parfaitement étranger à sa passion. Confusément, il admettait quel serait le pouvoir sur lui de cette créature et se dit cependant qu'à tout prix il devrait obtenir de la revoir. Il ne la serrait plus dans ses bras, la tenait à légère distance pour regarder ses yeux, très noirs, avec au fond une sorte de lascivité dormante. Mais elle avait aussi un petit front dur, légèrement bombé, un petit front de lutteuse obstinée. Il se dit qu'il désirait moins pénétrer ce corps et en jouir que le serrer de toutes ses forces jusqu'à le fondre en lui, l'assimiler, le réduire à sa propre substance. Tout en évoluant dans l'atelier, il éprouvait du plaisir à l'entendre haleter doucement contre lui, à sentir le parfum de sa jeune chair. Puis la danse se termina et le speaker annonça le bulletin d'information. Aussitôt, d'un geste rapide Adriano tourna le bouton. Dans le silence tout le monde se réunit autour de la petite table basse chargée d'assiettes et de bouteilles. Ce fut à ce moment précis que l'on sonna à la porte d'entrée. A cet appel Filangeri se leva du canapé, partit en trottinant. Après une hésitation, Adriano le suivit mais s'arrêta au seuil du couloir. Sainte-Rose attendait sans bouger. A travers la fumée des cigarettes il distinguait le profil mou d'Adriano qui — étrange — coïncidait à peu près avec celui d'une esquisse en plâtre, une tête de vieille femme au nez bulbeux, au sourire énigmatique. Il savait que le visiteur ne pouvait être que Luca. Luca venait d'arriver et allait repartir dans la nuit, s'y dissoudre, disparaître à jamais. Il ressentit au fin fond de lui-même la légère oscillation de la terre sur son axe dans son mouvement d'errance à travers les espaces glacés. Marie assise en face de lui ressemblait à une belle esclave qui attend, lointaine et dédaigneuse, d'être vendue au plus offrant. Les autres, Gina, le capitaine et Enzo Tavera, dit Zota, s'interrogeaient du regard. Qui pouvait bien, à pareille heure...

— Alors, Adriano? demanda l'officier en se renversant légèrement sur son fauteuil.

De sa place, Adriano fit un geste pour signifier qu'il ne saurait répondre puis on entendit la porte se refermer et Filangeri revint en disant :

— Un voisin qui se plaint pour le bruit que nous faisons.

— En voilà un idiot, dit Zota. Après tout il est à peine dix heures!

— Je l'ai assuré que nous allions faire attention, dit le vieux.

Adriano le regardait fixement, debout de l'autre côté du canapé, avec un éclat de lumière sur chaque verre de ses lunettes.

— S'il fait encore des histoires, c'est moi qui lui répondrai, dit Gina, agressive.

— Je pense qu'il ne fera plus d'histoires, dit Adriano avec une douceur mélancolique, et il sourit à la manière de la vieille femme de plâtre dont il avait les mêmes lèvres rongées.

Sainte-Rose ferma les paupières comme si la luisance des lunettes d'Adriano blessait ses propres yeux. Il savait qu'à cette même minute dans les steppes de Russie et d'Ukraine des soldats soviétiques mouraient dans la neige, que des aviateurs américains tombaient dans les jungles de lointains archipels asiatiques, que des Juifs agonisaient dans la puanteur des camps d'extermination, que toutes ces agonies formaient en lui une seule boule de sang qui lui obstruait la gorge. Tout ce qu'on lui avait enseigné depuis des années ne lui était, à cette heure, d'aucun secours contre le sentiment de se trouver inséré dans la vie comme une plante entre les pages d'un herbier. Il ouvrit les yeux, observa les visages avec lassitude. Les hommes buvaient de ce vin épais auquel il avait lui-même goûté et dont à présent il se méfiait. Était-il encore possible qu'il rencontrât Luca un jour prochain? *Mon Dieu, délivrez-nous du mal, ainsi soit-il*, dit comiquement Gina en répondant à sa propre question mais elle s'adressait, au vrai, à Zota et celui-ci insistait au sujet de Marie et que voulait-il? Que voulait ce poussah? Que Marie se mît nue pour qu'on pût « comparer sa plastique avec celle de la statue » (il avait les yeux rouges, les lèvres graisseuses, le regard allumé) pour qu'on appréciât mieux encore le talent de l'artiste et, enfin, qu'on vérifiât si oui ou non il avait embelli la réalité.

Au fond de son fauteuil Marie haussa les épaules pour marquer qu'elle trouvait cette suggestion absurde.

— Pourquoi pas? dit Tavera manifestement irrité par ce refus. Tu t'es bien mise nue pour Filo. Pourquoi pas pour nous?

— Et pourquoi pas ensuite pour les fidèles, un dimanche, sur la place Saint-Pierre?

— Ne sois pas idiote! gronda Zota, sourcils froncés. Tu en montres à peu près autant quand tu vas te baigner sur une plage. Et nous, nous pourrions juger.

— C'est non! dit-elle sans hausser la voix.

— Dans ce cas, je vais te déshabiller moi-même!

Il rit d'un rire faux.

— Hé, dit Filangeri, une minute! J'ai mon mot à dire. Pour commencer, elle a posé en maillot de bain. Ensuite il s'agit d'une soirée amicale et Marie est libre d'agir comme elle l'entend. Elle refuse, tout est dit. Buvons à sa beauté.

— C'est affaire de pudeur, dit l'officier d'un ton conciliant.

— De pudeur! s'exclama hargneusement Zota.

— De dignité, si vous voulez, dit Filangeri.

— Toi, Filo, tu devrais la fermer! Tu n'es qu'un vieux bouc lubrique! Cela te va bien de parler de dignité!

Personne ne rit sauf Gina qui gloussa dans son coin. Zota se tourna rapidement vers Marie.

— Allons, montre-nous au moins tes seins! Rien que pour nous prouver que tu n'es pas faite comme la Diane d'Ephèse.

— Pourquoi la Diane d'Ephèse, mon chéri? demanda Gina.

— C'est une statue antique où Diane est représentée couverte de mamelles de haut en bas!

Gina gloussa de nouveau, une main sur la bouche, les yeux plissés.

— Écoute, Tavera, tu devrais changer de conversation, dit Filangeri.

— J'en changerai si cela me chante! La dignité, Filo!

Je retiens ce mot! Tous les rouges parlent sans cesse de leur dignité! Rien qu'à ce mot on les repère immanquablement! Comme on repère immanquablement un curé en civil au mot de charité. Ça leur coule des lèvres comme du sirop!

— Et à quel mot repère-t-on un mufle? demanda Sainte-Rose.

— Vous, de quoi vous mêlez-vous? s'écria Zota furieux en se redressant sur son siège, une main crispée sur l'appui du canapé.

— Et vous-même? répliqua Sainte-Rose insolemment.

— Vous cherchez quoi? Dites-le!

— Je vous en prie! dit Filo.

— Toi, la ferme!

— Ne sois pas ridicule.

— Oh, parlons d'autre chose! supplia Gina, un peu effrayée. Mais Adriano lui mit une main sur l'épaule pour la calmer, tandis que le capitaine observait Sainte-Rose, la tête un peu penchée, un œil cligné, exactement comme s'il l'avait visé avec une carabine.

— Dites donc, fit soudain Marie, je suppose que tout ceci me concerne en premier et je voudrais assurer chacun de vous que je sais très bien me défendre toute seule.

— Toi, n'envenime pas les choses! gémit Gina que l'alcool et l'émotion mettaient au bord des larmes.

— Je n'ai rien d'une faible femme, continuait Marie, et je n'ai pas besoin de protection. Et cela suffit à présent. Moi j'ai envie d'aller dormir.

— D'accord, mais montre-nous tes charmes et après...

— Assez! dit Filangeri.

— Toi, vieux cochon, tu t'es rincé l'œil à ton aise et tu viens à présent nous parler de chasse gardée!

Il s'était levé, se tenait sur ses courtes jambes, l'air bravache. Une fine sueur huilait son visage. Chacun devinait que ce qui comptait à présent pour lui était de défier Filangeri. Il avança la main vers le corsage de Marie qui le regarda fixement sans même esquisser un mouvement de défense. Ce geste enflamma les nerfs de Sainte-Rose mais le vieux était déjà intervenu. Avec une surprenante vivacité il avait pris Tavera par le haut des bras pour le faire pivoter d'une secousse. L'autre devint livide et un éclair de haine passa dans ses yeux.

— Sale bourrique! dit-il, tu oses me toucher?

Il se tourna vers Marie :

— Toi, l'idiote, dépêche-toi! Qu'on te voie nue en effigie ou au naturel, qu'est-ce que ça peut te faire?

— Tu vas filer d'ici! dit le vieux.

— Messieurs! Messieurs! dit le capitaine d'un ton navré.

— Ton âge te protège! gronda Tavera. Je ne peux frapper une vieille carne comme toi!

— Je t'en supplie, Zota, calme-toi! dit plaintivement Gina.

— Espèce d'eunuque, dit Filangeri, méprisant. Tu n'attaques pas les vieux. Rien que les femmes. Surtout si les vieux sont capables de te casser les dents.

— Vous l'entendez? s'écria Tavera qui, d'évidence, ne s'était pas attendu à une opposition aussi vigoureuse.

— Tu joues à l'homme quand tu crois qu'il n'y a pas de risques, sinon tu appelles ta mère au secours!

— Vous l'entendez, vous autres?

— Tu parles, s'ils entendent! Ils ne sont pas sourds. Et à présent, dehors. Tu sens mauvais. La sortie est par là. Nous respirerons mieux quand tu auras disparu.

— Non, mais, vous l'entendez ? répéta Tavera en prenant Adriano et Ritelli à témoin.

— Ils ne font que ça, dit le vieux.

Sainte-Rose l'admirait, admirait sa combativité. Il comprenait que Tavera baissait pied de plus en plus. Son menton tremblait. Un tic agitait le coin gauche de ses lèvres et les cernes sous ses yeux avaient pris une teinte malsaine. Quant à Marie elle se comportait exactement comme si la querelle ne la concernait pas et se promenait avec une nonchalance royale devant les bustes de bronze, un prélat au gros nez bourbonien, une dame à l'expression hautaine, un jeune athlète au masque crispé par l'effort. A chacun de ses pas sa jupe en corolle se balançait de façon voluptueuse.

— Filo, arrête à présent, dit Adriano d'une voix blanche.

— Tu profites que tu es vieux ! dit Tavera. Je ne peux rien faire.

— Comme pour les femmes ! Tu ne peux rien faire ! Tu ne peux que les insulter. File à présent ! A la porte !

— Voyons ! dit Ritelli avec douceur.

— A la porte ! Je désinfecterai dès qu'il sera parti !

— Croyez, dit Tavera en s'adressant à Ritelli, que c'est par respect pour vous que je cède la place.

— Si tu pars, nous partons aussi, dit Gina, malade de peur.

— De toute façon, dit Adriano, la soirée est gâchée.

Tavera haussa les épaules d'un air de dire : « A qui la faute si ce vieil imbécile ne sait pas plaisanter ? » Ses mains frémissaient. On le sentait agité par une passion haineuse. Il mordillait nerveusement ses lèvres en enfilant son manteau.

Les trois hommes sortirent les premiers. Les jeunes femmes, elles, s'attardèrent auprès de Filangeri, lui parlèrent à voix basse. Il les embrassa l'une et l'autre. Sainte-Rose entendit Marie lui dire : « Bravo, champion! » d'un ton d'affectueuse moquerie. A lui, elle fit de loin un signe amical et sortit la dernière.

Les pas décrurent dans l'escalier. Sainte-Rose éprouvait un soulagement bizarre, la sensation déroutante d'avoir gardé jusque-là tous ses doigts posés sur un fil que pouvait brusquement traverser un violent courant électrique. Il félicita Filangeri pour sa fermeté bien qu'il sût que cette altercation avait pris cette tournure à cause de lui. Il semblait évident que le sculpteur s'était interposé le premier pour éviter que lui, Sainte-Rose, ne s'en mêlât. Le silence de la nuit pénétrait dans l'atelier comme une eau sombre, maintenait le malaise, donnait à toutes les statues une sorte de recueillement presque humain.

— Mais qui est donc ce rustre?

— Tavera? Un haut fonctionnaire de Radio-Rome. Fasciste jusqu'à la moelle des os. Obsédé par les femmes. Je l'ai connu au cours d'une de mes expositions.

— Vous l'avez bien sonné!

— Ce gros porc... murmura Filangeri encore plein de rancune.

— Et Marie? que lui est-elle?

— Absolument rien.

— Pourquoi sort-elle ainsi, avec lui?

— Quelque organisation clandestine qui a dû la déléguer pour le surveiller. Elle est employée également à Radio-Rome.

— Elle travaille depuis longtemps dans ses services?

— Deux mois environ.

— Et Luca, c'est bien lui qui est venu, n'est-ce pas ?

— Ne vous tracassez pas. En deux mots je lui ai expliqué la situation et il est reparti mais je lui ai donné votre adresse. Dans les jours qui viennent il vous fera signe.

— Adriano vous surveillait.

— Il n'est pas virulent. Oublions cela. Ce pauvre Luca était mort de fatigue. Et penser qu'il a dû chercher un autre refuge pour cette nuit.

Tout en parlant, il recouvrait soigneusement l'esquisse d'Aphrodite après en avoir mouillé le voile et, du regard, Sainte-Rose suivit ses gestes lents et presque rituels.

— C'est une œuvre à laquelle vous tenez particulièrement, n'est-ce pas ?

— Oui. Mais dans mille ans ou dans cent mille ans, c'est-à-dire demain, tout ceci sera sans reflet dans une conscience humaine.

— Et cette idée vous décourage de créer ?

— Au contraire.

D'un geste il désigna, derrière les rideaux le paysage de Rome comme s'il rappelait l'accumulation des œuvres d'art dont la ville regorgeait.

— Nous savons bien que tout sera englouti un jour par le désert ou anéanti par quelque cataclysme cosmique. Même en sachant qu'il ne restera rien alors de nos ambitions et de nos pensées il me plaît souvent d'imaginer qu'un peu de mes rêves continuera à errer parmi les milliards et les milliards d'étoiles.

Il souriait à présent. La colère en s'apaisant, restituait au vieux visage ce qu'il avait d'enfantin. Oui, il avait du être un jeune homme audacieux, chimérique, plein de bravoure. Il avait dû vivre avec intensité. Tout à l'heure Sainte-Rose avait vu dans ses yeux usés l'étincellement de ceux qui vont toujours bien au-delà d'eux-mêmes, capables des plus éblouissantes et des plus mortelles folies.

7

Le lendemain matin dès la fin du couvre-feu Marie se rendit chez Filangeri dans une de ces petites voitures que les Italiens appelaient « Topolino ». Il faisait froid. Un ciel gelé s'étendait au ras des toits. Elle avait mal dormi et sentait que son visage était tout bouffi et c'est le col encore relevé jusqu'aux oreilles, la toque enfoncée jusqu'aux yeux, qu'elle sonna chez le sculpteur.

— Ne perdons pas de temps, Filo. Si ton ami est là il faut qu'il s'en aille sans plus tarder.

— Mais qu'y-a-t-il?

Alerté par la sonnerie Sainte-Rose qui venait d'achever sa toilette se présentait à l'entrée de l'atelier, une serviette jetée sur l'épaule.

— Hier soir, dit Marie, en nous ramenant dans sa voiture, Zota a exprimé ses soupçons à votre sujet.

— Quels soupçons?

— Il a trouvé bizarres votre accent, vos tournures de phrases.

— Est-ce vraiment si grave?

— Vous avez parlé d'un accident de bicyclette au sujet de votre blessure.

— Eh bien?

— Les Allemands ont interdit formellement l'utilisation des bicyclettes depuis octobre dernier, depuis un attentat à la grenade commis par un cycliste. Il n'en circule plus dans Rome. Vérifiez quand vous voudrez.

— Ah diable! Et que peut faire cet énergumène?

— Informer la police. Il a beaucoup d'amis dans ce milieu.

— Je suis désolé, dit Sainte-Rose.

— Ne perdons plus de temps. Toi, Filo, le cas échéant raconte n'importe quoi de plausible.

— Mais crois-tu vraiment dit le vieux, que Zota n'a pas parlé dans la colère? Crois-tu qu'aujourd'hui...

— Je t'en prie, dit-elle. Comprends que tout ceci est sérieux. Zota est un homme vaniteux, violent et fruste. Rien ne va l'arrêter. Gina et moi avons tenté de le raisonner. Ils nous a injuriées.

Elle parlait vite, toujours serrée dans son manteau, un peu agacée par le ton réticent de Filangeri.

— Je ne peux croire que c'est aussi dangereux que tu l'imagines, dit-il.

Et tourné vers Sainte-Rose :

— Je la connais. Elle a beaucoup d'imagination.

Mais Sainte-Rose achevait de s'habiller, enfilait sa veste, son manteau.

— Il se peut que rien ne se passe, dit-il. Mais mademoiselle a raison. Mieux vaut cependant prendre des précautions.

Elle se souvint que la veille Sainte-Rose l'avait embrassée dans le cou et le regarda plus attentivement qu'elle ne l'avait fait jusque-là. Il était séduisant, avec une bouche généreuse, de magnifiques dents blanches. Elle était sensible à la denture des hommes et s'en amusait. Ses lèvres aussi l'attiraient et elle baissa les yeux comme s'il avait pu deviner cette tentation dans son regard.

— Et Ritelli? dit Filo. Comment a-t-il réagi? C'est important!

— Il m'a semblé qu'il prenait au sérieux les propos de Zota. Mais avec lui on ne peut savoir.

Sur un escabeau, au fond de l'atelier, entre deux bronzes le chat les observait. Il venait de surgir du côté droit pour se coucher paisiblement face au couloir.

— Vous êtes prêt? dit-elle à Sainte-Rose.

— Mais oui.

— Si vous ne savez où aller je vous conduirai chez des amis.

— Il sait où aller, dit Filo. Il ne devait passer que cette seule nuit chez moi.

Et il lui rapporta tous les faits qui concernaient Sainte-Rose et Bourgoin. Elle l'écouta sans manifester d'étonnement, un peu émue, toutefois, au fond d'elle-même, de voir ce vieux visage animé par la passion, l'œil soudain plus jeune. Là-bas, le chat Illyoutchine semblait s'assoupir et prenait l'expression ambiguë de ces petites divinités asiatiques pour qui n'existent ni temps ni logique.

— En effet, vous m'aviez paru assez français, dit-elle à Sainte-Rose. J'avais deviné que vous étiez quelque prisonnier évadé mais de toute manière, ici, nous sommes tous prisonniers. Partons-nous?

Sainte-Rose remercia le sculpteur qui le serra dans ses bras en lui souhaitant bonne chance.

— Et cognez dur, dit-il. Peu importe si vos bombes doivent nous écrabouiller aussi!

— Je ferai attention, dit Sainte-Rose.

— Adieu, Jacques!

Au moment de sortir de l'immeuble, Marie regarda à droite et à gauche dans l'avenue, pour s'assurer que la voie était libre.

— Et le concierge? dit Sainte-Rose, il a dû nous voir.

— Rien à craindre. Il est à nous. Venez donc.

La voiture se trouvait dans une rue voisine.

— Pourquoi hier soir, demanda Sainte-Rose, n'avez-vous pas utilisé l'ascenseur? Il fonctionnait, cependant.

— Zota redoute toujours une brusque coupure de courant. Il a peur de se trouver bloqué. Il tient à étendre aux autres cette précaution.

— Un homme très méfiant, à ce que je vois.

— Et autoritaire. L'intervention de Filo et la vôtre l'ont enragé. Ne pouviez-vous me laisser me débrouiller toute seule?

Ce n'était pas un véritable reproche. Elle voulait signifier qu'elle savait manœuvrer un homme comme Zota, qui s'était comporté sous l'effet de sentiments complexes dont elle connaissait toutes les racines.

— Je suis désolé, dit Sainte-Rose, à la seule idée qu'il puisse arriver à Filangeri quelque mauvaise histoire.

— Il est habile. Je lui fais confiance. Et notez que s'il quittait dès aujourd'hui sa maison les soupçons à son égard s'en trouveraient renforcés.

Elle conduisait prudemment, surveillait les parages.

— Si les choses prennent vraiment mauvaise tournure, il fuira hors de Rome. J'aurai l'œil.

Ils longeaient à présent la rive droite du Tibre dans une lugubre grisaille qui étouffait les bruits. Ce silence donnait l'illusion que la ville venait d'être désertée dans la nuit ou qu'une foudroyante épidémie avait tué tous les habitants dans leur lit. A cette heure, en effet, la plupart des fenêtres restaient closes et dans les rues la circulation était rare. Et pour renforcer l'impression de désastre un mauvais souffle à certains endroits s'exhalait des soupiraux et des corridors. Encore une ruelle et la voiture s'arrêta. A l'autre extrémité commençait la piazzetta, avec le même aspect de désolation, les ornements sculptés de toutes ses façades écaillés, rongés par une lèpre grise.

— Je vous suis reconnaissant pour tout, dit Sainte-Rose.

— N'en parlons plus.

— Mais j'aimerais être renseigné sur le déroulement de cette affaire. Et me sentir, si possible, rassuré au sujet de Filangeri.

Elle lui montra un café encore fermé dont l'enseigne disait : *Chez Pietro.*

— Vous pourrez me téléphoner à mon bureau sous ce nom-là. Le numéro de l'E.I.A.R. est dans l'annuaire. Si je suis absente ma collègue Wanda est sûre. Demandez Mlle Leonardi à la standardiste. Bien entendu appelez de la ville.

Elle devina qu'avant de la quitter il désirait l'interroger et le devança :

— Il faut nous séparer, dit-elle, ses mains gantées de noir appuyées sur le haut du volant.

— Écoutez...

Il hésitait et elle regarda — patiente — à travers le pare-brise, les dalles de la chaussée luisantes d'humidité, les murs couverts d'inscriptions : *Vincerà chi vorrà vincere*, d'affiches lacérées, *Ballerete in* 10 *ore*, mais qui désirait vraiment apprendre à danser par des temps pareils?

— Écoutez, ce Zota est-il votre ami?

— Allons donc! Rien que mon supérieur administratif.

Elle s'amusait à découvrir dans Sainte-Rose une anxiété qui la concernait.

— Ne pensez à rien d'autre qu'à votre évasion, dit-elle. Vous ne devez avoir que cette idée à l'esprit.

Elle savait ce que les hommes voulaient d'elle, reconnaissait certaine lueur dans les yeux de Sainte-Rose et avait envie d'ironiser doucement mais déjà il reprenait :

— J'aimerais vous revoir.

— Ce sera possible. Rendez-vous chez *Pietro.*

Et elle fixa un code pour qu'il lui téléphonât sans risques.

— En attendant, soyez très prudent, dit-elle à la fin.

— Comptez sur moi.

Elle le devinait capable à la fois de circonspection et de témérité et se demanda pourquoi la vie ne pouvait se dérouler de manière toute simple, au lieu de n'être qu'une palpitation inquiète, une attente angoissée. Elle ne le regardait pas mais sentait son regard à lui fixé sur elle, ce qui la troublait davantage, bien qu'elle sût d'ordinaire garder la tête froide.

— Vous êtes très belle, dit Sainte-Rose une fois hors de la voiture et penché à la portière. Il avait parlé sans sourire, d'un ton de ferveur comme s'il exprimait le fond même d'une personnalité intense et fière. Il y avait aussi dans ses yeux une avidité de joueur qui perd toujours au jeu sans jamais cependant renoncer. Elle le remercia de son compliment sans montrer son plaisir et fit ronfler le moteur.

— Vous avez tellement hâte de partir?

— Mon Dieu, comprenez que ce n'est ni le lieu ni le moment de me faire la cour.

— Vous avez raison. Je vous appellerai.

— A bientôt, dit-elle. Rentrez donc à présent.

Après un signe amical de la main elle manœuvra le levier des vitesses, démarra et vit dans le rétroviseur Sainte-Rose, immobile au bord du trottoir, qui la regardait s'éloigner.

8

Ce fut Sofia elle-même (Giacomo était occupé dans la buanderie) qui vint ouvrir le portail à Sainte-Rose. Aidée de son mari elle était en pleine lessive. A peine dans le salon il rencontra Luigi qui s'apprêtait à partir pour son bureau. Toujours son œil d'oiseau de proie. Il répondit courtoisement au salut de Sainte-Rose, lui demanda s'il avait obtenu quelque résultat positif pour son projet.

— Je pense que je pourrai partir dans le courant de la semaine prochaine. Il est temps.

— Vous êtes impatient à ce que je vois?

— N'est-ce pas normal?

— Je suppose que c'est pour vous une question d'honneur.

Dans cette phrase Sainte-Rose (peut-être était-il trop imprégné d'un sentiment de culpabilité) crut percevoir une arrière-pensée et rompit le premier, non sans embarras. Pendant qu'il grimpait l'escalier qui menait au dernier étage il lui sembla que le regard de Luigi restait attaché sur lui et il en éprouva un malaise accru, si vif, à la fin, qu'au premier palier il se retourna. Et Luigi, en effet, l'observait d'en bas, d'un air sérieux, juste sous le lustre, les bras le long du corps.

Sainte-Rose en reçut un choc au cœur et pressa le pas. Une fois dans sa chambre il se dit : « Parce que j'ai mauvaise conscience j'interprète ses attitudes les plus banales, ses propos les plus anodins. Il me faudra faire très attention. » L'idée lui vint en même temps qu'à compter de son arrivée chez Filangeri il avait à peine pensé à Sandra. Après avoir échangé ses souliers contre une paire de sandales pour soulager surtout son pied droit alourdi par la fatigue il s'allongea et se mit à réfléchir à la situation de Filangeri. Si Tavera le dénonçait réellement, selon les craintes — assez fondées — de Marie, que pourrait-on retenir contre lui? Les yeux au plafond il cherchait à reconstituer son comportement personnel, à se rappeler ses dialogues avec les uns et les autres. Parce qu'il avait perdu l'habitude de l'alcool — bien qu'en temps ordinaire il en consommât peu — les deux verres absorbés au cours de la soirée avaient suffi à le perturber et il se souvint qu'il s'était repris grâce à Marie au moment où il commençait à s'échauffer et à devenir dangereusement loquace. Il se souvint aussi du ton de reproche de Marie et son esprit glissa doucement vers elle, non sans s'émouvoir. Mais quoi? Il ne découvrait rien qui dût mettre Filangeri en péril, tout en convenant qu'un individu comme Tavera, si gonflé de venin, pourrait toujours attirer des ennuis au vieil homme. Dans les circonstances actuelles ce plaisir était à la portée de quiconque se trouvait bien placé dans la hiérarchie du régime. Il se disait aussi qu'il reverrait Marie, qu'il lui téléphonerait dans l'après-midi et cette pensée le grisait légèrement. Il avait d'elle une curiosité dévorante. Il aurait voulu tout savoir de ses parents, de son enfance, des paysages qu'elle avait traversés, de ses pensées, de ses joies, de ses désirs. Il devinait en lui un sentiment qui se développait sans qu'il pût le définir, le contrôler, s'en rendre maître. Il se rappela ce moment où il l'avait tenue serrée contre son corps pendant la danse et aussitôt de bouillonnantes fontaines s'ouvrirent, l'inondèrent, le brûlèrent en dedans ! Juste à cette seconde on frappa à la porte et il était si profondément enfoncé dans son rêve qu'il faillit crier : « Marie » ! Mais c'était Sandra qui venait aux nouvelles et il ne l'avait même pas entendue monter. Sans doute avait-elle voulu profiter, après le départ de son mari, que Sofia était occupée à sa grande lessive mensuelle ? D'un geste précis elle commença par lui ouvrir la chemise et lui caresser la poitrine du bout des doigts sans cesser de le regarder en souriant. Il ne dit pas un mot, l'attira sur le lit, un bras serré autour de la taille.

— Comment vont vos affaires ? dit-elle de cette voix un peu rauque qui avait sur lui un étrange pouvoir.

La lumière matinale qui venait de la fenêtre éclairait de biais son fin visage de renarde aux gros yeux humides.

— Je partirai dans quelques jours, dit-il. On doit venir me chercher.

— Ici ?

— Oui.

— Mon Dieu, dit-elle en se moquant d'elle-même, pour une fois que j'aime un homme, j'aurai à peine le temps d'être heureuse !

Avec ses cheveux durement tirés et sa longue robe de chambre moirée elle ressemblait à une actrice encore en scène, dans un rôle élizabéthain, impression renforcée par le ton de comédie qu'elle venait d'adopter, par cette phrase qui faisait penser à quelque réplique apprise et non à l'expression d'un regret lié au plus profond du cœur.

Elle s'était dégagée des bras de Sainte-Rose et marchait à pas lents à travers la pièce qu'elle avait rempli d'un parfum très frais, très jeune, dès son arrivée, mais où diable se procurait-elle une essence aussi rare? Par moments elle entrait dans la zone la plus éclairée et ses yeux prenaient alors une beauté véritablement attirante. Des lueurs jouaient en eux, leur donnaient une tendresse peu habituelle. Comme elle s'appuyait à la vitre dans une pose languissante et légèrement affectée il lui dit de façon toute spontanée :

— Vous êtes très belle!

Et cette phrase, la même — il en eut conscience aussitôt — qu'il avait prononcée une heure auparavant pour Marie lui parut contenir un tout autre sens, une admiration aussi sincère mais sans aucune participation de l'âme, sans cet élan de tout son être où il avait reconnu les forces les plus primitives de sa vie.

— Quand j'avais sept ans, dit-elle après l'avoir remercié d'un sourire, mon unique sœur Amalia est morte et j'ai entendu ma mère qui dans son désespoir disait à ses amies venues la consoler : « Dieu m'a ravi la plus jolie et la meilleure pour me laisser ce laideron ». Le laideron, c'était moi.

Elle rit silencieusement.

— Dans les années suivantes elle a continué à regretter ouvertement que Dieu ne m'eût pas rappelée à lui plutôt qu'Amélia qui à ses yeux avait toutes les qualités. A douze ans elle m'avait envoyée dans une pension religieuse où je portais l'affreux uniforme qui était de rigueur en hiver, blouson et jupe bleu marine. Quand je venais près d'elle il lui arrivait de soupirer et de dire en me voyant : « Ma pauvre petite, ce que tu es disgraciée ».

Elle prit un temps, demanda :

— Je ne vous ennuie pas avec mes histoires?

— Continuez donc, dit Sainte-Rose.

— Vers quinze ans j'ai véritablement commencé à rendre la vie dure aux malheureuses nonnes chargées de mon éducation. Un jour j'en ai même giflé une qui me reprochait une coiffure jugée immodeste et qui, sur mon refus d'en changer, m'avait défait les cheveux. J'ai été punie selon les règles disciplinaires du collège et mon père a dû intervenir pour que je ne sois pas renvoyée. Et puis je me suis sauvée, j'ai erré dans les environs de la ville et le soir un vieux vagabond a failli me violer dans un wagon de marchandises où je m'étais réfugiée. Il était sale, Dieu qu'il était sale, avec une bouche énorme et sanglante comme un morceau de viande rouge. J'ai eu si peur que je suis rentrée. Autre drame. « Tu as l'âme aussi laide que la figure », me disait ma mère. Elle ne m'a jamais battue mais ses reproches m'endolorissaient plus que des coups de fouet. On s'est donc ingénié à me marier aussi vite que possible et à dix-huit ans j'ai accepté Luigi sans l'aimer. Le mariage avait ceci d'heureux qu'il me délivrait d'une famille que je détestais, dont je n'avais jamais reçu la moindre douceur. Après quoi, je suis devenue délibérément coquette pour me venger des années où l'on m'avait imposé des vêtements sans grâce. Oui, j'ai eu des amants et je continue. Mais cela n'a commencé que plus tard, quand une chose désespérante s'est produite pour moi et que personne, personne n'a pu m'aider.

De nouveau ce rire silencieux qui découvrait ses dents petites et parfaites.

Sainte-Rose avait compris que la dernière phrase faisait allusion à la mort de cette petite fille dont Sofia lui avait parlé. Il s'était levé depuis quelques instants et l'écoutait, appuyé des deux mains à la tablette de la cheminée. Presque toute la longueur en diagonale de la pièce les séparait, de sorte qu'on aurait pu croire qu'elle parlait pour elle-même, de sa voix trop grave, le visage toujours tourné vers le jardin.

— Au collège, comme on nous inculquait à longueur de jour, le dégoût des choses de la chair, je protestais à ma manière en dessinant des phallus minuscules mêlés aux ornements des figures saintes accrochées le long des couloirs ou dans les salles de réunion. Je m'ingéniais aussi à me procurer des images osées que de temps à autre je collais dans des endroits choisis.

Encore un silence. Sainte-Rose regardait à présent les papillons contre le mur. Au milieu de la petite collection figurait un spécimen du fameux *Acherontia Atropos*, plus gros que tous les autres, avec son hideux blason sur le corselet.

— J'aurais aimé être un homme, dit-elle. Et si j'avais été un homme je me serais engagée aujourd'hui chez les nazis, dans la Waffen SS.

— Vous vous obstinez à vous faire du mal, murmura Sainte-Rose.

— Les SS sont forts, cyniques et impitoyables. On dit que sur un ordre de son Führer un SS est capable d'assassiner jusqu'à sa propre mère. Notez que la mienne est morte depuis dix ans.

— Vous ne cesserez jamais de la tuer en vous, tant que vous serez de ce monde.

— Il y a tant de choses que j'aimerais tuer en moi, dit-elle d'un ton presque joyeux.

Que ferait cette femme dans une nouvelle adversité? L'idée lui vint alors que si Filangeri était arrêté et interrogé de façon brutale il pourrait, à cause de son âge, céder à la fin et révéler ce qu'il savait de Sainte-Rose. Dans un cas aussi extrême il fallait en déduire que la police envahirait le *palazzo* Vitti et en inculperait tous les habitants y compris les serviteurs. Pensée affolante. Ah, il devrait savoir ce qu'il advenait du sculpteur, savoir si Tavera ne s'était pas repris, n'avait pas renoncé à toute malfaisance. Au cas où se vérifieraient les craintes de Marie alors le malheur frapperait cette maison, atteindrait du même coup cette femme qui ne savait rien de la véritable cruauté. Il se demanda quel serait son comportement devant le danger mais non, elle ne devait pas manquer de courage, ou peut-être fallait-il appeler ainsi cette hantise capable de lui faire accepter sa propre destruction. En ce moment elle regardait par la fenêtre dans le jardin, d'où montaient les voix de Sofia et de Giacomo, occupés sans doute à étendre le linge entre les arbres. La lumière touchait son visage, son oreille modelée avec finesse et qui faisait penser à un coquillage rosé. Il se dit que cette femme s'était librement donnée à lui, qu'il avait disposé de son corps à sa guise, qu'elle avait répondu avec une sorte de passion aveugle à ses caresses et qu'il ne savait même pas apaiser cette faim qu'elle exprimait sous ses yeux. Il ne la comprenait pas tout à fait mais devinait qu'elle avait le cœur entouré d'épines.

— A présent, écoutez-moi, dit-il.

Elle laissa retomber le rideau sans toutefois changer de pose. Son parfum flottait toujours dans la pièce, fin et mélancolique, comme s'il provenait d'une grande fleur dorée.

— J'ai un souci qui vous concerne, vous autant que moi.

Elle sourit, murmura de façon railleuse :

— Ah, Luigi, n'est-ce pas?

« Donc, elle y pense tout comme je le fais », se dit-il non sans une certaine surprise.

— Il y a Luigi. Et autre chose.

— Voyons toujours.

— La démarche de cette nuit au sujet de mon évasion a tourné de manière inattendue. Cela pourrait avoir pour nous tous, ici, des conséquences très graves!

Elle ne parut pas du tout émue mais observa Sainte-Rose intensément.

— Ne me questionnez pas, dit-il. J'attends des nouvelles et si cette menace se précise nous devrons aviser sur-le-champ.

Elle se tourna complètement vers lui de sorte qu'il la vit à contre-jour, sans pouvoir capter l'expression de son regard.

— Avez-vous confié votre inquiétude à quelqu'un d'autre? Je veux dire : ici, dans cette maison?

— Non. J'ai rencontré votre mari en arrivant mais je n'ai pu me décider...

— Pourquoi?

— A vrai dire, je ne sais à présent comment lui parler.

— Depuis que nous avons fait l'amour ensemble?

Elle se déplaça lentement, glissa dans sa longue robe élizabéthaine, comme une actrice qui sur une scène s'avance vers la rampe, du fond même du décor, jusqu'à se dégager entièrement de la pénombre, et il vit cette fois ses gros yeux tout brillants de hardiesse et de défi, il entendit sa voix très basse qui disait :

— Vous avez sous une poitrine d'athlète un cœur charmant et tiède comme un chaton.

— Peut-être. Écoutez, je suis né d'une famille ouvrière. Quand j'étais enfant les périodes de chômage ou de grève, je les reconnaissais non seulement aux repas de fromage et de pain mais à un certain silence qui s'emparait de la maison. Je n'ai jamais pu oublier ce silence. C'est le même que celui de cette ville. Celui de l'humiliation, de la colère impuissante. Écoutez encore, écoutez-moi bien : une seule chose compte pour moi. Une seule. Sachez-le. Passer les lignes. Est-ce clair ?

— Certainement.

Elle semblait davantage choquée par le ton de véhémence que par sa manière brutale de la nier. Ses yeux ne cillaient pas, conservaient leur dureté de pierres sombres.

— Allez-vous prévenir au moins ma belle-mère ?

— Je vais d'abord me renseigner avant de l'alarmer.

— Si vos craintes se justifient, que ferez-vous ?

— Me cacher ailleurs.

— Je connais un studio aux Parioli qui pourrait vous accueillir.

— Oh, très bien, dit-il.

— Cette solution vous satisfait ?

— C'est inespéré.

— Il est libre et discret.

— Je vois.

— Vous pourriez m'embrasser à présent, voulez-vous ?

Il s'avança vers elle mais la reçut aussitôt contre lui, nerveuse, avide, les mains crispées à ses épaules, sa bouche cherchant la sienne avec une sorte d'ardeur passionnée, maladroite.

9

A cette même heure, dans son atelier, Filangeri armé d'un compte-gouttes se préparait à absorber un médicament ordonné par son médecin pour ses rhumatismes. Il entendit claquer la grille de l'ascenseur sur le palier et resta le verre en l'air à écouter. Ensuite la sonnerie retentit à l'entrée et comme si cela eût été extrêmement important il regarda le liquide sans bouger, vit par transparence les objets déformés et s'intéressa en particulier à l'aspect du chat de bronze tout étiré dans le sens de la hauteur, très égyptien d'allure, totémique, évocateur de chambres funéraires, de bas-reliefs sacrés... Il savait qu'il ne gagnait que quelques secondes à ce jeu dérisoire, avala le contenu du verre (à ce moment des coups retentirent : « Ils cognent sans doute avec le pied ? ») et reboucha soigneusement le petit flacon, surtout pour se prouver qu'il était maître de ses nerfs, puis d'un pas tranquille alla ouvrir. Les deux hommes le saluèrent brièvement et le plus âgé qui avait des yeux obliques de Chinois dit : « police », mais du bout des lèvres. Tous les deux gardèrent leur chapeau sur la tête. A la question de Filangeri : « que désirez-vous ? » ni l'un ni l'autre ne répondit. Avec décision ils pénétrèrent dans le couloir, se dirigèrent vers l'atelier.

— Vous êtes Filangeri, Salvatore, sculpteur?

— Oui.

— Vous avez vos papiers?

— Certainement.

Le policier les examina d'un air ennuyé et les lui rendit.

— Vous avez hébergé quelqu'un, hier soir, chez vous.

— C'est exact.

— Qui s'appelle?

— Marcello Guardi.

Il avait failli donner n'importe quel nom mais s'était souvenu à temps qu'il avait lui-même présenté Sainte-Rose à Tavera sous son pseudonyme de Guardi.

— Son adresse?

— Je l'ignore.

— Vous en êtes sûr?

— Je sais seulement qu'il habite du côté de la Piazza Mazzini.

Tandis que le policier aux yeux bridés prenait des notes sur un carnet son adjoint tout secoué d'éternuements, furetait partout, inspectait les recoins, débusquait Illyoutchine qui dormait derrière le petit théâtre de marionnettes.

— Sa profession.

— En ce moment il vit de leçons particulières.

— Quel genre de leçons?

— Philosophie.

— Et vous ignorez vraiment l'adresse d'un homme qu'en dépit du règlement vous avez hébergé chez vous?

— Beaucoup de personnes viennent visiter mon atelier. Lui s'est attardé parce que nous avons joué aux échecs. Je lui ai donc proposé de rester.

Tout cela dit avec naturel, le visage bien ouvert. Depuis

le départ de Marie et de Sainte-Rose il avait réfléchi au comportement qu'il adopterait et à la version qu'il maintiendrait, le cas échéant. Le policier adjoint était parti à travers les autres pièces. On l'entendait ouvrir et fermer les portes sans cesser d'éternuer. Au bout de quelques minutes il revint les bras chargés de boîtes de lait, de petits paquets de sucre.

— Il y en a d'autres, dit-il d'une voix enrhumée.

— Comment vous procurez-vous ces choses? demanda le Chinois.

— La Croix-Rouge internationale pour le lait, un ami genevois pour le reste.

— Vous pouvez le prouver?

— Je n'ai pas gardé tous les récépissés. Je ne me doutais pas que j'aurais à justifier la provenance de ces denrées, mais elles me sont parvenues de la façon la plus légale.

— Ce Marcello Guardi, vous le receviez pour la première fois?

— Je vous l'ai dit. Il m'avait téléphoné pour me demander une entrevue.

— Êtes-vous sûr que ce genre de visite soit fréquent?

— Rien que dans la soirée d'hier, en plus de ce Marcello Guardi, j'ai eu un officier de la P.A.I., le capitaine Alfredo Ritelli, plus deux fonctionnaires de Radio-Rome, Enzo Tavera et Adriano Locatelli, plus deux jeunes femmes dont l'une s'appelle Marie Leonardi et l'autre Gina Sardi, toutes deux employées à l'E.I.A.R.

— Oui, mais vous connaissiez déjà toutes ces personnes!

— Pas le capitaine Ritelli qui venait chez moi pour la première fois, lui aussi, et pour les mêmes raisons : me rencontrer, voir mes œuvres.

Il s'entendait parler avec aisance et se sentait confiant.

Illyoutchine retournait derrière le castelet, se couchait sur la tablette, entre les rideaux, parmi les marionnettes aux couleurs vives. Le policier jeta un coup d'œil aux œuvres en question comme s'il cherchait à vérifier qu'elles justifiaient réellement un intérêt aussi vif, un tel afflux d'admirateurs.

— Ce sera tout, dit-il.

Et non sans prestesse il fit disparaître son carnet. L'adjoint de son côté abandonnait sur la table les boîtes et les paquets. Tourmenté par son rhume, il se mouchait fréquemment, et chaque fois qu'il tirait sur son nez celui-ci prenait une affreuse teinte lie-de-vin. Filangeri raccompagna courtoisement les deux hommes jusqu'à l'ascenseur, certain de s'en être sorti à son avantage.

A midi et demie Marie vint le voir et il lui rapporta mot pour mot le petit interrogatoire qu'il avait subi et tous les détails de la visite. Pour elle aussi l'impression était favorable et à son avis le mauvais tour de Tavera s'arrêterait là. Comme elle avait apporté quelques pommes de terre il les prépara avec du lait, et ils en firent leur repas.

Après quoi Marie passa derrière le castelet et choisit deux marionnettes sculptées par Filangeri, l'une pour le rôle de Tavera l'autre de Sainte-Rose. « Vous êtes un mufle! » criait celui-ci. « Je vous couperai les ailes! » répliquait l'autre. Le vieux riait. De loin le chat Illyoutchine les regardait, assis dans sa corbeille.

Une heure environ après le départ de Marie, on sonna de nouveau. Dans l'homme qui, un gros cache-nez autour du cou, attendait sur le palier, Filangeri reconnut un nommé

Linarès, son voisin de terrasse, un avorton brun de peau, les paupières rouges, le regard fuyant.

— Que voulez-vous ? dit Filangeri.

— Est-ce que je peux vous entretenir de quelque chose qui vous intéresse de près ?

— Entrez donc.

Une fois dans l'atelier, Linarès dit en lissant ses cheveux d'un geste mécanique :

— Vous me connaissez, monsieur Filangeri.

Il savait qu'il s'agissait d'un ancien fonctionnaire des douanes qui avait perdu sa femme au début de la guerre et vivait d'une petite pension. Son nom espagnol il le devait, disait-on, à un grand-père sud-américain. Filangeri tout intrigué qu'il fût s'efforçait de n'en rien laisser paraître. Souvent il avait vu sur la terrasse ce Linarès en train de rêver, tourné vers le fleuve qu'on voyait par-dessus les toits sans cesser de se curer les oreilles ou les narines de ses longs doigts crochus. Si l'on détaillait ses vêtements on constatait qu'ils étaient propres et néanmoins son aspect général suggérait une saleté grise.

— Asseyez-vous donc, dit le sculpteur.

L'autre chercha des yeux le siège le plus confortable et après avoir hésité choisit le divan. Filangeri savait aussi que cette femme dont Linarès portait le deuil, une créature grande et forte, mais d'esprit un peu débile, avait été un souffre-douleur. D'après la rumeur, pour atteindre son visage et la gifler, il sautait devant elle comme un kangourou. On le considérait volontiers comme un individu d'une moralité approximative. Depuis qu'il vivait seul il introduisait parfois chez lui des fillettes qu'il allait recruter dans les quartiers pauvres.

— Que puis-je faire pour vous ? demanda le sculpteur.

— Monsieur, dit l'autre, je veux vous prévenir d'un fait très grave.

Filangeri l'examina plus attentivement et le soupçon lui vint que cette démarche insolite pouvait avoir quelque liaison avec la visite des policiers mais il préféra ne rien brusquer. De toute façon, il se sentait las et ses mains rouges et toutes gonflées le faisaient souffrir.

— Monsieur, vous savez que j'ai été naguère encore un esprit perdu, que j'ai rendu malheureuse une femme qui était une véritable sainte et que je ne mérite l'indulgence de personne.

Filangeri se souvint de ces nuits où il entendait les cris de l'idiote de l'autre côté de la terrasse.

— Depuis, je fais ce que je peux pour réparer le mal dont j'ai été responsable et je comprends qu'on me tienne encore en suspicion. Je m'efforce de réparer, bien entendu, selon mes moyens. Comprenez-vous ?

— Je ne vois pas où vous voulez en venir.

— Vous allez voir, dit Linarès.

Il se contint pour laisser au chat Illyoutchine le temps de traverser l'atelier.

— Les chats portent malheur, dit-il d'une voix confidentielle, si dans certaines circonstances ils vous croisent de gauche à droite.

— Venons-en au fait, dit Filangeri.

Sans quitter le chat des yeux Linarès déclara d'une voix un peu jubilante :

— Monsieur, vous ne tarderez pas à être arrêté !

Il y eut un silence durant lequel Filangeri se demanda s'il ne s'agissait pas d'une provocation pure et simple, ou d'une mauvaise plaisanterie manigancée à distance par Tavera, et en même temps il devinait dans l'esprit de Linarès l'épanouissement d'une pensée bizarre comme une grande orchidée tropicale.

— Tout à l'heure, dit Linarès, la police a interrogé à votre sujet les habitants des logements voisins du vôtre.

— Et alors?

— Elle voulait savoir si hier soir l'un d'entre eux était venu chez vous se plaindre du bruit que vous faisiez.

Encore un silence. Filangeri se dit qu'il s'était trop vite rassuré au sujet de l'enquête. Le mécanisme déclenché par la stupidité de Tavera ne s'arrêterait pas aussi facilement qu'il l'avait supposé.

— Est-ce tout? demanda-t-il en cachant son anxiété.

— Il y a autre chose, monsieur.

— Je vous écoute.

— Il y a encore ceci : les deux policiers m'ont demandé si vous receviez souvent des visites. J'ai dit oui.

— Ensuite?

— Après tout j'entends un peu de chez moi à travers la terrasse. Je n'écoute pas mais j'entends.

— Il n'est pas défendu de recevoir des gens chez soi.

— C'est ce que j'ai pensé. Mais ils voulaient savoir si vous en receviez aussi la nuit.

— Cela m'est arrivé. Rarement, à la vérité. Cependant, cela m'est arrivé.

Il commençait à se sentir inquiet. Le regard de Linarès se dérobait et il devinait dans son esprit des glissements sournois.

— Sans doute, sans doute, monsieur. Mais, moi, je leur ai appris une chose particulière.

— Voyons un peu!

— Que vous aviez hébergé quelqu'un pendant plusieurs jours. Environ deux semaines.

— En êtes-vous si sûr?

— Oh, monsieur, mon oreille est bonne. Si ma vue baisse, je garde Dieu merci, l'ouïe intacte.

— En supposant le fait exact — je dis bien, en supposant! — étiez-vous obligé de leur en parler?

— Non, naturellement.

Donc cet imbécile avait révélé la présence de Bourgoin et l'affaire s'ouvrait sur des perspectives nouvelles. Linarès le regardait cette fois en face, l'œil allumé par l'idée qu'il l'inquiétait. Filangeri se souvint que jamais Bourgoin ne s'était montré sur la terrasse mais que Linarès s'y tenait parfois et on l'entendait gronder contre Illyoutchine. Le chat, en effet, circulait de part et d'autre de la grille de fer qui séparait les deux domaines. Quand il s'aventurait dans l'autre secteur Linarès, s'il le découvrait, lui faisait peur en battant des mains.

— Aviez-vous une raison de raconter ce genre de choses sans les vérifier?

— Pas la moindre.

— Peut-être vous a-t-on pressé d'une manière un peu vive?

— Allons donc! Ils ont été extrêmement polis.

— Vous vous doutez cependant que de tels propos peuvent me causer un très grave préjudice par les temps qui courent? Si rien ne vous incitait à les tenir, si vous n'avez aucune hostilité à mon égard et si vous n'avez pas même été menacé, je ne vois pas...

Le visage de Linarès se transforma comme s'il venait de

recevoir à la volée une paire de gifles. Deux grandes plaques rouges s'étendirent sur ses joues, ses yeux s'embuèrent et il parut sur le point de pleurer.

— Vous avez raison, monsieur, vous avez cent fois raison! Je suis un misérable! Je suis un lâche! Mais je n'ai pu résister à la tentation!

— Quelle tentation!

— De révéler ce que j'avais surpris.

— Est-ce si naturel de dénoncer quelqu'un sans peser les conséquences d'un soupçon dont vous n'avez pas vérifié la justesse?

— C'est très vrai! Oh, c'est très vrai! Nous sommes tous pareils, nous cédons vite. Me pardonnerez-vous jamais?

Filangeri pensait : « Avant la fin de l'après-midi ils seront là. » Il n'éprouverait ni mépris ni rancune pour Linarès. Si encore ce pauvre pitre avait agi pour de l'argent ou sous le coup de la peur! Même pas! Rien que pour le plaisir de nuire!

— Le remords m'a pris ensuite. J'ai voulu me rétracter. Je ne savais plus que faire. Je suis allé au cimetière me recueillir sur la tombe de ma Rosalia et puis je suis venu vous prévenir. Ainsi ma vilaine action s'en trouverait atténuée.

Filangeri, ses mains difformes appuyées sur les cuisses le regarda. Il vit qu'il avait le blanc de l'œil très épais, serré autour de l'iris qu'il semblait enchâsser durement. Il vit aussi les oreilles cartilagineuses, le gros nez piqué de points noirs, les lèvres molles et distendues et se dit qu'il se trouvait en ce moment devant le visage même de son destin.

— Partez, dit soudain Linarès dans un chuchotement, comme si on pouvait l'entendre du palier.

Il ajouta en plaçant sa main verticalement près de la bouche :

— Partez vite vous réfugier chez des amis !

— Je n'ai aucune raison de partir !

— Oui, oui. Je serais heureux que vous leur échappiez ! Je vous jure sur la mémoire de ma Rosalia que je serais heureux.

De nouveau le soupçon vint à Filangeri d'une machination montée par Tavera ou la police avec la complicité peut-être involontaire de cet idiot.

— Je serais moins mangé de remords. Vous ne savez pas quelles heures j'ai passées depuis ce matin, après leur départ. Au cimetière, monsieur je criais ! Je disais à Rosalia : « Tu avais raison ! Je suis mauvais ! » Et puis j'ai décidé de tout vous dire. Je suis sûr que c'est l'âme de Rosalia qui m'a inspiré. Vous ne m'en voulez pas trop, n'est-ce pas ?

— Ne comptez pas tout de même sur ma reconnaissance, dit Filangeri amèrement.

— Je suis une canaille !

— Laissez-moi, je vous prie, à présent.

— Vous allez fuir ?

— Ce que je vais faire ne vous regarde pas.

— C'est cela ! Parlez-moi rudement ! Je le mérite. Ne me ménagez pas, c'est moi qui vous en supplie.

Filangeri s'était levé. Il allongea le bras, prit sur le rayon d'une étagère un album consacré au Bernin, qu'il admirait passionnément, l'ouvrit au hasard, de façon purement machinale, tomba sur sa *Sainte-Thérèse en extase* dont il avait toujours savouré la merveilleuse ambiguïté et que maintes fois dans sa jeunesse, au cœur de ses crises les plus exaltées, il était allé voir à Santa Maria della Vittoria.

— Dites-moi, est-ce par crainte pour vous-même que vous avez, comme vous dites, « cédé à la tentation »?

Il ne s'était pas retourné. Il avait toujours les yeux sur la Sainte-Thérèse, sur l'ange à la flèche, sur les voluptueux mouvements de robe.

— Je ne comprends pas, monsieur.

— Après tout, si vous êtes en situation tant soit peu irrégulière je pourrais concevoir que l'arrivée de la police vous ait effrayé.

— Ce n'est pas cela. Je suis en règle.

— Ont-ils examiné vos papiers?

— Oui, mais si j'ai commis certains actes répréhensibles aux yeux de la morale et dont le souvenir me rend malade de honte, aucun n'a fait l'objet d'une poursuite judiciaire.

— Peut-être alors avez-vous cru qu'une dénonciation serait bien vue des autorités qui dans le passé avaient si charitablement fermé les yeux sur les actes en question?

— Pas du tout, monsieur. J'ai parlé aussitôt qu'on m'a interrogé, sans penser à quoi que ce soit qui me concerne personnellement. Ça été plus fort que moi!

Filangeri referma l'album, le rangea méticuleusement. Chez lui à présent la surprise prenait le pas sur l'anxiété. Il revint sur Linarès, toujours assis au bord du divan, pour lui demander :

— Vous ai-je sans le savoir donné l'occasion de quelque ressentiment à mon égard?

— Non.

— Quel mystère, vraiment!

— Je me suis rappelé qu'après le départ de madame Filangeri et alors que vous viviez théoriquement seul j'entendais un bruit de conversation le soir et j'avais noté que votre interlocuteur paraissait être le même.

— Veniez-vous jusqu'à la grille de la terrasse?

— Oui, malgré le froid, je venais jusqu'à la grille. Depuis la mort de Rosalia l'appartement me fait... Dès que la nuit vient je m'y trouve un peu oppressé, c'est bien naturel.

Linarès laissa échapper un gémissement, se leva comme pour partir.

— Attendez, dit Filangeri. Il est bien clair qu'ils ne vous ont ni menacé ni séduit par des promesses?

— S'ils m'avaient menacé je n'aurais rien dit. Je suis peureux et la peur me rend muet. Et quelles promesses voulez-vous?... Non, la vérité, je vais vous la dire : c'est que j'ai le cœur pourri!

Il se frappa deux fois la poitrine avec sa main droite étalée, tous les doigts écartés, et se dirigea vers le couloir de son allure de clown malade, le dos rond, en traînant les pieds.

Resté seul Filangeri eut un long regard circulaire pour son atelier, pour cet univers où il avait travaillé pendant quarante ans, où d'œuvre en œuvre il avait tenté d'accorder sa vie à la plus secrète intimité du monde. D'un geste vif il dégagea une partie du voile de l'Aphrodite et le regret lui vint de n'avoir pu à ce jour la fixer dans un matériau noble. Il ne savait que faire, conscient jusqu'à la nausée que dans cette vacance de la volonté le temps qui filait était son pire ennemi. Il referma le voile, retourna au centre de la pièce. A qui demander protection? Jamais il n'avait cherché à se lier aux gens en place, aux puissants du régime, bien qu'il eût compté autrefois parmi ses admiratrices une amie de la comtesse Edda Ciano. De toute manière le comte Ciano avait été fusillé au fort San Procolo de Vérone pour trahison, sa femme s'était réfugiée en Suisse et les Allemands tenaient tout le pays. L'unique solution, Linarès l'avait suggérée. Cependant il convenait de ne pas donner à ce départ l'apparence d'une fuite. Il rangea quelques affaires, verrouilla les persiennes sur la terrasse, ferma les compteurs de gaz et d'électricité ainsi que le robinet qui commandait l'installation d'eau. Ensuite il empila des vêtements dans une valise. Toutes ces opérations lui prirent moins d'une demi-heure. Plutôt que de téléphoner à Marie le mieux était de lui écrire, de lui exposer la visite de Linarès et sa décision de rejoindre son fils et sa femme à Spolète par le train de l'après-midi. Il descendit chez le concierge, lui dit qu'il s'absenterait quelques jours, lui confia les clefs et de l'argent pour qu'il soignât le chat et le chargea également de remettre sa lettre à Marie.

— Elle passera ce soir ou demain, dit-il. Je préfère qu'elle l'ait en main propre.

— Soyez sans crainte, monsieur.

Ce n'est qu'une fois dans la rue qu'il découvrit la voiture noire, sinistre comme un fourgon mortuaire, qui semblait en attente le long du trottoir. Une légère panique lui mordit le cœur. Il fit quelques mètres en direction opposée, atteignit le coin de la rue mais la voiture s'était mise en marche. Il entendit son ronflement léger et en même temps menaçant. Dès qu'elle l'eut dépassé elle s'arrêta et le policier aux yeux bridés en descendit, avec sur le visage la même expression d'ennui.

— Venez, dit-il presque languissamment.

10

Vers cinq heures, chez *Pietro*, Sainte-Rose attendait Marie. Il lui avait téléphoné à son bureau en observant le code qu'elle-même avait imaginé. Il s'était installé sur une banquette dans un coin de la salle. Peu de monde. Par la porte vitrée il distinguait sur le mur d'en face l'affiche blanche *SPQR Comune di Roma Profilassi della Rabbia*. Détaché sur le fond scintillant des bouteilles et du percolateur le patron lisait un journal. Sainte-Rose pensait à Filangeri et parce que la voix de Marie lui avait semblé très calme, très mesurée, il en avait conclu que tout allait bien. Il se souvint qu'il avait dormi un peu au début de l'après-midi et qu'il avait rêvé qu'il nageait au fond de la mer à travers une forêt d'algues. Soudain des poissons transparents venaient le dévorer sans qu'il souffrît physiquement tout en ressentant l'horreur de ne plus avoir de corps et d'être condamné à errer sans fin dans ces abîmes. Il pensa aussi à Sandra et à son offre de refuge aux Parioli. Sans doute s'agissait-il de quelque « aimoir » où elle avait accoutumé de rejoindre ses partenaires. Dehors, dans le crépuscule qui commençait, glissaient de rares voitures. Deux miliciens fascistes, fusil à la bretelle, s'arrêtèrent un instant sur le trottoir. D'autres rêves remontaient à la mémoire de Sainte-Rose. Une nuit, d'innombrables fourmis avaient surgi des murs et en rangs serrés, dans un grouillement silencieux, s'étaient dirigées en colonnes vers son lit, toutes luisantes, avec leurs grosses têtes aux yeux protubérants et leurs énormes mandibules. Une autre fois la mer engloutissait la ville entière et il se réfugiait au sommet des maisons pour voir l'eau recouvrir lentement les rues et, à la fin, n'émergèrent que les toits et les coupoles avec des grappes humaines qui parfois glissaient lentement dans les flots.

Quand la porte s'ouvrit, que Marie pénétra dans la salle, le patron — massif, l'œil pointu — leva la tête, examina la jeune fille de la tête aux pieds avec admiration. Elle se dirigea vers Sainte-Rose qui s'était avancé et s'installa près de lui. Le patron crut qu'il avait affaire à un couple d'amoureux et les appela « mes enfants ». Elle ôta son manteau, apparut en robe noire d'une seule pièce avec, pour unique bijou, un collier en perles de verre. Ses seins s'enracinaient fermement d'un bord à l'autre de la poitrine et suggéraient la merveilleuse puissance de la vie. Sainte-Rose était déjà convaincu qu'elle seule pourrait le guérir de ce mal qui lui tenait l'esprit certains jours et lui donnait des pensées violentes et tristes.

— Quelles nouvelles ? demanda-t-il.

— Filo a vraiment été dénoncé par Tavera.

— Et aussi par le capitaine de la P.A.I. ?

— Non, rien que par Tavera. Et ce matin, après notre départ, la police est venue.

Elle raconta ce qu'elle avait appris directement par le sculpteur, à midi, au cours de sa première visite, et montra la lettre que venait de lui remettre le concierge.

— Avec la tournure que prend cette affaire, il a eu raison de partir, dit-elle. C'est mieux pour lui comme pour vous.

Elle l'observa pendant qu'il lisait très attentivement la lettre et elle lui découvrit cette attitude circonspecte des chats rôdeurs habitués à se tenir sur leurs gardes, certains que tout l'environnement n'est qu'un unique et vaste danger. Son côté chat s'accentuait lorsqu'il parlait à voix basse, qu'il articulait en retroussant légèrement les lèvres. Il disait qu'à son avis la police verrait dans un départ si soudain l'aveu même d'une conscience coupable. On le rechercherait et peut-être serait-il facile de retrouver sa trace.

— Pensez-vous, dit-elle, il n'a pas dit au concierge qu'il se rendait à Spolète.

— Allons, c'est là-bas qu'on télégraphiera d'abord pour demander de vérifier.

— Vous imaginez bien que sa famille le mettra en sûreté dès son arrivée.

— S'il n'est pas cueilli à la gare en débarquant.

— Vous croyez qu'on déploiera immédiatement tant de zèle?

— Je pense qu'on va le juger à présent plus suspect qu'il ne le paraissait. Ce que sera la réaction de la police, je n'en sais rien. Il est possible qu'elle n'apprenne son départ que demain ou plus tard.

— Qu'allez-vous faire vous-même?

— Abandonner le *palazzo* Vitti. Je le quitterai demain matin. Malheureusement c'est au *palazzo* que Luca viendra bientôt ou qu'il m'enverra un émissaire. Je chercherai une solution. Le connaissez-vous?

— Luca? Non, dit-elle. Filo m'en a parlé au temps où il

cachait votre ami Bourgoin, mais sans que j'aie jamais eu l'occasion de le rencontrer.

Et délicatement elle trempa ses lèvres dans le soda d'un jaune vénéneux que venait de lui servir le patron. Avec la sortie des magasins et des bureaux, Sainte-Rose voyait derrière les vitres passer des Romains de tous âges. Certains avaient les yeux voilés comme s'ils marchaient sans détourner leur attention d'un malheur qu'ils portaient jour et nuit au fond d'eux-mêmes. D'autres paraissaient chercher quelque chose qui n'était pas visible mais devait exister à coup sûr et pourrait combler enfin leur désespérance. Depuis sa première sortie hors du *palazzo*, Sainte-Rose ne se sentait plus étranger à cette ville. Il comprenait qu'il en subissait de plus en plus l'atmosphère raréfiée et que celle-ci l'inclinait à s'interroger souvent sur sa propre existence. La présence de Marie à ses côtés dépouillait cependant cette idée de toute sécheresse et lui donnait au contraire une sorte de rayonnement.

— Vous savez, dit-il, que si Filangeri est pris et si on le contraint à parler vous serez vous-même compromise.

Elle secoua la tête mais il insista :

— Il suffirait qu'on lui fasse dire que ce matin vous êtes venue chez lui nous prévenir. Votre complaisance à me reconduire ensuite dans votre voiture aggraverait davantage votre complicité.

— Filo avouera peut-être beaucoup de choses si on le maltraite au-delà de certaines limites de résistance, mais il se laissera massacrer plutôt que de révéler quoi que ce soit qui me mette en danger. Il m'aime comme sa fille. Ah, vous ne le connaissez pas bien.

En dépit de cet argument il était troublé non seulement

par la certitude que Marie pouvait être menacée, mais parce que leur situation présente lui rappelait un de ses rêves les plus récents, celui des colonnes de fourmis cuirassées et de leur noire et irrésistible progression.

— Qu'il ne vous arrive rien à vous, dit-il. C'est mon seul souhait.

Elle sourit, lui prit la main de façon charmante comme pour le rassurer. Il voyait sur son visage, mêlée à la sensualité des traits, la limpide expression de l'enfance. Une fille vaillante, nette, saine, d'une écrasante beauté, avec des yeux pleins de tendresse, de perspicacité, qui lisaient au plus profond de lui-même, qui découvraient le désir qui le tourmentait et s'en amusaient avec une légère, une pétillante malice. Ils parlèrent de la soirée, de Tavera, de sa stupide querelle, évoquèrent de nombreux détails sans jamais d'allusion au petit incident survenu pendant leur propre danse. Quand ils se séparèrent la nuit était tombée, le couvre-feu approchait et l'avenue disparaissait dans une obscurité inquiète.

Le soir, comme Luigi était en mission, loin de Rome, Sainte-Rose dîna entre la Marchesa et Sandra. Il n'avait dévoilé aux deux femmes qu'une partie de ses préoccupations et leur avait rappelé que cette nuit, en cas d'alerte, il gagnerait immédiatement les combles et la cachette aménagée naguère pour les deux précédents réfugiés. Quoique sa confiance dans cette solution fût limitée il pensait qu'on ne pouvait mieux faire avant le matin. Dès l'aube et la fin du couvre-feu il rejoindrait l'appartement qu'un ami mettait à sa disposition. La Marchesa l'avait laissé dire jusqu'au bout sans jamais l'interroger sur aucun point. Elle semblait accepter les choses avec sérénité. A la fin du repas elle fut prise de sommeil et rejoignit sa chambre. Lorsque Sofia en eut fini avec elle et sa toilette de nuit, elle retourna dans la loge et Sandra et Sainte-Rose restèrent seuls devant le feu.

— Où en êtes-vous réellement ? dit-elle.

— Je vous l'ai dit.

— Cette personne, en difficulté avec la police, a-t-elle des chances sérieuses de s'en tirer ?

— Oui, et si rien ne lui arrive ce soir nous pourrons tous respirer.

— Eh bien, n'est-ce pas l'occasion de sacrifier au Dieu de la chance ?

Elle se leva, lui prit le bras, l'incita doucement à la suivre et, légère et souriante, l'entraîna chez elle. Devant la porte, parce qu'il marquait un temps d'hésitation, elle s'en amusa :

— Toujours vos scrupules ? Préférez-vous que nous allions nous aimer dans votre cellule glacée, là-haut, sous les toits ? Allons, venez.

Il pénétrait dans cette pièce pour la première fois et elle vit qu'il regardait silencieusement, autour de lui, les tableaux, les tentures, les miroirs, et le large lit conjugal recouvert d'un magnifique brocard. Elle poussa le verrou, entra dans la salle de bain et quand elle en ressortit aperçut Sainte-Rose qui examinait une photo où elle figurait avec Luigi, vingt ans plus tôt, en robe de mariée, l'œil sec, le sourire contraint. Elle savait mieux que personne combien son visage exprimait peu le bonheur, seulement une volonté tendue qui atténuait beaucoup la véritable finesse de ses traits. Sainte-Rose parut contrarié qu'elle l'eût surpris dans cette attitude et à son tour pénétra dans la salle de bain. Il paraissait en définitive accepter cette chambre de bon gré sans deviner que Sandra l'avait choisie avec intention. Pour la première fois elle accueillait un de ses amants dans le « sanctuaire ». Par un reste de préjugé, elle y avait toujours répugné; cependant elle désirait ardemment que ce « sacrilège » fût consommé avec Sainte-Rose. Après avoir ôté son peignoir elle découvrit le lit, s'y allongea à sa place habituelle, une main sous la nuque, une autre entre les seins, écouta l'eau couler à côté dans les canalisations et, soudain, tira le drap sur elle, consciente que cette nuit l'acte d'amour avec ce garçon à l'âme crispée aurait un sens différent, comme si elle n'allait pas enfin livrer simplement son corps mais une part beaucoup plus importante d'elle-même. Elle se dit qu'aucune de ses précédentes aventures ne ressemblait en rien à celle-ci et que toutes lui avaient laissé, sans même qu'elle s'en doutât, le cœur intact. Elle se souvint aussi qu'après s'être donnée à Sainte-Rose elle ne s'était pas sentie étrangère à lui comme avec les autres hommes mais qu'elle lui avait gardé au contraire une reconnaissance intime, un sentiment qui ressemblait à de la tendresse, et en ce moment elle se sentait profondément émue bien qu'il n'eût pas même encore touché sa chair.

Dès qu'il reparut, une serviette de toilette nouée autour des reins, elle eut une initiative dont elle s'était peu souciée jusque-là : elle allongea le bras, éteignit la lampe de chevet. Ensuite elle le guida dans l'obscurité, lui prit la main, l'attira sur elle, lui chuchota des mots passionnés qui n'avaient jamais, elle en était sûre, passé ses lèvres. Et lui la caressa, murmura qu'elle avait des seins merveilleux et elle accueillit ce compliment, si fréquemment entendu, avec un mélange de satisfaction et d'humilité. Du bout des doigts elle lui parcourut le visage comme font les aveugles. Le plus souvent elle refusait à ses amants les baisers sur la bouche ou, si elle ne pouvait se dérober, les accordait sans véritable plaisir, mais quand Sainte-Rose lui prit les lèvres, elle devina à l'élan qui la fit frémir tout entière, qu'un domaine tout neuf était resté préservé en elle. Et dans l'étreinte qui suivit elle souhaita qu'il fût pleinement heureux, et, quand il se rejeta de côté en soupirant, elle mit sa tête contre sa poitrine avec un sentiment auquel ne se mêlait aucune sensualité réelle, un sentiment où entrait une sorte de véritable innocence. Peut-être eut-il tort de rallumer trop vite ? Quand il pressa le bouton électrique, que la petite lampe de chevet l'éclaira, elle s'aperçut qu'il tenait le regard au-dessus d'elle, qu'il paraissait très calme et tout à fait en dehors de sa propre illusion. Elle allait lui en faire le reproche sur le mode ironique et se retint, de peur de détruire un lien fragile qui peut-être subsistait encore et, dans le même instant, elle eut envie de se moquer d'elle-même. Comme il ne disait rien, les yeux à demi-fermés, elle s'écarta, s'appuya sur un coude. Elle voyait le corps de Sainte-Rose, la toison de sa poitrine, ses jambes fortes, la cicatrice du pied droit. Il occupait la place même de Luigi et cette idée n'avait plus aucune valeur. Ce qu'elle espérait ? Compter davantage à ses yeux, se sentir vivante en lui. Elle s'écria : « Je n'ai jamais aimé que vous ! » puis se retourna de l'autre côté, prise de confusion, avec la crainte qu'il se mît à rire, ou considérât cet aveu avec légèreté. Cette peur lui ferma la gorge si durement que des larmes lui vinrent. Mais Sainte-Rose lui baisa l'épaule délicatement, un baiser rapide, en coup de bec, dit qu'il serait prudent qu'il remontât chez lui, qu'un événement inattendu pouvait survenir. Ce propos, loin de la mortifier, l'apaisa, tant elle avait redouté une réflexion qui l'aurait endolorie.

— Quel événement? Vous pensez à Luigi? Il est requis par une importante mission à Pise. J'ai vérifié. Et de toute manière, il n'est pas homme à jouer les commis-voyageurs qui rentrent avant la date annoncée pour surprendre leur femme.

— Ce n'est pas seulement à lui que je pense.

— S'il s'agit de la police, vous-même avez assuré...

« Décidément, se dit-elle, j'ai beaucoup changé. » Elle savait qu'elle s'efforçait de le retenir, consternée à l'idée qu'il ne partageait pas sa passion, qu'il ne souhaitait pas rester davantage, qu'il prenait ce prétexte misérable. Elle se sentit prête à le supplier pour qu'il lui accordât une heure de plus et lutta contre cette tentation. Cependant elle finit par lui demander d'un ton charmant de comédienne mais teinté d'une vague amertume :

— *Encore un instant, monsieur le bourreau.*

Il secoua la tête en souriant :

— Je dois être raisonnable pour deux!

Elle savait qu'elle aurait dû répliquer : « Ainsi, vous avez peur? » mais ce jeu n'avait plus de sens et lui apparaissait dans toute sa vulgarité. Sainte-Rose commençait à se rhabiller. Elle voyait rouler les muscles de son dos, saillir ses côtes, et eût aimé se serrer contre lui, caresser son visage, mais se dit qu'elle aggraverait par des gestes de tendresse inutiles la brisure dont elle souffrait. Comme à la fin il s'attardait devant une photographie sous verre qui la représentait petite fille elle dit en s'asseyant sur le lit, le drap enroulé autour de son buste :

— C'est moi à six ans et tout ce que vous voyez dans ce regard a été assassiné peu après.

Il ne fit aucune remarque et dit simplement :

— A présent, je dois partir.

D'un coup de reins elle se renversa de l'autre côté, lui tourna le dos en s'écriant :

— Eh bien partez! Partez donc! Laissez-moi seule!

Elle l'entendit qui disait timidement :

— Mais vous devez comprendre!...

— Je comprends très bien. Laissez-moi.

Il semblait hésiter. De nouveau elle lui fit face. Elle sentait qu'elle avait le visage paralysé, comme gelé par un froid intérieur et qu'elle ne pouvait presque plus bouger les lèvres.

— Qu'attendez-vous? dit-elle d'une voix rauque.

— Sandra! murmura-t-il avec douceur.

— Je veux être seule. Vous entendez? Seule!

Il était visiblement déconcerté par cette attitude, puis il parut se décider, s'inclina en lui souhaitant bonne nuit et sortit. Dans l'instant où il avait ouvert et refermé la porte elle avait vu le lustre du salon qui brillait de tous ses cristaux. Elle éteignit la lampe, resta immobile dans l'obscurité, avec l'impression de se trouver prise dans une gigantesque toile d'araignée, guettée de tous côtés par des yeux impitoyables.

Très tôt, le lendemain, le départ de Sainte-Rose provoqua un petit branle-bas. En quelques minutes tout le monde fut sur pied. On évita les grandes pièces glacées pour se réunir dans le petit salon de la Marchesa. Sofia et Giacomo se chargeaient d'effacer toute trace du séjour de Sainte-Rose dans la chambre du dernier étage et la Marchesa l'assurait qu'en cas d'enquête personne dans la maison ne livrerait le moindre indice. Comme on l'avait assise dans un grand fauteuil sans que Sofia l'eût déjà fardée, elle ressemblait à un vieux mannequin de cire relégué dans un grenier, le visage craquelé, tout mordu par les rats. Elle-même informerait Luigi que Sainte-Rose était parti se réfugier ailleurs, dans un appartement mis à sa disposition par les militants qui préparaient sa fuite. Comprenait-elle qu'il s'agissait au vrai d'un endroit dont Sandra se servait pour ses exploits galants? Se pouvait-il qu'elle fût liée à sa belle-fille par une complicité aussi étrange? Cette idée le troubla et il faillit interroger Sandra à ce sujet lorsqu'elle l'accompagna jusqu'à l'entrée, mais son comportement de la veille l'intriguait déjà beaucoup. Sa valise à la main il se contenta de lui demander platement si elle se sentait mieux. Elle sourit avec une ironie presque méprisante et il pensa que cette femme ne cesserait jamais de le dérouter. Trop simple, se dit-il, de porter ces variations d'humeur au compte d'une nature hystérique. Comment la juger? Il n'avait pas oublié son insistance à l'attirer dans sa chambre, sa joie assez sombre — perverse? — lorsqu'enfin il avait consenti à en franchir le seuil. Et n'avait-elle pas intentionnellement laissé traîner sur la table sa photographie de mariage? Non, décidément il ne saurait de sitôt la juger, d'autant plus qu'il devinait entre elle et lui de subtiles affinités, en particulier une manière identique de regarder le monde et de vouloir s'y ancrer, et, bien qu'il sût qu'il n'était pour elle qu'un amant parmi tant d'autres, il était certain de la désirer et son désir s'éveillait de nouveau en ce même moment, vigoureux et dru, rien qu'à la savoir nue sous sa robe de chambre, rien qu'à regarder son cou très blanc et la naissance de sa gorge. S'il ne pouvait nier son attrait charnel il restait convaincu qu'elle n'était pas accomplie, qu'elle restait « à inventer ». Elle désespérerait un homme qui s'éprendrait d'elle tant elle inclinait au ravage, à la dérision, à tout ce qui raille les sentiments ordinaires. La veille elle avait tout prévu. Luigi absent — « j'ai vérifié » — sa volonté s'était tournée vers la réalisation de cette comédie à laquelle il s'était prêté non sans malaise. Cette séance dans le lit conjugal avait eu au début un petit relent de vengeance ou de parodie dont il avait souffert. Dans un sens il était satisfait de quitter enfin cette maison. Sandra lui remit l'adresse du studio et une lettre pour le concierge.

— Il vous donnera les clefs, dit-elle.

Il la remercia, lui rappela que Luca viendrait bientôt et la pria de veiller pour qu'il sût comment le retrouver.

— Comptez sur moi.

Elle se tenait sur le pas de la porte, mince et droite dans sa longue robe, avec son port de tête orgueilleux, ses yeux sombres et trop larges qui lui dévoraient le visage, son regard qui semblait provenir seulement de leur surface comme un regard de statue.

Aux Parioli, le concierge de l'immeuble l'accueillit avec cordialité, mais Sandra l'avait dûment préparé en glissant dans sa lettre un billet de mille lires. L'homme avait une soixantaine d'années. Il était maigre et d'une pâleur maladive mais c'est qu'il avait ses deux fils prisonniers, l'un en Allemagne, l'autre en Tunisie. Il craignait surtout pour celui que l'on avait déporté et qui se trouvait dans un camp aux environs de Hambourg. « Vous ignorez, dit-il, ce que font les aviateurs dans ce coin-là. Ils jettent partout des bombes au phosphore. On brûle tout vif. Il n'y a pas de remède. » D'évidence il avait trop de chagrin et de préoccupations personnelles pour se soucier des mœurs de Sandra qui, à n'en pas douter, lui confiait bel et bien un nouvel amant.

II

— Nom, prénoms.
— Filangeri, Salvatore, Cesare.
— Dans l'ordre, vos papiers disent Cesare en premier.
— J'ai interverti pour composer mon nom d'artiste.
— Vous avez donc l'habitude de tricher un peu.

Une telle remarque, pour un cas aussi futile, au lieu de choquer le vieillard parut au contraire l'intéresser. La pièce sentait la colle et la fumée de ces cigarettes sans tabac qu'on vendait depuis peu. Aux fenêtres pendaient des rideaux faits de couvertures militaires effrangées. Partout sur les rayonnages, des dossiers s'entassaient marqués d'étiquettes à gros numéros. Sur la table une montre nickelée dont la trotteuse attirait le regard de Filangeri de façon irrésistible comme si son sort eût été lié à ce mouvement. Le policier lui parlait sans agressivité. Il avait un visage asymétrique, l'arête droite de la mâchoire plus développée que l'autre. Filangeri observa également que les arcades sourcilières saillaient de façon inhabituelle, ce qui lui donna envie d'examiner le profil du policier et à cette curiosité il comprit que son esprit était très libre encore en dépit des circonstances.

— Sculpteur?

— Oui.

— A quoi peut bien servir un sculpteur? dit le policier sans véritable ironie.

— Il paraît, dit Filangeri, que l'humanité a besoin d'artistes et de héros.

— Elle a surtout besoin de décence.

Il lui sembla superflu de développer cette réflexion, mais Filangeri eut le sentiment qu'elle lui était suggérée par l'examen du long rapport étalé sous ses yeux et qui le concernait. Derrière les vitres, et au-delà du jardin qui masquait l'avenue, il imagina les passants frileux, les voitures, les magasins, tout un univers aussi lointain que la plus lointaine des planètes. Le bureau où il se trouvait était au troisième étage. En remontant de la cave où il avait passé la nuit en compagnie de quelques autres suspects, il n'avait pas compté les paliers. Ces heures dans le froid, étendu sur une maigre paillasse à même le carrelage lui avaient rompu les reins. Heureusement il portait son gros chandail et, si on lui avait retiré sa valise, du moins lui avait-on laissé son manteau, avantage dont tous les prisonniers n'avaient pu bénéficier. Personne ne l'avait maltraité. Il semblait qu'il eût affaire à la police régulière et non à une de ces organisations parallèles comme celles, plus redoutables, de la milice fasciste ou de la légion SS italienne.

— Qui était cette personne qui a sonné chez vous vers onze heures?

— Un trafiquant du marché noir.

— Que vous a-t-il proposé?

— Rien. Dès qu'il s'est aperçu que j'avais beaucoup de monde chez moi il a filé.

— Vous le connaissiez ?

— Non. C'est la première fois qu'il se présentait.

— Vous avez l'habitude d'accepter les services de ces gens-là ?

— Pas du tout.

— Et ces boîtes de lait et ces paquets de sucre découverts dans votre cuisine ?

— J'ai déjà indiqué leur provenance.

— Sans pouvoir la prouver.

— Il suffirait, comme je l'ai déjà suggéré, de vérifier auprès de la Croix-Rouge et des services compétents.

— Pourquoi avez-vous raconté qu'il s'agissait d'un voisin qui venait se plaindre du bruit ?

— Une idée qui m'a traversé l'esprit. J'ai craint que mes hôtes ne croient que j'entretenais des relations suivies avec ce genre de trafiquants.

— Vous aviez également chez vous une personne suspecte.

— Pourquoi suspecte ?

— Ce Marcello Guardi, vous êtes incapable de nous indiquer comment le joindre.

— J'ignore vraiment son adresse. Pourquoi mon ignorance serait-elle une charge contre lui ?

Il s'exprimait sans effort et cette facilité le réconfortait. Malgré une très mauvaise nuit, il sentait que son esprit fonctionnait bien, pas du tout affecté par la peur, et qu'il sondait les directions que pouvait prendre l'interrogatoire pour trouver immédiatement la parade.

— Et de plus vous avez hébergé quelqu'un chez vous pendant plusieurs jours. Nous avons un témoignage à ce sujet.

— Ce ne peut être que le témoignage de mon voisin Linarès qui a pris des manies depuis qu'il est devenu veuf.

— Quelles manies ?

— Il passe des heures collé à la grille qui sépare nos deux terrasses. Parce que je reçois parfois des modèles qui posent nus il s'échauffe l'imagination.

— Il vous entendait parler avec un autre homme chaque jour après le couvre-feu.

— Le soir, le froid l'empêchait de sortir et de venir m'espionner, et, de chez lui, il interprétait à sa manière ce qu'il entendait réellement, c'est-à-dire ma radio. Je l'ai écoutée davantage après le départ de ma femme.

— Où est partie votre femme ?

— Chez notre fils, passer un mois.

— A quel endroit ?

— Spolète.

Si tout continue ainsi je crois que je m'en tirerai, pensait Filangeri. Un klaxon d'auto retentit sur l'avenue et fendit le silence comme un coup de sabre dans un épais rideau. Le policier tourna une page du rapport d'un geste nonchalant et alluma une cigarette. Il appuya ensuite sur un bouton pour qu'on vînt chercher le prisonnier et le conduire de nouveau dans la cave.

Pendant qu'il descendait l'escalier il vérifia que le bureau d'où il sortait était non au troisième mais au deuxième étage et qu'il avait commis une erreur en comptant le nombre d'étages à partir du sous-sol, mais ce n'était là qu'un détail sans importance. Il pensait à la bassesse de Tavera et se demandait comment prévenir ses amis, Marie en particulier. Pour sa femme et son fils mieux valait qu'ils ne fussent pas informés tout de suite. Une fois qu'il eut atteint le corridor inférieur, il s'aperçut qu'on ne le ramenait pas dans la cave d'où on l'avait tiré mais dans une autre pièce, plus vaste, avec des couchettes à châlit et un cabinet au lieu de la tinette précédente. De plus, une fenêtre fermée par des barreaux donnait sur le jardin. Pour les six lits il n'y avait qu'un seul détenu, couché, indifférent à l'arrivée du vieillard. Curieusement, cette indifférence fit bon effet sur Filangeri. Dès la porte refermée, il s'allongea à son tour. Sur les murs, peu d'inscriptions, des initiales, des dates récentes. Son voisin dormait. Un air glacé coulait par une vitre cassée de la fenêtre mais apportait l'odeur saine de la terre et des feuilles humides. Il y avait une rosace de plâtre au plafond et, près de la porte, une ancienne cheminée de marbre avec un grand miroir à cadre doré tout tarabiscoté. Le miroir aux bords verdis reflétait la lumière et rappelait un grand étang dans un coin secret de forêt. Il comprit qu'il ne l'avait pas vu en entrant parce que toute son attention avait été attirée par l'autre détenu. Il découvrit que des fragments de tapisserie jaunâtre subsistaient au ras du plafond. Donc, nous sommes dans un immeuble réquisitionné et cette pièce n'est qu'une ancienne chambre d'appartement avec son cabinet de toilette. Il se leva pour aller boire au lavabo et à ce moment son compagnon soupira.

— Salut, dit Filangeri.

L'autre se retourna avec difficulté, le regarda sans un mot, les yeux brillants. Il avait un caillot de sang sous les narines qui, de loin, lui faisait un semblant de moustaches mal taillées, avec un aspect vaguement grotesque. A pas lents, Filangeri se rapprocha de lui, vit qu'il ne pouvait ni parler ni se redresser et qu'il tremblait de fièvre. Il allait lui poser une question lorsqu'il distingua ses mains, leurs doigts noirs et gonflés, les ongles arrachés ou à demi-soulevés, transformés en élytres rosâtres. Il s'assit au bord du lit, il ne pensait plus à lui-même, il n'était que pitié et ressentait jusqu'à la nausée cette grande perversion du monde qui aboutissait à ce corps supplicié, à ce regard de terreur et de folie, « un regard d'animal qui ne comprend pas pourquoi on le fait souffrir ». De son mouchoir il lui essuya le front en sueur. Que pouvait-on faire? Que pouvait-on espérer? Dans ce silence essoufflé il prit conscience des dangers qui le menaçaient lui aussi, dont le plus terrifiant : une défaillance de son énergie qui aurait pour ceux qu'il aimait des conséquences tragiques. « E-tau », murmura l'homme. On lui avait écrasé les doigts dans un étau de forge. Filangeri frissonna. Debout, il se vit dans le miroir à l'autre extrémité de la pièce : un véritable visage de noyé. Il se rendit dans le cabinet de toilette, cuvette du lavabo cassée, chasse d'eau à demi arrachée et, faute de verre ou de quelque récipient, prit de l'eau entre ses mains en coquille; mais, dans le temps qu'il mit pour rejoindre son compagnon, presque tout le liquide se répandit et il n'en resta qu'un peu au creux des paumes. L'inconnu cependant y trempa ses lèvres avec une avidité poignante. Dehors le ciel de mars était clair, des branches verdissaient et Filangeri sentit sa propre vie aussi fragile que ces minuscules bourgeons. Toute son existence il l'avait consacrée au culte de la beauté et il avait oublié qu'un rien suffisait à réveiller dans l'épaisseur de la conscience humaine la cruauté du temps des hordes. Sa mère avait été servante et son père carrier. Il pensa à eux, morts depuis tant d'années, et les vit dans le décor de sa jeunesse, sur les contreforts onduleux des Appennins. Alors tout sollicitait son amour : un renard tapi dans les herbes, un arbre gonflé de vent, un oiseau dans les nappes de soleil, la roue de la noria et son eau cascadeuse, et la lampe de porcelaine, le soir, protectrice et apaisante. Il ne s'attendrissait pas à évoquer l'enfant ébloui qu'il avait été mais trouvait dans ces souvenirs un remède contre la haine et la désespérance, car l'essentiel, devant ce corps torturé et ce regard millénaire de la douleur, était de ne pas se désunir, de ne pas glisser hors de soi, de demeurer fidèle à l'être qu'il avait construit en lui-même dans la passion de vivre et d'admirer. « Soif », gémit l'inconnu. De nouveau Filangeri se leva, se rendit au robinet et revint, les mains dans l'attitude de l'offrande, semant des gouttes qui étincelaient comme des diamants.

Une heure plus tôt Marie avait appris l'arrestation du sculpteur par Gina qui, elle-même, le tenait de son amant. Immédiatement elle s'était rendue au dernier étage dans le bureau de Tavera dont elle avait forcé la porte. A ses reproches, Tavera s'était contenté de sourire railleusement, sans cesser de se balancer sur son fauteuil derrière une table chargée de papiers.

— Il n'a qu'à dire qui est ce type qui se trouvait chez lui. Pourquoi cherche-t-il à le protéger?

Sur son buste énorme, la tête bougeait à droite et à gauche de façon presque mécanique.

— A présent, dit-elle, tu vas te dépêcher de le tirer de prison.

— Oui, ma belle. Tu es plus capiteuse encore dans la colère.

Il gardait les yeux clignés, luisants de méchanceté non

sans quelque chose d'un peu dément. Légèrement renversé en arrière il suçotait l'extrémité de son crayon tout en observant la jeune fille avec une expression de ruse triomphante. Elle savait qu'il avait des manies, qu'il introduisait des prostituées chez lui et se livrait sur elles à des pratiques bizarres, d'un érotisme méticuleux et compliqué. Elle était chargée par la Macchia de surveiller son courrier officiel et y trouvait invariablement les formules les plus contournées pour marquer la déférence et la soumission aux ordres des supérieurs. Sur une console, derrière lui, il plaçait toujours une photo de femme jeune, aux traits assez fins, sans que personne, ni sa secrétaire elle-même, n'eût jamais découvert s'il s'agissait d'une maîtresse réelle ou fictive. Les mauvaises langues prétendaient qu'en défaisant le cadre on trouvait au tampon humide la mention « Reproduction interdite. Tous droits réservés », suivie du sigle d'une grande agence de presse.

— Si tu ne fais pas relâcher Filo...

— Eh bien?

— Cela te coûtera cher, j'en réponds!

— Je peux le faire relâcher quand je voudrai, mais tes menaces m'importent peu.

— Eh bien, tu vas t'y employer.

— Tu ne t'imagines pas que tu m'impressionnes.

— Tu as une réputation de lâcheté et cela va plus loin encore qu'on ne le croit.

— Voilà une bonne manière de m'inciter à délivrer notre ami.

— Où se trouve-t-il?

Elle était très émue, sans que cette émotion diminuât la flamme combative qui la brûlait. Debout contre la table elle défiait Tavera qui n'avait pas quitté son attitude d'affût, l'observait entre ses cils lustrés, le crayon planté dans sa bouche comme un cigare. Il rappelait à Marie un saurien et son horrible attente, vautré dans une vase épaisse.

— Je sais un moyen de tout arranger, dit-il.

— Bon. Ne tarde plus.

— Tu ne me demandes pas quel est ce moyen?

— Je m'en moque, s'il est efficace et rapide.

— Ma foi, il ne tient qu'à toi.

Elle le regarda plus attentivement encore. D'abord elle avait pensé qu'il s'agissait d'argent pour soudoyer quelque haut fonctionnaire. Il se leva, tourna autour de la table pour la rejoindre, lui mit une main sur le bras :

— Tu sais que j'ai une folle envie de... Tu vois ce que je veux dire?

Il eut une mimique qu'il voulait charmeuse.

— Je suis prêt à sortir Filo de son trou si je suis récompensé de ma peine.

D'un mouvement brusque elle se dégagea et dit « Tu me dégoûtes » mais elle sentait le désir de Tavera glisser sur tout son corps avec une lenteur gourmande qui la troublait. Elle ajouta « Tu m'as toujours dégoûtée » et s'écarta d'un pas. Lui l'observait en dessous sans cesser de sourire de façon avantageuse, l'œil sournois.

— Tu laisserais Filo en difficulté, dit-il, plutôt que de m'accorder un tête-à-tête qui ne serait pas obligatoirement désagréable pour toi non plus?

Quand il parlait, sa bouche caoutchouteuse s'ouvrait sur ses dents très larges, brunies par le tabac.

— Où est Filo? demanda-t-elle avec une subite douceur, comme on fait pour apprivoiser un enfant.

Sans réticence il donna l'adresse, celle d'une officine de police toute proche et ajouta :

— Je les connais, dès que Filo aura livré toutes les précisions souhaitables sur ce type qu'il avait chez lui, ils le relâcheront sans plus d'histoire. Pas avant, et quoi que tu fasses. Tu comprends?

— Je comprends.

— Mais si tu me fais plaisir, les choses iront beaucoup plus vite et sans dommage pour ce pauvre vieux.

— Tout le dommage sera donc pour moi, dit-elle en reculant vers la porte.

— Voyons... Tu ne vas pas me faire croire que tu n'as pas déjà, hein?...

Il s'avançait d'un pas court sans la quitter des yeux, avec un regard intense, teinté de lubricité.

— Toi, quand les Alliés seront là, tu ne courras pas assez vite pour préserver ta peau.

— Ma jolie, quand les Alliés seront là, les Américains feront comme à Naples. Ils emploieront partout les anciens fonctionnaires y compris les fascistes plutôt que de voir des agents bolcheviks les remplacer.

— Dans ce cas, mon cher, les Américains devront te protéger jour et nuit avec une sentinelle, même quand tu iras te soulager!

Elle se déroba lorsqu'il allongea le bras pour la saisir.

— Toi, dit-il, d'une voix âpre, tu en as trop dit!

Une petite veine battait en travers de son front. Derrière lui, le téléphone sonna. Il hésita sans lâcher Marie du regard, puis se décida et elle en profita pour sortir dans le couloir. Dernière image qu'elle emportait : Tavera écrasé sur la table, les coudes écartés, les yeux toujours sur elle avec une expression de fureur glacée, tout en écoutant son correspondant.

Peu après et sans même demander l'autorisation de quitter son travail avant l'heure, elle partit pour une annexe du ministère des Colonies. Quand elle y rejoignit le capitaine Ritelli, elle vit qu'il était en tenue de campagne, veste de brousse, culotte de cheval et revolver au côté.

— J'ai besoin de vous voir seul, dit-elle.

Un peu surpris il pria néanmoins son secrétaire, un jeune sergent, de se retirer. Il ne souriait pas, semblait soucieux et attendait que Marie parlât la première. Non, il n'avait pas su l'arrestation de Filangeri, mais pourquoi? Ah, Tavera? Comment croire un instant que ses propos, l'autre soir, dans la voiture, signifiaient une menace véritablement sérieuse! A ses yeux ils n'étaient que l'expression d'un dépit un peu trop vif, « à cause de vous, mademoiselle » et, là, Ritelli avait fait la part de l'outrance méridionale et des nombreuses libations.

— Sa conduite est idiote, dit-il. L'affaire n'en valait pas tant, mais, notez que je crois à son flair.

— Qu'entendez-vous par là?

— Que le visiteur de l'autre soir n'était pas un Italien. Peut-être un Italo-Américain, évadé d'un hôpital militaire. Il était blessé au pied.

— Et comment se serait-il trouvé chez Filangeri?

Il prit nerveusement une cigarette qu'il avait abandonnée au bord du cendrier, en aspira une bouffée puis, une main dans la poche de sa veste, revint sur Marie et la regarda dans les yeux :

— Laissons cela, dit-il, non sans brusquerie.

— Vous croyez qu'il est en danger?

— Que voulez-vous que je réponde? Je ne mène pas l'enquête et je n'ai pas vu son dossier. Tavera, dans sa colère, a pu raconter n'importe quoi. De toute manière il a une position dans la hiérarchie fasciste qui donne du poids à ses propos. La police va vérifier et comme il y connaît pas mal de gens!...

— Vous voulez dire que cela peut durer?

— Et que l'on peut également découvrir que Filangeri a commis au moins une imprudence.

— Vous tenez toujours que ce visiteur était suspect?

Pour la première fois il sourit mais de façon lointaine :

— Je suppose, dit-il, que ce n'est pas le mot qui vous viendrait à l'esprit.

Elle eut l'impression de se mouvoir avec le capitaine dans un palais de glaces qui renvoyaient non seulement leur image mais aussi leurs pensées, les échangeaient en brefs éclats lumineux.

— Que suggérez-vous? dit-elle. Je suis venue avec l'espoir que vous l'aideriez.

— Tout dépend dans quelles mains il est tombé.

Elle indiqua aussitôt l'adresse fournie par Tavera lui-même. Le capitaine se mit à réfléchir. On entendait un crépitement de machine à écrire dans la pièce voisine. Marie eut envie de lui raconter sa précédente entrevue avec Tavera et le marché qu'il avait eu le front de lui proposer, à elle, et la réponse qu'elle avait faite, tout cela pour insinuer, en définitive, que servir la cause de ce malheureux Filangeri pourrait être aux yeux des Alliés, dès leur arrivée à Rome, une caution non négligeable. Mais le procédé lui parut grossier à tous égards. L'idée, toutefois, demeurait qu'un homme comme Ritelli ne se compromettrait dans une démarche de ce genre que si elle ne devait pas lui attirer de désagrément. On pourrait en effet, à la police, s'étonner qu'un officier de la P.A.I. s'intéressât au sort de Filangeri qui n'avait jamais donné au régime le moindre signe d'adhésion. Elle ne savait comment l'encourager à intervenir, quels mots employer. Qu'il ne songeât pas à lui faire la cour, à profiter de la situation, à jouer à ses yeux les irremplaçables, était déjà un élément positif. « S'il me fait la cour je le laisserai venir. D'ailleurs il n'est pas antipathique. » Elle savait l'impression qu'elle faisait sur les hommes et gardait cependant la tête froide. Trois ans plus tôt elle avait inspiré une véritable passion à un fougueux universitaire qui se ruinait pour elle en bouquets de fleurs mais avait le tort d'écrire parallèlement des lettres d'une sentimentalité affligeante. Patiemment elle attendait et guettait les réactions du capitaine. Il avait terminé sa cigarette et en écrasait ce qui restait dans le cendrier, le pouce fortement appuyé comme s'il détruisait un insecte dont il aurait eu à souffrir.

— Écoutez, dit-il, je vais aller voir. Je m'efforcerai d'apprendre où en sont exactement les choses. Après tout j'étais aussi chez Filangeri ce fameux soir et je peux, sans qu'on trouve ma visite trop singulière, éprouver de la curiosité pour cette affaire.

Ce n'était pas ce qu'elle avait espéré. En abordant Ritelli, son illusion était encore très forte qu'il mettrait immédiatement tout en œuvre et ferait agir ses relations personnelles pour tirer d'un mauvais pas un homme qu'il prétendait admirer. Elle dissimula sa déception, consciente cependant qu'entre elle et le capitaine existait une complicité morale encore ténue et que mieux valait se contenter d'une initiative qui, pour limitée qu'elle fût, pouvait avoir des suites tangibles. « Je dois admettre qu'il doit se montrer habile et ne rien brusquer », se dit-elle.

— Est-ce que je pourrai vous revoir bientôt ?

— Je vous téléphonerai au moment voulu. Vous reviendrez dans ce même bureau.

— Je vous remercie.

— Bien entendu, soyez discrète.

— Je sais l'être plus que vous ne le supposerez jamais.

Il s'inclina, puis l'accompagna galamment dans le couloir jusqu'à l'escalier. En descendant les marches elle était sûre qu'il agirait comme il l'avait promis et son angoisse en fut un peu allégée au point qu'à la sortie, après le contrôle d'usage, elle sourit à l'une des sentinelles qui, au passage, lui décocha un compliment salace.

Les premières nuits que Sainte-Rose passa dans le studio furent marquées par des alertes aériennes, mais il ne descendit pas dans la cave — toujours dans la crainte d'une mauvaise rencontre — bien que le concierge l'eût renseigné sur la manière la plus rapide de rejoindre le refuge par un escalier de service. Ce studio — loué tout meublé par Sandra — aurait été assez banal sans le lit qui avait des dimensions inhabituelles, — avec un baldaquin de satin rose, des appuis capitonnés, — un lit immense et de mauvais goût qui remplissait un énorme volume et suggérait, peut-être même à cause de sa vulgarité, des ébats d'un violent érotisme. Quelques reproductions de peintures galantes ornaient les murs, mais une seule retint l'attention de Sainte-Rose, celle de la *Vénus* de Franciabigio, à la Galerie Borghèse, dont le visage — plus que le corps pourtant « chaud » et pulpeux — l'émut parce qu'il lui rappelait celui de Marie.

Ces bombardements avaient fait de nombreuses victimes dans les quartiers au sud et à l'est de la ville et les journaux en parlèrent longuement (ils vitupéraient en même temps les « aviateurs terroristes ») mais en accordant une place égale à la récente éruption du Vésuve qui dévorait des villages dans les environs de Naples.

Deux fois Sandra vint lui apporter du ravitaillement et ne quitta le studio qu'à la limite extrême avant le couvre-feu. Elle se montra « différente » sans qu'il s'interrogeât sur les causes réelles de ce changement. De manière assez vague il l'attribuait à l'éloignement du *palazzo*, à l'absence d'un décor et d'une atmosphère qui devaient ajouter à sa nervosité, l'inciter à ses extravagances. Bien qu'elle lui parût moins abrupte, plus accessible, il s'étonna du labyrinthe de son propre esprit lorsque, couché près de Sandra, c'est à Marie qu'il pensait. De Marie il ne lui avait jamais rien révélé, mais avant ou après leurs jeux, cette subite tendresse qui parfois lui gonflait le cœur provenait d'elle, même si Sandra s'y méprenait.

Un matin qu'il l'avait appelée au bureau, Marie put se libérer et le rejoindre vers onze heures au café *Pietro*. Il apprit ainsi qu'on avait arrêté Filangeri et cette nouvelle l'accabla. Il apprit également que le capitaine Ritelli était intervenu en faveur du vieux sculpteur et que celui-ci bénéficiait à présent de conditions moins sévères. De cette rencontre, il avait conservé une émotion tumultueuse, liée en partie seulement au sort du malheureux Filangeri, bien qu'il s'inquiétât des suites de cette affaire et s'indignât au sujet de Tavera. Mais grâce à Marie il éprouvait le sentiment de

« peser enfin sur la terre », de ne plus tâtonner dans une oppressante obscurité et se jugeait aussi avec moins d'intolérance. Il ne tentait pas d'analyser le pouvoir qu'elle avait sur lui, convaincu cependant que chaque regard, chaque sourire faisait pénétrer dans son cœur une clarté consolante. Il la désirait. Il ressentait une certaine jalousie pour ceux qui la voyaient plus à loisir. Il avait peur pour elle, dans cette ville livrée à la délation, à l'arbitraire, à toutes les formes de la violence et de la cruauté.

Le 23 mars ils avaient fixé un autre rendez-vous, toujours chez *Pietro*, à trois heures. A trois heures et demie Sainte-Rose attendait et commençait à devenir nerveux. Cette rencontre pouvait bien être la dernière puisque Luca n'allait plus tarder. Dans la salle le patron se déplaçait lourdement entre les tables, répandait de la sciure sur le carrelage. Il avait allumé la radio et la musique remuait des souvenirs dans l'esprit de Sainte-Rose. Soudain deux hommes poussèrent la porte vitrée, l'un maigre et insignifiant, l'autre énorme avec une curieuse crête de cheveux noirs. Accoudé au comptoir il ordonna au patron d'éteindre le poste. Il paraissait très excité. Dans le silence il se mit à parler fort et Sainte-Rose eut l'impression qu'il s'entourait d'un vol d'insectes argentés aux ailes cliquetantes. Mais il disait qu'un attentat venait d'être commis contre une formation SS, via Rasella, qu'il y avait une soixantaine de morts et que les SS survivants fusillaient n'importe qui.

— Mais qu'est-ce que tu racontes ? dit une voix, d'un ton sceptique.

Il parut indigné qu'on mît son récit en doute et avec une frénésie presque furibonde décrivit les effets d'une bombe extrêmement puissante déclenchée moins d'une heure plus tôt. (Au café on avait perçu la lointaine déflagration mais sans lui attribuer de cause alarmante.) Elle avait déchiqueté les corps, projeté des morceaux de chair de tous côtés, volatilisé un camion blindé, crevé des façades du trottoir au sommet. Il affirmait que les représailles des nazis seraient terribles et qu'ils pratiquaient déjà des rafles parmi les passants. A présent Sainte-Rose l'écoutait avec une certaine transe. Il se demandait si le retard de Marie n'avait pas quelque relation avec cet événement lorsqu'elle entra enfin, très pâle. Elle confirma tout ce que venait de rapporter l'homme à la crête noire. L'engin avait explosé juste au passage de la formation et provoqué de terribles ravages. Bien que vivement émue, elle estimait que cet acte se justifiait. Elle craignait cependant ce qui allait suivre. On arrêtait beaucoup de gens et des patrouilles motorisées parcouraient les rues.

A ce moment l'homme à la crête noire après avoir bu repartit avec son compagnon. Peu à peu et par petits groupes les autres clients les imitèrent.

— Soyez très prudent, dit Marie. Les vérifications sont plus poussées.

Elle-même, dans l'autobus qui l'avait transportée depuis la Piazza Mazzini, avait été l'objet d'un contrôle par des miliciens et c'est ce qui l'avait retardée.

Il lui avait pris la main et la tenait dans les siennes sans qu'elle la retirât. Elle, si vive d'ordinaire, paraissait abattue et c'est, comme elle le dit, qu'elle pensait à Filangeri et à d'autres amis emprisonnés. Elle se tourmentait davantage pour eux en pensant à ce que serait la réaction des nazis après un attentat aussi meurtrier. Derrière les vitres, sur la chaussée, défilaient des ombres furtives. Il les vit qui allaient et venaient comme le fantôme multiplié de la peur.

12

— J'ai examiné le rapport qui vous concerne, dit le policier. C'est intéressant.

Le bureau donnait sur la partie du jardin située derrière l'immeuble. Un grand mur aveugle, en gros moellons apparents, la limitait, couvert de lierre jusqu'à mi-hauteur. Filangeri attendait. Ses reins le faisaient souffrir, ses doigts aussi, tout rouges, boudinés, et il lui semblait qu'il avait emporté avec lui l'odeur âcre de la pièce où on l'avait enfermé avec l'homme aux mains brisées. En ce moment, dans la vive lumière de cette matinée de printemps, — on était déjà le 24 mars — et après ses nuits d'insomnie, il avait l'impression d'avoir rampé longtemps dans un souterrain, qu'il venait à peine d'en sortir sans être pour autant délivré de son angoisse. Pour ce deuxième interrogatoire, l'homme qui le questionnait lui faisait peur. Il était très différent du policier de la veille, avait un visage osseux, la peau livide, le front dégarni jusqu'à la moitié du crâne. Au-delà, les cheveux s'étiraient, aplatis vers la nuque, soigneusement cosmétiqués. Son sourire dégageait entièrement la denture, lui donnait l'expression sinistre et jubilante des têtes de mort. Au fond des orbites desséchées luisaient des yeux jaunes d'hépatique. Peut-être s'agissait-il d'un de ces fonctionnaires rapatriés des colonies après y avoir laissé leurs illusions et leur santé, ou peut-être s'agissait-il d'un officier de la P.A.I. en civil?

— J'ai donc lu ce rapport et je vois que vous avez réponse à tout, monsieur Filangeri.

Ton cérémonieux, sans excès d'ironie. Ses mains ne cessaient de pétrir les coins des feuillets, des mains couleur d'ivoire aux ongles ras, bien dessinées, fortes, et belles malgré leur maigreur.

— Voyez-vous, monsieur Filangeri, je ne sais rien de votre talent d'artiste, mais je sais que vous ne nous aimez pas.

Il prononça cette phrase en jouant la plus profonde tristesse, les mains brusquement immobilisées comme deux araignées en attente. Avec la fatigue, Filangeri savait que son esprit était moins agile, qu'il ne pouvait saisir instantanément l'intention cachée de son adversaire. Donc, ne répondre qu'à toute extrémité. De toute manière il venait d'être projeté dans un monde où parler à un autre homme ne comportait plus l'espoir de le convaincre et encore moins de le fléchir.

— Vous dites, monsieur Filangeri, que M. Linarès, votre voisin, ment. Vous dites que M. Tavera, lui aussi, ment. Et vous? Ne mentez-vous pas aussi un peu?

De nouveau ce sourire élastique qui, sans transition, le faisait passer d'une expression morose à son expression macabre et sarcastique. Décharné comme il l'était, on aurait dit un squelette de laboratoire habillé et installé derrière la table par la joyeuse malice d'une bande de carabins. De toute façon : se méfier de cette étrange courtoisie.

— Je ne mens pas, dit Filangeri, quand j'affirme que mon voisin, Linarès, n'a pas toute sa raison. Je ne mens pas non plus quand je dis que Tavera, en me dénonçant, a cédé à un mouvement de rancune qu'il doit peut-être regretter à l'heure qu'il est, du moins s'il en apprend toutes les conséquences.

Il rapporta exactement la scène où il s'était opposé à l'insistance odieuse de Tavera pour que Marie se mît nue.

— Il avait trop bu, ajouta-t-il. Et j'insiste sur le fait que le comportement de cette jeune fille n'a jamais été provocant mais toujours irréprochable. Tous mes hôtes, à commencer par le capitaine Ritelli, peuvent en témoigner.

— Je vous l'accorde volontiers.

Sur cette phrase entra un autre policier, mince et en manches de chemise, avec un revolver maintenu sous l'aisselle par un harnais, à la manière des gangsters américains de cinéma. A voix basse, penché sur son supérieur, il l'entretint d'un sujet qui d'évidence ne concernait en rien Filangeri. Celui-ci se disait qu'il avait atteint la vieillesse et que toute sa vie aboutissait à cette aventure démente. Il pensait en même temps à son malheureux compagnon de cellule. Il s'agissait d'un maçon surpris à livrer des exemplaires d'un journal clandestin. Dehors les feuilles de lierre brillaient au soleil, comme enduites de vernis, d'un vert gras, généreux, marquées par endroits de petites taches jaunes. Elles frissonnaient au moindre souffle et, curieusement, suggéraient alors un sentiment de liberté, de bonheur possible.

— Revenons à notre affaire, dit le policier lorsque son jeune collègue fut ressorti. Ainsi, à votre avis, les soupçons de M. Tavera ne sont pas dus à une vigilance patriotique mais à une impulsion somme toute assez vulgaire.

De nouveau le déconcertant sourire tête-de-mort.

— C'est bien cela, murmura le vieillard que la formule « vigilance patriotique », dite sans la moindre ironie, avait surpris.

— On pourrait cependant avancer l'hypothèse suivante, monsieur Filangeri. Vous pouvez avoir été perturbé par la visite inopinée de M. Tavera et de ses amis alors qu'une réunion clandestine devait se tenir chez vous et qu'un des participants se trouvait déjà présent. Le deuxième s'est enfui dès son arrivée, prévenu par vous-même, lorsque vous êtes allé lui ouvrir. Il a donc pu avertir les autres personnes que vous attendiez.

— Ce n'est qu'une hypothèse. Elle est sans fondement.

— Pourquoi dans ce cas ne pas nous livrer, par exemple, l'adresse de ce M. Guardi, Marcello Guardi ?

— Parce que je l'ignore.

— Comme c'est vraisemblable !

— Aussi vraisemblable que mon ignorance au sujet du capitaine Ritelli. Le capitaine Ritelli est venu, lui aussi, pour la première fois visiter mon atelier sans penser, lui non plus, à me révéler son adresse.

Le policier examina ses documents et dit à la fin d'une voix feutrée, sans lever le front :

— Vous avez de la chance que vos déclarations soient confirmées par celles du capitaine Ritelli.

Toute l'attention de Filangeri se porta sur cette phrase. Ne pouvait-elle signifier que Ritelli avait déposé en sa faveur ?

— Reste l'autre visiteur, poursuivit le policier.

— J'ai déjà déclaré que je ne le connaissais pas et qu'à mon avis il pouvait s'agir d'un trafiquant de marché noir, assez bien organisé pour avoir un laissez-passer vrai ou faux.

— Un trafiquant de marché noir sans marchandises puisqu'il ne portait rien à la main.

— Il a pu dissimuler n'importe quoi dans l'obscurité, mais pour moi, quel intérêt? Sa présence était inopportune. Mes invités m'attendaient et, en tout état de cause, je ne suis pas assez fortuné pour me ravitailler de cette manière.

Le policier conservait les yeux sur les feuillets. Il paraissait, dès qu'il baissait la tête, plus fragile, soutenu par une énergie purement nerveuse. Quand il détournait son regard de Filangeri, celui-ci se sentait plus menacé, comme si le fait de perdre ce lien l'isolait davantage, le coupait de tout espoir de recours. Silence prolongé. Dans l'immeuble, à chaque étage et jusqu'au sous-sol d'autres prisonniers attendaient comme lui, avec ce même sentiment de ne plus appartenir à une communauté dont on pouvait comprendre les règles d'existence. Il n'ignorait pas qu'un homme qui en tient un autre à sa merci est tenté, dans la majorité des cas, au moins de l'humilier. Sans compter cette possibilité de libérer les instincts les plus terribles de l'animal humain. Le policier semblait méditer, son front sec strié de rides. Il leva enfin ses yeux de gélatine jaune sur le vieillard, lui sourit de nouveau, de son vaste sourire rectangulaire, toutes ses dents bien apparentes, avec leur dur enracinement dans les gencives, et dit qu'il avait fait vérifier ses déclarations sur l'origine des provisions de lait, de sucre, qu'il avait confronté les versions relatives à l'incident Tavera, que tout cela était secondaire. L'important était de retrouver ce Marcello Guardi qui, selon plusieurs indices, apparaissait suspect, même si l'on acceptait l'idée que, lui, Filangeri, ne se doutait de rien, que ses déclarations à ce sujet étaient franches.

— Oublions, dit-il, ce mystérieux visiteur d'après le couvre-feu. Oublions également cette voix d'homme qu'entendait tous les soirs votre voisin, qui est peut-être aussi fou que vous le dites.

Ce jeu du chat et de la souris, Filangeri s'y attendait. Déjà il était sur ses gardes. Et en effet, après ce détour, le policier demanda :

— Au sujet de sa blessure au pied, ce Marcello Guardi, que vous a-t-il raconté?

— Qu'il s'était ébouillanté la semaine précédente dans sa cuisine.

— Ce n'est pas ce qu'il a dit à M. Tavera.

— J'ignore ce qu'il a pu dire à Tavera mais c'est ce qu'il m'a affirmé.

— A M. Tavera il a parlé d'un accident de bicyclette.

— Peut-être était-ce un effet d'ironie.

— De quelle région est-il originaire?

— Je ne le lui ai pas demandé.

— Vous avez certainement constaté qu'il avait un accent très particulier?

— En effet.

— Et l'idée ne vous est pas venue de savoir d'où il provenait?

— Non.

— Pourquoi?

— Mettons que je ne sois pas si curieux.

— Mais vous avez dû faire quelque supposition?

— J'ai pensé qu'il était peut-être gênois. Pas seulement à cause de son accent. A deux ou trois reprises au cours de notre conversation il a fait allusion à Gênes.

Tout cela inventé au fur et à mesure, avec la conviction d'un acteur pénétré de son rôle, avec le même sentiment de se dédoubler. Dans la pièce l'air était desséché et il avait soif. Le policier nota quelque chose en marge d'une feuille de son dossier et dit :

— Malheureusement...

Sur ce mot le téléphone sonna. D'un geste ennuyé le policier prit l'écouteur. Son « malheureusement » resta dans l'esprit de Filangeri tout chargé d'un danger inconnu. Allait-on utiliser contre lui des procédés de force pour qu'il révélât une vérité que cet individu sagace flairait depuis le début de l'entretien? De nouveau, l'image du maçon supplicié, (« Commissaire Riera, mon colonel », disait la voix soudain plus aiguë du policier) image qui loin de l'affoler, de ronger son courage, le confirmait dans sa volonté de ne rien livrer qui pût mettre Sainte-Rose en danger (« Oui, mon colonel ». Ton plus sourd, presque étranglé sur les dernières syllabes) mais qui pouvait jurer de résister jusqu'au bout à des sévices de ce genre? Il sentait la sueur couler sur sa nuque et le long de ses joues. L'atmosphère surchauffée de la pièce (il avait le poêle à un mètre derrière lui) ajoutait à l'usure provoquée par ses mauvaises nuits. Pourquoi ce type avait-il commencé sa phrase par ce « malheureusement »? Quel argument tenait-il en réserve? Quel piège qu'il faudrait déjouer sans se laisser troubler? (« Exactement quinze, mon colonel. ») Une longue flèche barbelée lui traversait interminablement le cerveau. Et toujours la soif. Le policier ressemblait plus que jamais à une tête de mort. Ce qu'il entendait dans son écouteur paraissait le navrer de plus en plus, et même l'attrister. Son teint en devenait encore plus jaune et, au fond des orbites, la peau sèche et fripée prenait une couleur violâtre. Restait le capitaine Ritelli. Il chercha à découvrir ce qu'avait pu être son influence. Ne fallait-il pas porter à son crédit le traitement relativement acceptable dont il bénéficiait ? Et même l'attitude si peu agressive de ce policier, ses manières somme toute, correctes ? Tout cela pouvait ne rien signifier de positif mais Filangeri y puisait une certaine confiance. De plus il n'était pas si mécontent de ses réponses. (« J'obéirai, mon colonel. ») Il n'oubliait pas le « malheureusement » qui continuait à retentir dans ce vide que la soif et la chaleur creusaient dans sa tête. (« Je comprends, mais non sans un ordre écrit, mon colonel. ») Il songea à sa femme, à Carlo, son fils, à leur chagrin si cette histoire tournait mal pour lui, se détourna de cette pensée déprimante pour ne pas émousser cette énergie dont il aurait besoin dans quelques secondes, pesta contre cet imbécile qui était intervenu au téléphone juste pour le laisser dans cette attente misérable et se tourna vers la fenêtre. Le lierre brillait toujours. Deux moineaux qui sautillaient sur la crête du mur plongèrent, disparurent, créèrent dans l'âme de Filangeri un rapide tourbillon de détresse. (« Je vous salue, mon colonel. ») Le policier raccrocha l'écouteur puis regarda Filangeri avec une attention nouvelle, la main toujours sur l'appareil de téléphone. Au fond des orbites les pupilles rapetissées brillaient comme des pointes de clous. Dans ce silence étrange Filangeri eut envie de crier : « Mais parle! Parle donc! » comme Donatello lorsqu'il travaillait à la statue de son *Zuccone*, dont le policier avait précisément la laideur fascinante, la longue bouche molle. Ses pensées tournoyaient sans qu'il pût en saisir une seule, s'y arrêter pour une réflexion précise. Ensuite, parce que le commissaire Riera — eh oui, à présent ne savait-il pas son nom ? — avait dû appuyer sur quelque bouton de sonnerie, le même garde en uniforme entra, ni brutal, ni ému, un visage neutre et pourtant quelque chose en lui avait changé. Il portait à présent un fusil à la bretelle en plus de son revolver sur la hanche et il regardait attentivement son supérieur. Celui-ci fit un signe très bref, la main levée, puis avec lassitude referma le dossier dont la couverture de carton noir eut un léger mouvement d'aile qui se replie.

Assis sur un tabouret, au chevet du maçon, Filangeri s'efforçait de démêler si l'interruption soudaine de son interrogatoire par le commissaire Riera avait quelque lien avec l'agitation dans la cour, bruits de moteur, piétinements confus, appels étouffés. Par la fenêtre il voyait un pan de mur que la lumière déclinante barrait d'une ombre en diagonale. Sur ce mur une inscription mussolinienne presque effacée : *Fare della propria vita il proprio capolavoro* en lettres noires sur une longue bande délavée. « Faire de sa vie son propre chef-d'œuvre. » La formule figurait dans un discours déjà très ancien du dictateur et que pouvait-elle signifier aujourd'hui pour cet homme déchu ? Et que pouvait-elle signifier pour lui-même ? Il ne put s'attarder sur cette idée, son attention captée de nouveau par les rumeurs inhabituelles dans les corridors. Quelle circonstance bouleversait donc la discipline rigoureuse de cette maison ? Il avait nettement perçu que les gardes paraissaient nerveux, qu'ils se déplaçaient, qu'ils chuchotaient fébrilement entre eux. Il supportait d'autant plus mal cette inquiétude que près de lui, dans sa raideur cadavérique, le maçon semblait mort. C'était un homme d'une trentaine d'années. Depuis que

Filangeri se trouvait enfermé avec lui il avait très peu parlé. On l'avait sauvagement frappé aux reins, il urinait du sang, et dans des accès d'incontinence — trop affaibli pour se lever — il souillait sa couchette. Filangeri savait peu de chose sur lui, sinon qu'il était père de trois enfants et qu'on l'avait capturé par traîtrise. « Faire de sa vie son propre chef-d'œuvre », la phrase traînait encore dans son esprit lorsque le brouhaha des voix, répercuté à travers les couloirs, atteignit la cellule. Il s'était levé, regardait en direction de la porte. Le garde qui entra en projetant violemment le battant contre la cloison était casqué, jugulaire durement serrée sous le menton ce qui, semblait-il, accentuait son expression de rage froide. Deux autres gardes étaient restés en retrait. Filangeri ne les avait jamais vus. Parce qu'ils se dandinaient, qu'ils avaient les yeux rouges, il pensa qu'ils étaient ivres. Le premier cria « Fosca! Debout! » en se dirigeant vers le maçon. L'autre ne réagit pas et le garde le secoua par l'épaule :

— Debout, je te dis!

Le maçon geignit et tenta de se redresser :

— Tu es bien Fosca, oui? Fosca Amadeo? Bon! Dépêche-toi, crétin!

D'abord saisi d'effroi, Filangeri s'était repris. Cependant il ne savait comment intervenir. Cet homme paraissait hors de lui-même et sa rudesse le paralysait. Il dit en s'avançant un peu :

— Mais il ne peut pas bouger!

Le garde se tourna vers lui :

— Toi, le vieux, boucle-la! Personne ne te demande rien, hein? Tu parleras quand je te le dirai. Compris?

Son œil brillait méchamment.

— Nous devons l'emmener pour une corvée à pelle-pioche, dit l'un des soldats d'un ton bonasse. Il faut qu'il y mette un peu du sien!

— Il ne tient même pas debout! murmura Filangeri.

— Tu vas voir, vociféra le premier. Je connais un truc pour le rendre agile comme un daim!

D'un mouvement rapide il dégagea le fusil qu'il portait à la bretelle, donna un coup de crosse dans les reins du maçon. Celui-ci se retourna sur le dos, le regard blanc, la bouche gluante.

— Grouille-toi donc! Et avec ça, tu pues comme une charogne.

De son poing libre il l'avait saisi par le col de la chemise mais l'autre lui résista, non par volonté consciente mais par inertie.

— Saleté! cria le garde.

Dans sa fureur il déséquilibra le corps qui s'écroula en deux temps sur le sol, l'une des jambes agitée d'un tremblement spasmodique. Les deux autres gardes suivaient cette scène d'un air de dégoût, comme si le prisonnier jouait une comédie inepte qu'ils connaissaient trop bien.

— Stellio, dis-lui que nous allons chercher un landau!

— Ou des patins à roulettes!

Lentement, par un effort qui lui tordait le visage, le maçon se levait, sa main gauche, d'un brun violacé, appuyée sur le lit. Quand il fut enfin sur ses pieds il apparut effrayant, à demi courbé, les bras pendants, la mâchoire tombante, comme un grand singe hébété. La barbe lui dévorait les joues. Il avait le nez gonflé. Des caillots de sang lui bouchaient toujours les narines.

— Eh bien! Tu vois? Avec un peu de bonne volonté!

— Allons, en route! dit le garde nommé Stellio.

Mais sous l'effet d'une simple bourrade le maçon s'affaissa sur le lit, demeura assis. Son rictus donnait l'impression qu'il riait, qu'il s'amusait du bon tour qu'il jouait aux autres.

— Fous-lui sur la gueule, Stellio!

— Il s'est assez fichu de nous!

— Pique-lui ta baïonnette au cul! Tu le verras galoper!

— Vous voyez bien, dit Filangeri. Je vous l'ai dit!

— Toi, tu vas regretter de t'en mêler! hurla Stellio en le désignant de tout son bras tendu, l'index pointé. Avec son casque étroit et luisant il faisait penser à un insecte monstrueux.

— Si vous le laissiez, dit Filangeri, je pourrais le remplacer. Malgré mon âge, à pelle-pioche j'en ferais plus que lui.

Aussitôt les gardes lui firent face tous trois dans une immobilité soudaine, comme s'ils retenaient même leur respiration. Leur regard, aiguisé de façon bizarre, alerta Filangeri avant même que son cerveau discernât ce qui venait véritablement d'entrer avec ces hommes dans la pièce. L'air parut plus épais. Non seulement il étouffait les sons, mais entre Filangeri et les gardes, il donnait l'impression d'une présence invisible, doucement balancée, avec la même tension dangereuse qu'un reptile dressé sur sa queue.

Le garde Stellio bougea enfin, parut s'arracher à un bloc de glaise, décoller vraiment d'une paroi.

— Tu n'es pas désigné, dit-il, et sa voix parut onduler, chercher dans l'espace la direction même de Filangeri. N'empêche que tu ferais mieux l'affaire.

— C'est sûr, dit un autre. Lui, au moins, pas besoin de le porter!

— Il est vieux, mais regarde-moi ces jambes!

D'évidence ils s'encourageaient mutuellement et Filangeri prit peur. Au fond, le grand miroir reflétait la lumière blême du soir. Stellio disait : « Il nous faut le compte et le reste importe peu » et le vieillard fut convaincu qu'il s'agissait d'une formule extrêmement ancienne, qu'elle avait traversé les âges, retenti longtemps au-dessus de vastes marais, d'immenses déserts. Toujours le miroir et le reflet des figures figées dans cette clarté de fin de monde, et son propre visage boursouflé par l'insomnie, les yeux brillants. C'était bien lui, ce vieillard, et ce regard de bête qui veut fuir était aussi le sien. N'être qu'un homme. N'avoir qu'une vie. La peur s'était enroulée autour de son esprit. Elle s'était abattue sur lui à la manière de ces lourds serpents qui se laissent choir sur leur victime du haut d'un arbre, l'enserrent dans leurs anneaux avant de la broyer.

— Eh bien? dit l'un des gardes et parce qu'il avait légèrement bougé en parlant, Filangeri admit en effet qu'il était temps, qu'il venait d'arriver peut-être au terme d'un long, d'un très long chemin, et qu'il ne retournerait jamais plus en arrière. A son tour il bougea, s'approcha du maçon, renversé à présent en travers du lit, les jambes repliées. Avait-il perdu conscience? Sur la paillasse, des taches noirâtres. Filangeri regarda un court instant ce visage qui venait de changer, ressemblait à un de ces masques japonais où se mêlent une majesté caricaturale et une souffrance totalement détachée du corps, liée aux zones les plus secrètes de l'âme.

Puis toujours sans dire un mot il revint à sa place, avec la sensation que son col roulé lui serrait atrocement la gorge. Dans le haut du miroir, la lumière qui s'éparpillait en menus éclats lui suggéra l'image désespérante d'un long poisson d'argent glissant à jamais dans des profondeurs sous-marines. Les gardes l'observaient, les yeux au ras du casque. Il savait qu'une ombre était entrée en lui, que sa tache noire s'élargissait, gagnait peu à peu, recouvrait déjà le cœur. Un léger bruit le fit tressaillir. Dans sa demi-inconscience le maçon étirait une jambe. Il avait perdu un soulier. Son pied nu tourna, aussi vivant, aussi humain qu'un visage. Filangeri releva la tête, murmura : « Allons ! » et on eût dit qu'il s'adressait au miroir.

Ce même après-midi du 24 mars, Sainte-Rose remonta vers les Parioli après un tour rapide au centre de la ville pour s'informer. Tous les passants avaient des mines lugubres. Il avait téléphoné à Marie rien que pour entendre sa voix, car elle était retenue par son travail et ne pouvait le rejoindre. Dans le jour qui baissait, des voitures militaires défilaient à vive allure. On disait que Hitler, dans la nuit, avait ordonné en représailles de l'attentat commis la veille, via Rasella, l'exécution de dix Romains pour une victime. Cette décision signifiait la mort pour trois cents personnes. On disait également que cent quatre-vingts otages étaient déjà désignés dans la seule prison de Regina Coeli et qu'on prélevait tous les autres dans les différentes officines policières. Pour éviter la via Flaminia trop dangereuse, il prit à travers les jardins du Pincio, mais les jardins eux-mêmes n'étaient pas sûrs à cette heure, tout infestés de patrouilles et il avança dans les allées, l'œil et l'oreille aux aguets. Lorsqu'il eut atteint enfin la via dei Monti Parioli il souffla un peu. Il ne craignait pas pour Filangeri. Au téléphone en effet Marie lui avait dit que le matin encore elle avait reçu de bonnes nouvelles de *la famille*, mot qui dans leur code désignait le vieux sculpteur.

En arrivant le concierge lui apprit que Madame était venue. L'étrange était qu'elle-même avait fixé au surlendemain leur prochain rendez-vous. S'il ne s'agissait pas d'une erreur, alors c'est que Luca... Il sentit à cette idée qu'il devenait tout brûlant en dedans.

— Quand est-elle passée ?

— Tout juste après votre départ.

— Elle est montée ?

— Oui.

— Elle est restée longtemps ?

— Une heure peut-être.

« Donc elle m'a attendu. »

Le concierge parla ensuite de la via Rasella. Pour lui cet attentat était une terrible erreur que la population paierait durement.

— Ceux qui l'ont perpétré sont des irresponsables !

Il ajouta que tous les gens sensés partageaient son avis et que seuls des fous pouvaient approuver un acte dont les conséquences seraient tragiques. Visiblement il quêtait l'avis de Sainte-Rose mais celui-ci restait silencieux. Il continuait à penser à la visite de Sandra, et que pouvait-il en déduire, sinon que Luca s'était enfin manifesté ! Il se tenait devant la porte vitrée de la loge dans son vieux manteau trop large. Le concierge croyait qu'il l'écoutait.

— La ville de Saint-Pierre, monsieur, la capitale spirituelle de la chrétienté va se trouver plongée dans un bain de sang !

— Ce n'est pas sûr, dit Sainte-Rose.

— Vous croyez, vous aussi que le pape interviendra ? Qu'il sauvera les otages ?

— Je ne saurais dire.

Il se montrait évasif pour ne pas encourager le brave homme qui paraissait très bavard.

— Les Allemands veulent notre peau, disait-il.

Dans l'indignation, son visage se marbrait de gris et ses sourcils touffus, remontés très haut, lui faisaient des yeux de chouette.

— Madame n'a pas laissé de message pour moi?

— De message? non, monsieur.

— Vous me disiez qu'elle avait passé une heure?

— Environ. Peut-être plus, peut-être moins.

Sainte-Rose le quitta et grimpa l'escalier en hâte. L'ascenseur se trouvait en panne d'électricité. Dès qu'il eut poussé la porte du studio il vit avec un élan de joie (« Ah, je m'en doutais bien! ») l'enveloppe déposée par Sandra sur la commode. Nerveusement il l'ouvrit, se mit près de la fenêtre pour être mieux éclairé. Cinq feuillets empruntés au bloc-notes du bureau. Écriture haute et généreuse. Mais Sandra ne parlait que d'elle-même, de ce qu'elle éprouvait pour lui, Sainte-Rose, de la transformation qu'il avait opérée en elle. Une lettre interminable. Et rien au sujet de Luca. Absolument rien. Dans sa déception il froissa les feuillets, les jeta en boule sur la table, l'esprit tout bouillonnant. En bas dans la rue, un vieil homme tirait peineusement une charrette, remontait la pente, le corps arc-bouté, et cet effort parut crisper les propres muscles de Sainte-Rose. Il reprit la lettre, la défroissa, la relut page à page avec l'espoir que dans son impatience il avait pu sauter un détail important. Mais non, Sandra l'entretenait seulement de son cœur, avec des allusions à sa vie passée, à son enfance, à Luigi. Rome entière ne pensait qu'aux otages qu'on allait peut-être assassiner dans les heures à venir et cette femme, un jour pareil, se complaisait dans une délirante analyse de ses sentiments, cherchait à le convaincre de leur intensité à son égard. Et dire qu'il avait cru qu'elle était montée aux Parioli pour lui apporter la nouvelle tant souhaitée! qu'elle s'était immédiatement mise en route pour lui remettre les consignes de Luca! Mais que pouvait-on espérer d'une créature aussi frivole? De dépit il déchira feuilles et enveloppe, en jeta les débris dans la corbeille. Avec le crépuscule, le baldaquin rose, ses colonnettes, ses franges et ses plis moelleux, évoquait des fêtes galantes, un monde de plaisir, de jouissance égoïstes. Il s'en détourna dans un même mouvement d'irritation. Puis, comme le courant électrique venait d'être rétabli il alluma le poste. C'était l'heure de Radio-Rome. D'abord on donna le communiqué de Berlin : les Alliés s'épuisaient devant Anzio et Cassino, Londres flambait sous les bombes, les Russes reculaient sur le front nord, les Anglais s'embourbaient en Birmanie. Ensuite on parla longuement de l'éruption du Vésuve, des énormes coulées de lave qui continuaient vers la mer. Mais Naples n'était plus menacée. Rien d'autre. Rien sur les otages, sur cette tragédie qui horrifiait la ville. Il tourna le bouton et pendant qu'il cherchait à capter un poste allié sa pensée revint de nouveau à Sandra, mais cette fois avec plus de calme. Elle avait une personnalité tourmentée, sans harmonie, avec des éclairs de dépravation mais, souvent aussi, de grâce réelle. Très instinctive, sans doute névrosée. A quelle impulsion avait-elle véritablement cédé pour monter ce jour-là jusqu'aux Parioli? Et pourquoi, en l'attendant, avait-elle rédigé des pages aussi surprenantes? Pour intrigué qu'il fût, sa déception encore trop vive recouvrit le regret d'avoir détruit la lettre.

Dans cette salle, l'odeur de grésil paraissait venir des murs peints d'un gris affreux jusqu'à mi-hauteur. Seul mobilier, deux longs bancs de bois. Bien qu'il restât des places libres, Filangeri avait préféré attendre debout. Dans une pièce voisine retentissait à intervalles rapprochés une sonnerie de téléphone, une sonnerie infatigable, obstinée. En tout, ils étaient quinze, avec le dernier arrivant, un garçon d'une vingtaine d'années, les yeux gonflés, la bouche sanglante. Comme il titubait les gardes l'avaient guidé en le tenant par l'épaule et le bras. *Quinze* était le chiffre mentionné dans l'après-midi par le commissaire Riera. Pourquoi les laissait-on ainsi ? La passivité des corps contrastait avec l'intensité des regards. Filangeri ignorait l'attentat de la veille, via Rasella. Trop haute pour qu'on vît dans la cour, la fenêtre — avec une grille épaisse à barreaux peints de vert — encadrait une rangée d'isolateurs qui dépassait de la façade au bout d'une potence de fer, la portée de fils électriques en perspective de fuite dans un ciel crépusculaire. Et toujours la sonnerie, à côté, qui donnait l'illusion d'un abandon total bien qu'on devinât derrière la porte des soldats en faction. Comme une eau profonde, l'imagination de Filangeri coulait à travers un réseau de canaux enchevêtrés. Peut-être était-ce bien une corvée de déblaiement à pelle-pioche, dans les environs de la ville, après les récentes attaques aériennes ! Ou, peut-être, à l'heure actuelle les Alliés avançaient-ils assez vite pour qu'on envoyât des renforts civils destinés à des travaux de retranchement ! Restait aussi l'hypothèse de cadavres de soldats allemands ramenés des différents fronts pour être enterrés dans les parages. Non loin de lui un homme avait le visage long, le nez mince et droit, l'expression réfléchie qu'on voit aux icônes byzantines. Un autre avait un visage plat et gras, marqué par la peur, la pupille dilatée mangeant l'iris. Les deux attitudes contrastaient avec un tel excès que Filangeri fut un instant détourné de sa propre obsession. Au-delà, rien que des faces grises, immobiles, presque toutes d'une profonde dignité.

Personne ne parlait sauf, parfois, tout au fond, deux prisonniers, un jeune et un beaucoup plus âgé qui se ressemblaient assez pour être père et fils. Ils échangeaient de temps à autre de rapides répliques. Brusquement la sonnerie cessa et derrière la cloison le silence qui se fit alors parut transformer les quinze hommes en statues de pierre. Un silence à peine rongé par le froissement léger de feuillages qu'on ne voyait pas. Comment parler ? Comment s'adresser aux autres ? Le sentiment d'un malheur proche et définitif créait un mystérieux obstacle. Cet obstacle était en Filangeri comme dans chacun — il le devinait bien — de ses compagnons. Cela rappelait ces rêves où l'on voit des gens sans pouvoir communiquer avec eux, sans pouvoir même leur faire un signe. L'angoisse qui s'installait attaquait l'intelligence, la dispersait en fragments, interdisait toute pensée logique exactement comme dans la faim, avec la même pulsation désordonnée du sang. Toutes les terreurs semblaient possibles. Filangeri sentait en lui un être qui refusait de quitter ce monde, dont il devait apaiser les sauvages soubresauts. A droite et à gauche, des visages, certains marqués par les coups, tous éclairés par cette lumière finissante. Comme devant le corps meurtri du maçon, il éprouva de nouveau un sentiment de pitié plus fort que le léger égarement précédent.

Encore la sonnerie du téléphone, de l'autre côté du mur. Elle secoua la stupeur somnambulique de la salle. Filangeri lui-même la reçut comme une décharge d'électricité dans le moment même où il parvenait à refouler en lui son passé, à le considérer lucidement comme une simple complaisance de son esprit. Il y eut ensuite un bruit de pas dans le couloir, des ordres brefs. Quand la porte s'ouvrit — ces claquements interminables de la clef dans la serrure — un garde allemand surgit, cria : *Raus !* avec un accent de fureur passionnée. D'autres soldats allemands faisaient la haie dans le couloir, hurlaient à leur tour : *schnell ! schnell !*. En tournant, le petit troupeau des quinze hommes défila, misérable, jusqu'au jardin, dans l'air vif de cette soirée printanière. Le soleil éclairait le sommet des immeubles, formait de longues taches dorées. Quelqu'un trébucha derrière Filangeri. Un garde aussitôt le frappa du poing. Derrière les fenêtres on devinait la présence d'autres prisonniers. Au milieu du désert gris formé par une étendue de gravier, entre les massifs, attendait un camion bâché. Un camion de la Wehrmacht. Ces voix dans le dos de Filangeri chuchotaient :

— Nous allons être déportés en Allemagne.

— Je m'en doutais.

— Et nos affaires ?

— Difficile de les réclamer.

Ce dialogue n'était qu'un grincement menu de rongeurs dans la profondeur d'un bois. A petits pas Filangeri suivit le mouvement, grimpa dans le camion aidé par une main inconnue. Son intelligence à présent tournait à vide, supplantée par l'instinct animal du danger. Avec rudesse, les gardes allemands repoussèrent les quinze hommes vers le fond du caisson et grimpèrent à leur tour, mitraillette braquée. Ils étaicnt quatre, avec des yeux clairs et inexpressifs. Filangeri comprenait qu'ils étaient aussi étrangers à leur humanité que des créatures préhistoriques. La bâche arrière encore soulevée laissait voir le groupe des gardes italiens. Au-dessus d'eux miroitaient des vitres. A côté, tout contre la façade, un petit bouquet de géraniums pourpres, frais à l'œil. Soudain, le moteur gronda et lentement le camion se mit en route.

Chaque fois que la bâche, mal tirée, se soulevait au vent de la course, les prisonniers distinguaient l'image fugitive d'un magasin, d'une entrée d'immeuble, d'un kiosque à journaux. On filait par des rues désertes. Encore une voix chuchotante : « Nous allons vers le sud ». Cette phrase, Filangeri en traduisait le sens profond. « Nous allons vers le sud, vers les zones de guerre, l'hypothèse de quelque travail de fortification en arrière des lignes semble donc se vérifier ». Porte San Sebastiano! Ses deux tours massives couleur de miel. C'était bien vers le sud qu'on se dirigeait. Pourquoi ne pas garder confiance? Combinée à celle, plus âcre, des gaz d'échappement, une odeur de poussière fit tousser l'un des gardes, lui conféra une présence humaine aussi surprenante que si une pierre s'était mise à parler. Dans la mémoire de Filangeri émergea le souvenir de l'esquisse inspirée de Marie, vision consolante. Un nouveau chuchotement juste à sa droite :

— Quel chemin prenons-nous?

— Via Appia.

Encore des cahots, un défilé de cyprès pointés vers le ciel pâle puis le camion ralentit, vira à droite. Filangeri aperçut au carrefour la chapelle Quo Vadis érigée à l'endroit où l'apôtre Pierre, selon la légende, avait rencontré Jésus.

On prenait donc non la voie appienne mais la route ardéatine, ce qui à présent semblait confirmer qu'on roulait bel et bien vers l'enclave d'Anzio. Soudain, un court virage, puis un arrêt. Aussitôt les gardes retrouvèrent leur excitation, hurlèrent : « Descendez tous ! » la mitraillette toujours pointée vers les hommes un peu hébétés. Au pied du caisson d'autres gardes — d'où sortaient-ils ? — attendaient et on voyait sur leur visage une passion froide qui serrait le cœur.

— Vite, plus vite !

Ils entouraient les prisonniers, les frappaient, les abrutissaient de coups et de cris, leur liaient les mains derrière le dos, très étroitement. Un autre camion arrivait dans la clarté du soir, les dépassait en grondant, soulevant une fine poussière qui continua à flotter dans l'air.

Tous avaient compris et il y eut quelques murmures de désespoir. Des yeux brillaient d'une lueur fiévreuse. Un haut talus s'élevait couronné de pins, troué par les entrées d'anciennes sablières. Partout des soldats allemands, très agités. De l'intérieur des grottes sortait une rumeur ponctuée de coups de feu intermittents qui pour Filangeri évoquèrent d'affreuses chauves-souris de fer claquant dans leur vol contre les parois. Sur l'esplanade, entre les véhicules militaires, des officiers allemands s'affairaient, coiffés de la haute casquette d'uniforme. Tout cela irréel. Autour de lui des prisonniers, les mains liées dans le dos. Et au ras des cyprès et des pins la merveilleuse vibration des dernières lueurs du jour. Il savait qu'il allait mourir et qu'il avait rejeté ce soupçon, né en lui dès l'instant où il avait quitté sa cellule, aussi aveuglément qu'il aurait d'abord refusé la révélation d'un cancer dans son organisme. Toute sa vie il s'était préparé à cette minute et cependant quelque chose bondissait sauvagement en lui, cherchait à s'échapper, à durer encore. Des coups de feu sortirent de la grotte la plus éloignée, celle de gauche, soulevèrent des gémissements parmi ceux qui attendaient, entourés de soldats. Mourir en se battant aurait mieux valu que cette immolation, que cette boucherie.

— Pas même un prêtre, murmura quelqu'un dans cette ombre crépusculaire qui commençait à ensevelir le groupe.

On poussait des otages vers les grottes, corps consentants ou arc-boutés dans une dérisoire résistance, tandis que les coups de feu reprenaient, quatre serrés puis, espacés, un cinquième et un sixième. Un jeune garçon priait. Contre une voiture, dans l'ombre qui tombait de plus en plus rapidement, la forme massive d'un officier SS en tenue noire, immobile. « Notre Seigneur, qui êtes aux cieux... » Voix psalmodiantes, perdues dans l'obscurité qui s'épaississait, faisant surgir pour Filangeri le souvenir d'une statue qu'il avait vu, quinze ans plus tôt, dégager d'un gisement archéologique en Toscane. Il se rappelait l'apparition miraculeuse de ce corps de marbre qu'on délivrait de sa gangue, ce beau visage intact, ce buste parfait, ces seins pleins et ronds, dans la gloire d'un soleil d'été. Il se rappelait sa propre joie, sa ferveur, ce sentiment fou de possession du monde. De la grotte un cri sortit assourdi par la longue distance entre les parois de sable. On devait tuer très loin dans le dédale des galeries. Comme deux mille ans plus tôt sur ces lieux qui avaient servi de refuge à des communautés tout aussi persécutées et tout aussi fraternelles, la nuit descendait, indifférente. Déjà au-dessus des pins montait, dure et claire, la première étoile. De nouveau le sourire de la statue à l'instant où les soldats revenaient sur son groupe, entraînaient six personnes dont l'une cria d'une voix ferme : « Adieu camarades! » Ce sourire d'amour au sortir de la terre et l'ironie douce et amicale des yeux légèrement bridés suggéraient le retour d'un être qui vient d'explorer le secret enfoui au plus profond des siècles. Filangeri intérieurement lui rendit son sourire, et suivit le garde allemand qui le désignait.

13

Dans les jours qui suivirent, Sainte-Rose continua de sortir chaque matin, à heure fixe, pour faire croire qu'il avait une occupation et ne pas éveiller les soupçons du voisinage. De toute manière il s'astreignait quotidiennement à de longues marches. La traversée de la montagne requerrait en effet une bonne endurance et il s'y préparait. Ces deux considérations n'étaient pas les seules qui l'incitaient à abandonner le studio. C'est qu'il supportait mal d'y rester inactif, aux prises avec des pensées déprimantes : le sort de Filangeri, le silence prolongé de Luca, l'absence soudaine de Marie. Quand il lui avait téléphoné, c'est Wanda qui avait répondu. Oui, Marie était en congé.

— A-t-elle quitté Rome?

— Je ne crois pas.

— S'agit-il d'une raison de santé?

— Plutôt un motif familial.

Ton de contrainte.

— Savez-vous la date de son retour?

— Dans une semaine.

— Dites-lui, je vous prie, que Pietro l'a demandée.

— Entendu, je le ferai.

Par prudence le dialogue ne pouvait aller au-delà de ces quelques répliques mais Sainte-Rose se les répéta pour essayer d'en découvrir le sens caché. Wanda avait dit : motif familial, ce qui pouvait bien ramener à Filangeri. Impossible d'obtenir davantage par téléphone. Impossible également d'aborder Wanda de façon discrète à la sortie de son travail sans la connaître physiquement ni savoir ses horaires.

Souvent pour se reposer, il entrait dans un café. Bien que protégée par un tampon de toile fine sa cicatrice s'échauffait. Pour économiser le pécule que lui avait remis le docteur Marco, il commandait les boissons les moins chères et il écoutait attentivement les commentaires des autres clients au sujet des otages. On avait massacré ceux-ci non à l'intérieur du Colisée comme la rumeur en avait couru d'abord, mais au fond de carrières à la sortie de Rome. Malgré les ordres qui stipulaient de choisir les victimes parmi les condamnés à mort et les internés à vie, les gardes s'étaient parfois emparés de prisonniers arrêtés sous des inculpations bénignes et dont beaucoup n'avaient même pas encore été jugés. On racontait que certains détenus avaient cru qu'on recrutait réellement pour des travaux de déblaiement à pelle-pioche. Aussi pour échapper, fût-ce durant quelques heures, à l'atmosphère méphitique des cellules surpeuplées, des volontaires s'étaient offerts dans l'ignorance de leur véritable sort. Autre détail tout aussi atroce : malgré le communiqué officiel publié dans la presse qui mentionnait trois-cent-vingt fusillés le nombre des victimes était plus important et dépassait la proportion fixée par Hitler lui-même de dix Italiens pour un Allemand.

Lorsque deux jours après Sandra vint au studio, elle

découvrit les fragments de sa lettre dans la corbeille et se mit à rire mais sans faire la moindre remarque. Sainte-Rose l'embrassa et parce qu'elle était vêtue d'une robe nouvelle, il lui en fit compliment. C'est tout en accrochant son manteau dans la penderie qu'elle dit :

— Avez-vous lu jusqu'au bout ce que je vous avais écrit ?

— Quelle question !

Elle le regarda sans ciller, l'iris dilaté, d'une dureté minérale, presque insoutenable. Il pensa qu'elle avait dû encore abuser des *grifas*.

— C'est une faiblesse que j'ai eue, dit-elle, quand je me suis trouvée seule ici. Pouvez-vous imaginer ma déception ? J'éprouve le besoin de vous voir, d'être avec vous, je crois vous trouver, et vous êtes déjà parti. Le concierge ignore à quelle heure vous reviendrez. J'ai voulu tout de même vous attendre et cette mauvaise idée m'a entraînée à cette lettre stupide. Vous auriez dû la faire disparaître complètement.

Elle ouvrit le poêle, prit la corbeille, la vida dans le feu. Les flammes eurent un sursaut qui donnèrent à son visage une chaude couleur de pêche.

— Je vous ai apporté quelques provisions. Je suppose que vos réserves ont dû s'épuiser.

Elle parlait en se promenant de la pièce à la cuisine. Sa robe étroite moulait ses cuisses. Ensuite elle se débarrassa de ses souliers, se jeta sur un fauteuil, tira une cigarette de son sac.

— La dernière, dit-elle. Voulez-vous que nous la partagions ?

Il refusa d'un geste de la main.

— J'espère que vous n'avez pas accordé à mes élucubrations une importance excessive ?

— Soyez rassurée, je vous connais.

Du fond de son fauteuil où elle s'était blottie les jambes repliées sous la croupe, elle l'observait comme si, plus qu'au sens de ces quelques mots, elle était attentive à leur intonation.

— A la bonne heure! dit-elle, mais la manière dont ces feuillets ont été mis à mal prouve au moins une certaine impatience.

Toujours ses yeux fixes, d'un velours sombre, avec leurs cils immenses, leurs paupières savamment fardées.

— J'ai agi de façon machinale.

— Je comprends.

— Et il est vrai que j'étais soucieux. L'attentat, d'une part. Le silence de Luca...

— Tout cela, je le conçois, a prévalu sur l'expression de ma tendresse.

Elle rit de nouveau en le guignant malicieusement du coin de l'œil et Sainte-Rose fut convaincu que la lettre n'était qu'un jeu, une manifestation de cette ironie dont elle savait se servir fût-ce à l'égard d'elle-même. Décidément, dès qu'elle était là, il avait l'impression qu'un rideau allait se lever, des projecteurs s'allumer et qu'elle ne tarderait pas à se transformer sous ses yeux. A quel moment était-elle enfin elle-même?

— Je suis très inquiet, je l'avoue, du retard de Luca.

— Comment voulez-vous qu'il puisse s'occuper de vous dans les circonstances présentes? Depuis l'attentat les contrôles sont beaucoup plus rigoureux. On fait une chasse impitoyable aux suspects; peut-être votre Luca a-t-il été arrêté à l'heure qu'il est?

Sainte-Rose dit, non sans passion, que s'il en avait la

certitude, il partirait seul pour tenter l'aventure et gagnerait Sulmone par ses propres moyens.

— Ce serait une folie, dit-elle tranquillement. C'est une zone très surveillée. Vous seriez pris avant d'avoir franchi plus de 20 kilomètres.

— Je marcherais seulement de nuit.

— Allons donc! Interrogez-vous et vous conclurez que la sagesse est d'attendre.

— Attendre quoi? L'arrivée des Alliés?

— Eh, ils ne tarderont plus, je suppose.

— Ils n'ont déjà que trop tardé.

Elle jeta sa cigarette et commença par ôter ses bagues. Ensuite elle allongea une jambe après l'autre pour retirer ses bas. Il pensa qu'elle se préparait pour lui comme elle le ferait pour n'importe quel autre homme et à cette idée il ne ressentit ni dépit ni jalousie. Parfois tout en se déshabillant, elle lui lançait un regard soit enjôleur soit ironique. Son visage changeait vite d'apparence comme si elle mettait subitement un masque. Sainte-Rose se souvint qu'il avait regretté d'avoir détruit la lettre; à la réflexion il s'était dit qu'elle pouvait être autre chose, au fond, qu'un exercice de style. Mais ce doute ne valait rien et l'incident n'importait plus.

Il continua ses sorties, toujours affecté par le silence incompréhensible de Luca et l'absence de Marie. Wanda, qu'il avait rappelée à son bureau, s'était montrée tout aussi laconique que la première fois.

Un matin, avant de rejoindre Sandra, il entra dans un café de la via Rossini, se trouva installé en face d'une clocharde assise dans un recoin. Une femme jeune mais le visage flétri, le regard vide. D'un sac elle tira un poupon de celluloïd, défit son corsage, découvrit un sein qui, à la surprise de Sainte-Rose, avait une forme pleine. L'idiote serra contre elle le jouet revêtu d'oripeaux et prit la mine attendrie d'une vraie mère qui allaite son nourrisson. Au bout de quelques secondes son visage se transforma, se plissa de colère. Elle gronda contre le bébé qui refusait de s'alimenter et soudain, dans une crise de frénésie, se mit à le battre en poussant des gémissements. Dans cette excitation son corsage s'ouvrit tout entier de sorte qu'on vit sa gorge blanche, ravissante.

— Veux-tu te taire? cria le patron.

Apeurée l'idiote se rajusta, enfouit le poupon dans son sac, demeura immobile, le visage rejeté dans l'ombre et Sainte-Rose eut l'impression que du fond de cette ombre c'était lui que ses yeux fous épiaient. Il emporta ce malaise en remontant vers le studio. La pluie tombait, alourdissait son manteau. En arrivant il découvrit non sans surprise que Sandra l'avait précédé, qu'elle était en avance d'une bonne vingtaine de minutes. Il vit aussi qu'elle était plus élégante, plus soignée, plus coquette encore que d'habitude, avec deux pendentifs en cristal de Venise et une série de bracelets très fins. Elle lui parut en même temps un peu nerveuse mais peut-être était-ce cette attente qui l'avait agacée. Quand il l'eut prise dans ses bras il reconnut, mêlée à son parfum, l'odeur opiacée des *grifas*. Ensuite il lui demanda des nouvelles de la Marchesa. Elle lui apprit alors que sa belle-mère, bouleversée par l'affaire des otages, était en mauvaise santé et qu'on avait dû alerter le docteur Marco.

— C'est une femme de cœur, dit Sainte-Rose, ému par cette nouvelle.

A ce moment une petite formation allemande défila en bas dans la rue en chantant *Ich hatt' einen Kameraden* dans un martellement de bottes. Il courut à la fenêtre et sans soulever le rideau de tulle, se tint immobile à observer les soldats. Il se souvint que les SS de la via Rasella chantaient aussi et qu'ils chantaient encore en arrivant à hauteur de la bombe. Ce détail ne fit qu'effleurer son esprit, cependant, quand il se retourna, il rencontra le regard de Sandra et devina que la même pensée lui était venue. Elle fumait une cigarette qu'elle tenait d'une manière un peu affectée, pincée entre le pouce et l'index, juste à hauteur de son visage. La fumée formait un voile ondulant derrière lequel ses yeux luisaient.

— Rome n'est pas ville ouverte, dit-il et il s'agissait d'un acte de guerre! Cette réaction a été barbare.

— Ceux qui ont commis l'attentat auraient dû prévoir que cette réaction serait barbare.

Cette réflexion, souvent entendue sans qu'il eût jamais songé à réagir, provoqua une brûlure dans son cerveau comme si elle y avait déposé tout au milieu une braise rougeoyante.

— Si j'étais venu en mission aérienne le raid aurait pu avoir des résultats identiques et tuer de la même manière une trentaine de leurs hommes. Faut-il renoncer à ces raids? Laisser la main libre aux nazis?

— La différence, vous la connaissez aussi bien que moi. Les Allemands n'ont pas reconnu aux Italiens antifascistes la qualité de belligérants.

Elle avait parlé de cette voix chuchotante qu'on prend

pour calmer un enfant, le raisonner ce qui, plus que la réplique, exaspéra Sainte-Rose. Dans la rue la colonne s'éloignait. Le chant semblait fondre dans l'air, n'être plus qu'une vibration du ciel, un murmure du soleil entre les toits. Sandra prit un ton de raillerie :

— Retournez donc à cette fenêtre. Regardez bien. Peut-être allez-vous découvrir le spectacle de trente corps sans tête ou les entrailles répandues dans le ruisseau.

— Je fais la différence entre la mort brutale de soldats qui sont les instruments d'un ordre abject et celle de civils innocents qu'on assassine froidement un à un, d'une balle dans la nuque, au fond d'une grotte, en les obligeant à grimper et s'agenouiller sur l'amoncellement des précédentes victimes.

— Mais ceci n'est-il pas la conséquence de cela?

Le silence frémissant qui suivit fut traversé par le chant allemand — déjà lointain — comme par un bourdonnement d'insecte.

De son fauteuil Sandra continuait à l'observer et quand elle bougeait le bras pour porter la cigarette à ses lèvres, les bracelets cliquetaient doucement. Sainte-Rose se disait que décidément leur vie et leurs pensées s'orienteraient toujours dans des directions divergentes. Il voyait ses jambes fines soigneusement épilées, ses oreilles menues, avec l'éclat des pendentifs, le triangle blanc de sa gorge. Il la trouvait belle mais sans humanité profonde.

— Savez-vous, dit-il, que les autorités d'occupation, par un supplément de cruauté, refusent de livrer le nom des otages? Pouvez-vous imaginer ce que cette incertitude représente pour les familles?

— Je l'imagine assez bien, soyez-en convaincu. Des

listes circulent d'ailleurs sous le manteau qu'on vend jusqu'à dix mille lires. Non sans mal, j'ai pu m'en procurer une pour ma belle-mère.

— Elle craignait particulièrement pour quelqu'un?

— Un vieil ami à elle. Très aimé. Quelque heureux complice de ses belles années, je suppose.

— Il est sauf?

— Non.

Sainte-Rose se demanda si Sandra n'avait pas espacé ses visites au studio précisément à cause de l'état de santé de la Marchesa.

— Si vous m'aviez informé l'autre jour qu'elle était tellement éprouvée, je serais allé la voir, dit-il.

— A quoi bon courir des risques! De toute manière elle va bien mieux.

— J'ai de l'affection pour elle. J'aurais aimé la visiter.

Elle ne dit rien et il demanda :

— Sans doute avez-vous lu cette liste?

— Pas du tout. Je dois vous prévenir qu'elle n'est pas complète. Il y manque une quarantaine de noms.

Sur ces mots elle jeta le reste de sa cigarette dans le cendrier, se leva, s'approcha de Sainte-Rose en souriant.

— Jacques, je ne suis pas là pour que nous parlions de ces choses déprimantes mais au contraire pour que nous nous efforcions de les oublier ensemble, au moins un moment.

Dans ses yeux luisait le même reflet que dans le cristal des pendentifs. En lui passant les bras autour du cou elle ajouta :

— Est-il si condamnable de vouloir un peu de bonheur? Même sans trop d'illusion? Rien qu'un tout petit bonheur? Le verre de rhum avant que tout finisse?

Le lendemain matin Sainte-Rose n'eut qu'une hâte, se rendre chez la Marchesa, d'abord à cause de sa reconnaissance et de son affection pour elle, ensuite parce qu'il était vaguement troublé à l'idée que Sandra s'était montrée si peu empressée à le renseigner au sujet de sa santé. Déjà dans sa fameuse lettre n'aurait-elle pu y faire allusion? De plus elle exagérait les risques pour se rendre au *palazzo*. Fallait-il penser que l'état de la Marchesa était en réalité beaucoup plus grave (elle était très âgée et peut-être le choc avait-il été violent, dévastateur) et que la discrétion de Sandra était pure délicatesse, désir de lui épargner un tourment supplémentaire, sachant ses sentiments? La liste des otages l'attirait aussi au *palazzo*. Toute la nuit, à cause de Filangeri, cette liste avait perturbé son sommeil, avait même provoqué un cauchemar où il lisait par colonnes entières le seul nom du vieillard.

Tout en marchant il se souvint que, la veille, Sandra s'était montrée plus complaisante que jamais comme pour lui faire oublier certains propos qui l'avaient irrité. Ce genre de revirement lui était coutumier (ce qu'il appelait « son côté femelle »). Avec Sandra il assouvissait un désir qui lui brûlait le sang et il éprouvait un certain malaise à découvrir que, les sens rassasiés, il souhaitait presque aussitôt son départ. Parfois il craignait même qu'elle ne devinât ce détachement et n'en fût blessée, comme certaine nuit dans sa propre chambre où, cependant, les raisons de la quitter avaient également procédé d'un légitime souci de prudence.

Par quelle pente de son esprit en était-elle arrivée à lui écrire ces phrases d'adolescente trop romanesque, des phrases qui ne correspondaient ni à son caractère ni même à son âge ? Dans un effort de mémoire il était parvenu à en reconstituer la dernière : « Avec vous j'apprends à voir le monde d'un cœur tout neuf, j'en savoure la beauté, et je sais que je donnerais ma vie pour qu'un grand bonheur vous vienne de moi ». Rien que ça ! Il se souvint que la veille, en un moment de repos dans le glorieux désordre et la moiteur des draps elle lui avait chuchoté à l'oreille des mots d'adoration. C'était si nouveau, et il en avait éprouvé une telle surprise, qu'il s'était penché sur son visage aux lèvres gonflées, aux paupières délicieusement meurtries, et il avait pensé qu'il s'agissait seulement d'une reconnaissance instinctive, née de l'ardeur des ébats et du plaisir charnel. Curieuse femme ! A un autre moment elle s'était jetée hors du lit, d'un brusque coup de reins, pour se promener nue à travers la pièce, les traits crispés, prise d'une subite froideur comme si la séparaient de lui une pensée violente, une inexplicable rancune. En vain il l'avait interrogée. Toujours silencieuse, elle s'était glissée de nouveau dans le lit, brûlante et secouée de frissons. Pour lui, il ne faisait pas de doute qu'elle avait également les nerfs délabrés par l'abus des cigarettes à l'opium.

C'est ainsi, en pensant à Sandra, qu'il atteignit les parages du *palazzo* Vitti. Il observa d'abord tous les passants, s'assura que rien dans les environs de la piazzetta ne paraissait suspect. Une lumière grise filtrait à travers les nuages et se posait le long des toits, mettait des reflets aux vitres des fenêtres, barrées en X par des bandes de papier. Ces grouillements aériens des X lui semblaient, avec certaines affiches, un des nombreux signes avertisseurs que Rome lui adressait. Il s'engagea dans la ruelle. « Al ricovero » disait la flèche qui sur un mur verdi d'humidité montrait la direction d'un refuge contre les bombardements. Sur la façade écaillée la tête de lion le regardait. Ce fut Giacomo, tout surpris et tout souriant qui vint lui ouvrir.

— Ah monsieur, c'est vous ? Entrez donc.

— Comment va Madame ?

— Bien. A présent elle va bien. Rien de grave, grâce à Dieu ! Et vous, Monsieur, vous voilà tranquillisé ?

Sainte-Rose crut qu'il s'agissait toujours de la Marchesa et dit :

— En effet.

Or Giacomo poursuivit d'un ton confidentiel, le visage tout épanoui :

— Sofia et moi avons été contents, vous savez ? Soyez quand même très prudent.

— De quoi parlez-vous ?

— Mais du garçon que vous attendiez ?

— Quand est-il venu ?

— Quand ? Ma foi, Monsieur... Madame Sandra ne vous a pas informé ?

— Dites toujours.

Subitement son cœur s'était mis à dégager une chaleur qui l'incendiait jusqu'à la nuque. Le vieux semblait embarrassé.

— Il est venu la semaine passée. Tenez, le lendemain de la via Rasella, vers midi. Avec Sofia nous parlions des exécutions que les Allemands préparaient. Nous étions là et il est arrivé.

— Il s'est fait reconnaître ?

— Bien sûr. Luca, comme vous nous l'aviez...

— Il était seul ?

— Un autre monsieur se trouvait dans une camionnette qu'il avait laissée devant le portail.

Sainte-Rose sentit que son émotion était visible, que son attitude trop tendue inquiétait vaguement le vieux et il s'efforça de paraître plus naturel.

— Voyons, comment était-il?

Le portrait correspondait à celui que Filangeri lui en avait déjà fourni, y compris la moustache et le nez un peu dévié.

— Qui a-t-il rencontré après vous?

— Sofia lui a dit que nous étions prévenus tous les deux. Elle aurait voulu le conduire auprès de la Marchesa mais la Marchesa était très déprimée et ne voulait voir absolument personne. Elle venait juste d'apprendre que les Allemands organisaient des représailles et...

— Oui! Et c'est donc Madame Sandra qui l'a reçu ?

— C'est cela, c'est cela même. Monsieur Luigi était absent de sorte que c'est elle.

— Il est entré dans la maison?

— Il ne voulait pas. Il demandait que vous veniez vous-même dans la loge parce qu'il vous croyait encore là. Sofia lui a dit que par précaution vous étiez parti vous réfugier ailleurs.

— Donc il est entré!

— Sofia l'a laissé dans le salon avec Madame Sandra. Moi je surveillais ici de manière à...

— Merci, Giacomo.

Ainsi tout devenait plus clair. Après avoir rencontré Luca et selon le plan prévu Sandra était montée aux Parioli, n'avait pas trouvé Sainte-Rose et au lieu du message avait laissé la lettre où rien au sujet de cette visite n'était mentionné. Que s'était-il passé dans cette tête à demi-détraquée? La bouche entrouverte, le vieux attendait, une expression niaise sur le visage. La porte de la loge encadrait un parterre de fuchsias en fleur. Leurs clochettes rouges évoquaient des éclaboussures de sang frais. Sainte-Rose se rappela le malaise qu'il avait ressenti en lisant cette lettre. Son intuition ne l'avait pas trompé. Chez une femme comme elle, ce genre d'épanchement n'apparaissait-il pas pour le moins insolite? Il se souvint de certains de ses gestes, de certaines de ses intonations. Avait-elle assez insisté pour qu'il ne vînt pas au *palazzo* après lui avoir tu le malaise de la Marchesa? Heureux qu'il eût décidé de passer outre à ce conseil. Dans la poche du manteau sa main gauche était saisie d'un tremblement léger qu'il ne pouvait réprimer. Son corps était moite et un sentiment plus épais que la colère commençait à lui durcir le cœur.

Il sortit de la loge, traversa la cour, gravit le perron. Sofia qui avait entendu son pas accourut au-devant de lui.

— Vous êtes content, n'est-ce pas? C'est pour bientôt!

— Je l'espère.

Du feu brûlait dans la cheminée. Sur les grandes tapisseries ondulaient des ombres qui donnaient aux personnages une sorte de vie. Des milliers d'éclats jouaient aussi sur les pendeloques du lustre, suggéraient une cruauté orientale.

— Je vais prévenir Madame. Elle est au lit et elle a près d'elle deux dames de ses amies. Mais elle vous recevra, j'en suis certaine.

— Prévenez aussi Madame Sandra si elle est là.

— C'est qu'elle dort encore. Elle ne se lèvera que vers midi, je ne sais si je peux la déranger.

— Faites-le, je vous en prie.

Resté seul dans le salon — Sofia était montée prévenir la Marchesa de sa visite — il eut envie de se précipiter dans la chambre de Sandra, de la tirer du lit pour exiger une explication immédiate ! L'idée qu'elle dormait en paix, tout à côté, ravivait sa fureur. Des injures lui revenaient du fond de son enfance, du temps où il était un gamin des rues et apprenait des jeunes voyous qu'il fréquentait les tournures les plus sales. En même temps quelque chose en lui étincelait, se hérissait à l'image de ce lustre, de ses lames et de ses pointes. Pourquoi s'était-il fié à une femme comme elle ? Prévenu comme il l'était de son immoralité, de son cynisme ! On trouverait chez une fille davantage de loyauté ! Et où rejoindre Luca ? Peut-être avait-il perdu sa dernière chance ! De nouveau son esprit tourbillonna dans de violents remous. Mais Sofia revenait, lui faisait signe du haut de la galerie, au milieu des grands portraits dynastiques, comme si elle venait elle-même de surgir d'un de ces immenses cadres baroques, à croire que toutes les autres figures pouvaient de la même manière se mettre subitement à bouger.

La lumière vacillante des chandeliers posés de chaque côté du lit pénétrait et se brisait en fins éclats dans les fioles et les grands verres de cristal. Elle éclairait curieusement la tête plâtrée de la Marchesa, posée sur une collerette de dentelle amidonnée, comme une tête coupée sur un plat d'argent, les lèvres cireuses, avec l'expression fanatique des suppliciés.

— Venez-là, venez, mon pauvre ami ! dit-elle en lui tendant sa main osseuse.

Elle le présenta sous son faux nom de Marcello Guardi aux deux vieilles dames vêtues de noir qui se tenaient à son chevet, le dos rond, semblables à deux oiseaux frileux, tout déplumés.

— Vous avez vu de quoi les nazis sont capables ! Vous avez vu !

Elle gémissait. Sainte-Rose voyait à travers ses cheveux clairsemés la peau rose de son crâne. Faisait-il réellement si chaud dans cette pièce calfeutrée ? Bien qu'il se fût dépouillé en arrivant de son manteau il transpirait. Il pensait à Luca et à la liste des otages. La Marchesa continuait à se plaindre et ses deux amies rendaient soupir pour soupir, approuvaient en remuant leur petite tête pointue.

— Et le Saint-Père, monsieur ? Croyez-vous qu'il soit intervenu ? Pas du tout ! Et penser qu'il est évêque de Rome ! Il s'agissait, avec ces malheureux, de ses propres enfants. On a pu les conduire à une mort atroce sans qu'il fasse un geste ! Il a laissé commettre ce crime !

Elle se tut, épuisée, un peu haletante, et l'une des vieilles dames se leva pour lui essuyer délicatement les lèvres avec les bords de son mouchoir.

— Ne vous agitez pas ainsi, dit-elle, ce n'est pas bon pour vous.

Des objets luisaient dans la pénombre créée par les grands rideaux hermétiquement fermés. Une odeur de cire chaude rendait l'atmosphère insupportable.

— Il a trahi son devoir pastoral, reprit la Marchesa en remuant sa tête blafarde.

— Calmez-vous, voyons, dit la même petite vieille.

Sainte-Rose comprenait la profondeur du mal qui la minait et se rappelait son attitude si ferme, si pleine de noblesse, lors de la visite des deux tankistes allemands. Et en même temps il pensait à Sandra, se disait qu'elle avait dû être prévenue à présent.

— Il s'est tu au moment de la persécution des Juifs

romains! Il s'est tu quand on a commencé à déporter nos ouvriers! Il n'a rien dit au sujet des tortures! Et il maintient ce silence quand on traîne ses propres fils à l'abattoir!

Cette détresse émouvait Sainte-Rose qui cependant se souciait peu de la difficile diplomatie vaticane. A son avis, le pape avait peur d'être bafoué et peut-être enlevé par les nazis s'il se dressait contre eux. Pour immense que fût le pouvoir spirituel du petit homme à robe blanche, que pourrait-il contre l'assaut d'un seul bataillon noir de la SS? Mais n'importe quel cri d'horreur n'eût-il pas mieux valu que cette soumission?

Après son effort la Marchesa avait fermé les yeux et son visage prenait au repos une laideur encore plus impressionnante. Sans les fards et dans cette clarté latérale des bougies le squelette de la face apparaissait sous la peau desséchée par les couches de poudre, et les paupières, gonflées comme celles des paludéens, formaient deux boules brunâtres.

Avec douceur Sainte-Rose, penché sur le lit, la pria de le laisser consulter la liste des otages. D'un geste las elle désigna un meuble en murmurant : « c'est trop atroce! » Et il ressentit alors pour elle une telle pitié qu'il lui prit la main, incapable de trouver un mot de réconfort. Sur les feuillets les noms étaient copiés à la machine à écrire avec par endroits l'indication de l'âge ou de la profession. Il y avait des adolescents de quinze à dix-sept ans, des ouvriers, des universitaires, des fermiers, des artistes, des commerçants, des officiers. Nulle part Filangeri ne figurait. Restait que cette liste n'était pas complète et qu'elle n'autorisait qu'un espoir mesuré. Il la remit dans le tiroir non sans l'avoir relue avec autant d'attention que la première fois et, quand il se retourna, il vit Sandra qui le regardait, appuyée contre la porte. Absorbé par sa lecture il ne l'avait pas entendue entrer. Il la salua et elle lui parut sur ses gardes. Du fond de son lit la Marchesa lui demandait s'il avait fait une mauvaise découverte.

— Non, dit-il.

— Je prierai Dieu pour que vous n'ayez pas l'occasion de pleurer un ami.

Une branche de buis trempait dans le bénitier d'un crucifix accroché au-dessus du meuble qui contenait la liste. A Sainte-Rose, chaque détail, chaque objet de cette pièce semblait plus étrange depuis que Sandra était présente. Il regarda avec une certaine suspicion les meubles énormes, les rideaux de velours grenat, la psyché bordée d'angelots et qui — il l'aurait parié — ne reflétait rien, comme certains miroirs dans les films impressionnistes de la U.F.A. Au-delà de cette pièce la ville entière, à cette heure, devait être morte, rendue à l'aridité des ruines. Une sèche détresse avait remplacé son excitation précédente. De ses gros yeux sombres Sandra continuait à l'observer et semblait suivre une à une ses pensées. Elle avait revêtu sa robe de chambre élizabéthaine et son cou s'élançait, portant la petite tête triangulaire, ses cheveux durement plaqués, l'œil compact à force d'attention concentrée.

— Puis-je vous parler? dit-il.

D'évidence elle s'attendait à cette phrase car elle fit demi-tour sans un mot, poussa la porte et sortit. Sainte-Rose après une formule courtoise pour prendre congé des trois vieilles femmes, la suivit sur la galerie, longea l'alignement des portraits. Elle était déjà dans l'escalier qu'elle descendait en soulevant légèrement sa longue robe pour dégager le pied. En bas, dans le grand salon, Sofia venait d'alimenter le feu avec des souches de vigne. Sandra s'avança jusqu'à la cheminée et regarda fixement les flammes.

— Pourquoi, dit Sainte-Rose en la rejoignant, m'avez-vous caché la visite de Luca ?

Il s'était promis, tout en descendant à son tour, de rester maître de ses nerfs mais il entendait battre son cœur plus vite. Devant lui Sandra, toute droite, visiblement crispée, paraissait enveloppée d'une brume jaune. Elle restait silencieuse et il pensa : « Des millions d'hommes se battent et meurent partout sur la terre et cette folle vit comme si toute cette tragédie n'existait pas. »

— Eh bien ? dit-il.

Sans bouger, sans se tourner vers lui elle murmura :

— Vous ne comprenez donc rien ?

— Qu'y a-t-il à comprendre sinon que vous avez encore été tentée de vous réjouir par une bonne farce ! Comme pour les tankistes ! Les occasions de rire, n'est-ce pas, sont si rares en pleine guerre ! Et vous vous ennuyez tellement ! Le spectacle des quartiers bombardés est si lassant à la fin, toujours le même en somme, sans variété ! Et on n'invite pas le « Tout-Rome », hélas, aux interrogatoires de la Gestapo ! Pas plus qu'à ce superbe opéra des grottes ardéatines ! Vous vous rattrapez donc comme vous pouvez ! Quelle savoureuse plaisanterie ! Pensez-vous que je doive m'en amuser avec vous et la trouver spirituelle ?

Elle parut déconcertée par ces sarcasmes, cette véhémence, et regarda Sainte-Rose longuement :

— Vous dites des choses monstrueuses.

— Vraiment ? Est-ce bien à moi d'écouter vos reproches ?

Nerveusement, il s'éloigna d'elle, lui parla du fond de la pièce, appuyé à la balustrade de l'escalier :

— Quand vous me disiez que personne ne pouvait se fier à vous, j'en étais convaincu, mais voilà! vous avez endormi ma méfiance. En quelque sorte, je ne peux vous accuser, je suis seul responsable. J'aurais dû rester vigilant. Belle comédie que la vôtre! Acceptez mes compliments.

Devant son attitude presque dédaigneuse à présent, il avait envie de la blesser, de la meurtrir, de lui faire payer sa propre déception. Pour ne pas alerter Sofia qui travaillait dans la cuisine il contenait sa voix, ce qui lui faisait trembler les lèvres.

— Répondez donc! dit-il. Ne vous contentez pas de jouer les reines outragées!

Désir de l'humilier. Les mots les plus cruels s'agitaient en lui comme des guêpes en folie. Elle s'était détournée de nouveau, contemplait les flammes, une main appuyée sur la bordure de la cheminée. Dans ses cheveux jouaient des reflets et son expression à présent était de stupeur, à croire qu'elle venait de découvrir dans le feu une vérité dont elle ne se serait jamais avisée jusque-là. Il se dit qu'il ne parviendrait pas à tirer de cette toxicomane une réponse cohérente mais revint sur elle d'un pas vif :

— Écoutez. Vous saviez cependant ce que cette visite de Luca représentait pour moi? Le prix que j'y attachais? Comment avez-vous pu vous comporter avec autant de légèreté? Est-ce que rien d'humain ne compte jamais pour vous?

Elle fit un mouvement et il crut qu'enfin elle allait lui parler, mais non.

— Il ne s'agit pas de morale, dit-il avec plus de rudesse. Vos coucheries ne regardent que vous. J'ai figuré parmi les heureux élus, merci! Mais l'idéal, pour moi, n'est pas de me laisser réduire à un sexe!

Il attendit en guettant intensément son visage tandis que le sang continuait à gronder à ses oreilles.

— Vous refusez de parler? Vous refusez de me confier ce que vous a dit Luca? Même à présent, vous ne voulez pas me donner, somme toute, ce qui m'appartient?

« Une vraie folle » se disait-il amèrement en la voyant figée dans la même attitude. Il savait que s'il s'approchait d'elle, s'il ne laissait pas entre eux une distance suffisante, il céderait peut-être à son impatience. Mais il répugnait à toute violence physique et se contrôlait assez bien en dépit de cette rage qui lui obscurcissait l'esprit par bouffées.

— Votre sympathie pour les nazis va trop loin. Est-ce bien cela? Ai-je deviné juste? Vous désirez m'empêcher de leur faire le moindre mal?

Ton d'ironie cette fois mais l'argument était forcé, il le savait, donc inefficace, mais avec ce genre de femme comment savoir? De toute manière il cherchait à la provoquer, à la tirer de cet état narcotique, à la faire parler. Il voyait ses petites narines se gonfler dans chaque aspiration. Il lui sembla même qu'elle frissonnait. N'était-ce pas le signe qu'elle s'efforçait d'émerger d'une torpeur provoquée sans doute par ses fichues cigarettes? Il avait l'impression de patauger lui-même dans un marais, d'avancer dans des vasières qui l'aspiraient, menaçaient de l'enliser. La pièce entière semblait envahie par une sombre odeur d'eau morte. Et là-haut, sur la tapisserie, Hector et Andromaque, unis sur un fond de ciel rose, regardaient un horizon hérissé de javelots et de lances. Soudain, sans que rien n'eût laissé prévoir ce changement, Sandra se dirigea vers un fauteuil, s'y installa, les bras sur les accoudoirs, les jambes croisées. Elle portait des mules dont l'une se détacha du pied qu'elle balançait nerveusement. Elle paraissait avoir pris une décision et son front se plissait dans l'effort pour se concentrer.

— Vous avez raison, dit-elle, de sa voix rauque. Je vous dois des renseignements qui m'ont été remis pour vous. Luca est bien venu le 24. Je lui ai dit pourquoi vous aviez dû quitter cette maison. Il m'a chargée de vous prévenir pour que vous le rejoigniez le surlendemain à la gare centrale. Je devais vous accompagner à l'heure dite, ainsi le rendez-vous serait facilité. Je suis allée au studio, vous n'y étiez pas. J'ai cédé à une certaine impulsion et je ne vous ai pas laissé le message prévu. Non, laissez-moi continuer. Luca avait ajouté que si pour une raison ou une autre vous ne pouviez être à la gare avec moi, vous devriez faire l'impossible pour le rejoindre à Sulmone par vos propres moyens, avant le 10 avril. J'ai noté le lieu du rassemblement et toutes les indications qu'il m'a laissées.

Sainte-Rose fut si surpris par cette tirade qu'il laissa passer un long silence. Ainsi rien n'était perdu! S'il se sentait allégé, sa conviction restait la même : Sandra avait « joué », tout comme le soir des tankistes. Il la regardait tandis qu'elle continuait à balancer sa jambe. Veiné de bleu, les ongles peints, le pied qui dépassait la robe était d'une petitesse charmante.

— Pourquoi, dit-il, m'avoir caché cette visite?

— Ne me demandez rien.

— Vous ne tenez pas à me donner vos raisons?

— Vous ne les saurez jamais.

— Soit. Ce qui m'importe davantage c'est d'être sûr que vous m'avez tout dit.

— Je vous ai tout dit. Pour Sulmone j'ai mis l'adresse et les indications en sûreté dans ma chambre. Je vous les donnerai avant que vous partiez d'ici. Quant à votre déplacement j'en parlerai à mon mari. Soyez convaincu qu'il vous aidera.

Avec sa déconcertante facilité à changer de masque elle avait repris son expression de raillerie habituelle mais à présent c'est bien d'elle-même qu'elle semblait se moquer.

De cette entrevue Sainte-Rose gardait un ressentiment et une amertume qu'il ne cherchait pas à dominer mais entretenait au contraire en ressassant certaines pensées, certains souvenirs, et bien que Sandra eût marqué son regret et s'efforçât de réparer ses torts il se méfiait d'elle. De sa propre volonté elle ne retournait plus au studio et il lui en savait gré. L'eût-elle rejoint qu'il n'aurait pu lui cacher son animosité. Il l'entrevoyait au *palazzo* où il se rendait de loin en loin, en observant les précautions requises, pour visiter la Marchesa — moins dolente au fil des jours — et s'entretenir avec Luigi des modalités du voyage. D'évidence il lui fallait d'autres documents d'identité que ceux que le docteur Mantegna lui avait procurés au nom de Marcello Guardi puisque, aussi bien, celui-ci était signalé à la police. Sandra avait révélé à son mari le rendez-vous de Sainte-Rose à Sulmone en omettant sa propre « défaillance » pour celui de la gare centrale. Luigi avait accepté de l'y conduire et préparait une mission tout à fait officielle auprès des autorités régionales sous prétexte de résoudre sur place des problèmes de Finances publiques. Il prévoyait également pour Sainte-

Rose des papiers et un permis de circulation à partir de pièces qui avaient réellement appartenu à un chauffeur du ministère, aujourd'hui déporté. Une main experte en rectifierait les indications signalétiques et remplacerait les photographies.

Mais une autre pensée occupait tout aussi intensément l'esprit de Sainte-Rose. L'absence de Marie allait se terminer et, en effet, un matin ce fut elle-même qui lui répondit au téléphone. Il devait toujours se souvenir avec quel sentiment de félicité il avait écouté sa voix. Elle lui donna rendez-vous pour le lendemain seize heures, mais leur code prévoyait un décalage d'un jour entier de sorte que la rencontre, en fait, était pour l'après-midi et non plus au bar *Pietro* mais à une adresse de l'avenue Mazzini. Il n'avait jamais été épris et s'était toujours jugé peu sentimental, à l'abri de ces grands flamboiements qu'on attribue à l'amour, et aujourd'hui il se savait prêt à jouer l'essentiel de lui-même sur un visage, un espoir, une promesse aveugle. Peut-être avait-il fallu ces mois romains, de solitude et de repliement, pour qu'il se dégageât d'un certain engourdissement du cœur et comprît enfin les règles les plus secrètes, les plus envoûtantes de la vie? Et peut-être, qui saurait dire? Sandra aussi avait-elle, pour une part, contribué à cette évolution, à cette métamorphose?

Quand il parvint à l'adresse de l'avenue Mazzini il découvrit qu'il s'agissait d'une église, celle du Christ-Roi, et y pénétra sans hésiter. A cette heure, peu de fidèles dans la pénombre. Un moment il resta en observation mais personne ne paraissait s'occuper de lui. Il se posta dans une chapelle voisine où des cierges brûlaient entre des fleurs, formaient un buisson lumineux qui inclinait son esprit à demeurer vigilant. Quelle idée d'avoir choisi un lieu semblable! Il se disait qu'il en saurait bientôt la raison mais rien d'autre ne comptait que l'arrivée de Marie et il la guettait avec une tension presque douloureuse, appuyé contre un mur couvert de plaques de marbre — portant simplement le sigle P.G.R., *per grazia ricevuta* —, bien visible lui-même, sur cette surface blanche dans son long manteau défraîchi.

Peu après une femme s'approcha de la chapelle, humble et voûtée, vêtue de noir, les bras frileusement croisés sur sa poitrine, les mains sous les aisselles pour les réchauffer. En chuchotant elle lui dit de la suivre dans la sacristie. Marie s'y trouvait en compagnie d'un vieux prêtre qui le salua brièvement et disparut. Le froid dès l'entrée dans cette pièce serrait durement les tempes.

— Marie, dit-il en la prenant aux épaules.

Elle lui sourit non sans tristesse et ils restèrent quelques secondes silencieux à se regarder. Sainte-Rose la trouvait plus belle, plus humaine, plus rayonnante que jamais. De sa toque les longs cheveux s'échappaient et il eut envie d'y enfouir son visage. Au ras du plafond, un immense tableau était accroché, tout charbonneux, qui représentait, selon un cartouche, *la Nuit de Gethsémani*.

— Ne pouvons-nous aller ailleurs ? dit-il.

— J'ai quelqu'un d'autre à rencontrer ici-même.

Il savait que cette fois encore elle avait quitté en fraude son bureau et que son temps était compté.

Contre un mur on avait entreposé des bannières de procession dont les broderies scintillaient et le froid semblait provenir de la sombre peinture étalée au-dessus. Marie lui disait qu'elle avait pris ce congé d'une semaine pour enquêter plus librement au sujet de Filangeri mais bien qu'il ne figurât jamais sur les listes d'otages les plus complètes — elle s'en était, elle aussi, procuré —, on ne retrouvait sa trace nulle part, même dans les lazarets pénitentiaires. Peut-être avait-il été déporté en Allemagne mais aucun des indices réunis à ce jour ne confirmait expressément cette hypothèse. De plus, le capitaine Ritelli venait d'être muté dans le Nord, ce qui désormais supprimait une aide précieuse. Elle avait également poussé Gina et Adriano à intervenir auprès de Tavera. Tavera pouvait agir au moins pour qu'on pût localiser le lieu d'internement. Il avait refusé tout net.

— Filo ne m'a-t-il pas jeté à la porte de chez lui? Oui ou non? Hé bien, je suis à la porte et j'y reste!

Elle raconta aussi comment, dans les journées qui avaient suivi l'attentat et les représailles, toute démarche dans les milieux officiels se perdait en attente sans fin, en entrevues sans résultat. Partout lâcheté, mollesse, hypocrisie. Elle continuerait en dépit de tous les obstacles et sa confiance ne semblait pas amoindrie. Mais ces nouvelles attristèrent Sainte-Rose.

Quand elle sut qu'il partait le jour suivant pour Sulmone elle lui dit avec un élan qui aussitôt l'exalta :

— Gardez-vous bien, Jacques! Je vous en prie.

— Gardez-vous aussi.

A quelques heures de leur séparation comment ne devinait-elle pas la montée en lui d'une émotion aussi puissante?

— Je reviendrai, dit-il. Je reviendrai pour vous.

— Pour moi?

Elle sourit mais sans coquetterie et il résista au désir de l'attirer contre sa poitrine, de la serrer dans ses bras.

— Dans mon esprit, la libération de Rome se confond avec mon retour vers vous. Ces deux choses demeurent aussi inséparables à mes yeux que le sont l'amour et la liberté.

Il s'était efforcé de masquer son trouble sous une certaine légèreté de ton. Elle le regardait à présent d'un air sérieux et deux ou trois fois secoua sa chevelure d'un mouvement de tête machinal qui traduisait peut-être une agitation intérieure tout aussi vive que la sienne.

— Ne parlez pas ainsi, dit-elle à la fin. Je ne suis pas frivole et certains mots ont pour moi un sens absolu.

— Ils l'ont également pour moi.

Elle maintenait son regard sur lui comme si elle cherchait à se convaincre qu'il parlait selon son cœur. Ses yeux avaient pris un éclat presque fiévreux, plus pénétrant. Une rougeur subite colorait ses pommettes. Et lui sentait sa propre chair tressaillir, son sang courir tumultueusement. A cet instant précis le vieux prêtre reparut, leva un doigt comme pour réclamer l'attention. Il avait un crâne tout pelé, piqué sur les bords de mèches grises.

— On m'attend, dit-elle, je dois partir.

— Marie!

Après un court silence, comme si elle écoutait au fond d'elle-même se prolonger ce cri, en évaluait la charge de passion et d'angoisse, elle dit :

— Revenez, Jacques.

— Vous le souhaitez vraiment?

— Oui.

— Dites-le, dites que vous le souhaitez vraiment.

— Je le souhaite du fond du cœur.

Il lui prit les mains, les baisa l'une après l'autre.

— Je reviendrai, Marie.

— Je vous attends déjà.

Et sur ces mots elle se pencha légèrement, lui effleura la bouche de ses lèvres. Ce fut à peine un contact. Il eut tout juste le temps de sentir son haleine, de recevoir le tiède parfum de son visage et elle s'écarta doucement, s'éloigna, poussa la porte, libéra soudain un flot lumineux qui parut jaillir non de la pièce voisine mais d'elle-même, de son propre corps.

14

Le lendemain Sainte-Rose voyait le visage de Marie qui courait sur les cimes enneigées des Abruzzes et le long de leurs falaises d'argent clair. Il conduisait la grosse Fiat officielle en sa qualité de chauffeur du ministère des Finances. Dans le rétroviseur il pouvait observer Luigi, engoncé dans son lourd manteau, coiffé d'un chapeau gris, le cou entouré d'un foulard de soie. Son nez en étrave, blanchi par le froid, et son air méditatif le faisaient plus que jamais ressembler à un vieux vautour désabusé. Ils étaient partis le matin de bonne heure. Comme convenu, Sainte-Rose s'était présenté au *palazzo*, où la voiture attendait depuis la veille, toute prête au fond de la cour, et il avait fait ses adieux à la maisonnée. Petites larmes de la Marchesa, enfin guérie. Vœux de Giacomo et Sofia. Et, de Sandra, un sourire qui n'avait même pas éclairé son visage. Il l'avait trouvé marquée, les traits défaits, comme si elle avait passé une épuisante nuit d'insomnie. Mais Sandra était rejetée très loin déjà dans la zone la moins éclairée de sa mémoire et son esprit planait en cercles étroits autour du souvenir de Marie.

Aucun incident jusqu'ici. Ils avaient franchi facilement le premier contrôle à la sortie de Rome, au Ponte Salario, sur un petit bras du Tibre. Quelques kilomètres plus loin des gendarmes allemands s'étaient contentés de vérifier les documents de Luigi et ceux de la voiture sans se soucier du chauffeur, comme s'il était dûment garanti à leurs yeux par la qualité même de son passager. Chaque barrage franchi lui rappelait ses rêves et les remparts en cercles concentriques qui l'avaient obsédé. De temps à autres il échangeait quelques mots avec Luigi. Chaque fois la pensée de Sandra s'interposait entre lui et son compagnon et le freinait. Au cours de la traversée de certains villages Luigi lui désignait quelque curiosité, la décoration particulière d'une façade, un écusson au fronton d'une porte, le détail d'une vieille fontaine. Contrairement à l'opinion que Sainte-Rose s'en était faite il apparaissait comme un homme fin, cultivé, qui faisait profiter Sainte-Rose de son érudition avec un tact accompli.

Sur la route la circulation des véhicules militaires était très réduite par crainte des incursions de chasseurs alliés. Sur les bas-côtés, des carcasses noircies de camions de la Wehrmacht témoignaient de l'efficacité des patrouilles de Mustang, de Spitfire et de Thunderbolt. La Fiat grimpait toujours les pentes dans la fraîche lumière de cette matinée d'avril jusqu'à rencontrer les premiers panneaux qui annonçaient « *Achtung! Bandengebiet!* » Zone de partisans. Luigi était d'avis qu'une rencontre avec un groupe de ces partisans serait dangereuse s'ils reconnaissaient une voiture officielle.

— Je porte toujours au cou mes plaques d'identité militaire, dit Sainte-Rose.

— Espérons qu'ils vous laisseront le temps de les exhiber. En général ce sont de bons garçons mais terriblement pressés.

Sainte-Rose se disait qu'il avait trompé la confiance de cet homme qui en ce moment risquait pour lui sa vie ou sa liberté et il écartait de son esprit, avec plus d'obstination, l'image de Sandra comme si une telle évocation eût été perceptible par la seule sensibilité de Luigi. Mais quelles questions celui-ci pouvait-il bien se poser au sujet de sa femme ? Que savait-il de sa vie, de sa conduite, de ses sentiments ? Et soupçonnait-il la vérité ? Sainte-Rose se surprenait à surveiller ses traits et jusqu'aux intonations de sa voix. Il se disait qu'il aurait bientôt trente ans et que ce serait déjà l'approche de la cime avant l'autre versant. Qu'il était donc difficile d'aller sans faiblir dans la direction que souhaitait le cœur ! Et comment prendre sa part sur la terre sans jamais frustrer les autres ? Il conduisait avec prudence, croisait des paysans misérables qui travaillaient dans les champs. Parfois les puissantes motos des estafettes allemandes dépassaient la Fiat à toute allure.

Après un tournant, des miliciens avaient dressé un barrage fait de vieilles barriques. Ils étaient une dizaine, en tenue de combat, très jeunes, la bouche cruelle. Sur le talus, à droite, un panneau en allemand et en italien : *Attention. Francs-Tireurs ! Gardez vos armes prêtes.* Le franchissement de ce nouveau « cercle » se fit avec la même facilité que les précédents. Cette fois encore, après avoir contrôlé avec soin les papiers de Luigi, on se contenta de jeter un coup d'œil pour la forme à ceux de Sainte-Rose. Seule nouveauté : l'officier qui commandait le détachement l'incita à rouler vite en traversant la forêt, à éviter tout arrêt sans nécessité absolue. A cet instant un coup de feu claqua sur les hautes pentes couvertes de pins. Au-dessus du moutonnement des arbres la détonation parut prolongée en écho de façon mélodieuse, comme un pincement de harpe.

— Allez-y! dit l'officier.

Il était ganté de cuir noir. Ses insignes d'argent, tête-de-mort et tibias entrecroisés, brillaient sur sa vareuse et il souriait pour encourager les voyageurs. On écarta les barriques, Sainte-Rose lança la Fiat et vit que, peu après, les arbres à droite et à gauche devenaient plus serrés, avec de longs tunnels sous les frondaisons criblées de soleil. Obsédé de nouveau par l'idée que Luigi était en danger à cause de lui son cœur sautait chaque fois que son compagnon lui adressait la parole. N'allait-il pas lui dire : « Je sais ce que vous valez : peu de chose! » ou quelque autre phrase de ce genre? Mais chaque fois qu'il le regardait dans le rétroviseur il le voyait dans son attitude compassée. A un moment Luigi dit, comme pour lui-même :

— Ils ont des tireurs d'élite.

Sainte-Rose ne réagit pas. Il voyait la forêt et au-dessus le ciel lisse et d'un bleu laiteux. Et cette route n'en finissait pas, et peut-être un de ces « tireurs d'élite » les suivait-il déjà dans la lunette télescopique de son fusil. Mais Luigi savait-il quelque chose? Avait-il deviné la vérité entre Sandra et lui? Trop tard, trop tard pour se poser de telles questions. Sur le talus, à droite, des miliciens étaient allongés, toutes leurs armes dirigées vers l'intérieur du bois. La plupart des hommes se désintéressèrent de la voiture et conservèrent leur attitude d'affût. Encore quelques kilomètres puis sur la route en ligne droite, pathétiquement déserte, un coup de feu, tout proche.

— Quelle ironie, dit Luigi, très calme, de recevoir une balle d'un des nôtres!

Cette fois encore Sainte-Rose demeura silencieux. Un

rapace planait au-dessus d'une étendue de pierrailles qui succédait à la forêt, dessinait des cercles dans l'espace avec une nonchalance royale. Sans qu'il sût pourquoi, cette image projeta sa pensée vers Sandra. N'était-ce pas elle qui avait eut l'idée de former ce couple extravagant, son mari et son amant, pour les lancer sur cette route périlleuse? Il avait accéléré mais avec un carburant médiocre la Fiat ne permettait aucun exploit. Enfin ils atteignirent un village, pénétrèrent sur la place qu'ornait une charmante fontaine. Sur la façade de la mairie, qui avait dû être autrefois une demeure seigneuriale, flottait au-dessus de l'entrée le drapeau noir de la Milice. De l'autre côté, à l'abri du soleil, dans la marge d'ombre projetée par les maisons, une formation d'Alpenjäger avait fait halte. C'étaient des hommes athlétiques, coiffés de la casquette à longue visière. Tous portaient l'insigne des chasseurs de montagne et les décorations des combattants de Russie. Le jeune lieutenant qui les commandait leva les yeux au passage de la voiture et fit à Sainte-Rose un signe d'amitié. Spontanément Sainte-Rose faillit le lui rendre.

Encore quelques kilomètres et ils entrèrent dans L'Aquila, s'arrêtèrent dans un restaurant, non loin du Duomo, pour déjeuner. Sulmone n'était plus très éloignée. Il fallait compter cependant avec les surprises d'une région proche de la zone des combats et très surveillée. A table Luigi se mit à parler des édifices les plus remarquables de la ville et notamment de l'église de Santa Maria di Collemaggio, en regrettant que le temps manquât pour la visiter. Il évoqua l'histoire de cet ermite, dont le tombeau se trouve près du chœur, qu'on tira de sa retraite pour le couronner pape et qui vint à L'Aquila sur son âne, rejoindre une assemblée qui réunissait des princes et des prélats somptueux. Cinq mois plus tard ce doux Celestino V renonçait décidément à la tiare et retournait à ses chèvres. On punit cette humilité en le faisant croupir dans un cachot et mourir de dégoût.

Placé en face de Luigi, Sainte-Rose l'observait tout en l'écoutant. Ses expressions, ses attitudes lui apparaissaient légèrement « décalées » comme chez un acteur trop appliqué à restituer un personnage. Au vrai Luigi l'intéressait de plus en plus. Ses gestes, sa voix, ses propos, sa manière de porter sa fourchette à la bouche, de boire en tamponnant ensuite délicatement ses lèvres du coin de sa serviette, tout cela qui n'avait rien de nouveau à ses yeux lui semblait « différent » sans doute à cause de ce détachement un peu forcé qu'il soupçonnait. On devinait parfois chez Luigi un désir de séduire et à certains moments, en effet, sa manière de sourire, de plisser les paupières, de répondre avec douceur pouvait être d'un homme épris d'amitié. Certaines femmes devaient être sensibles à ce visage précocement usé car l'étrange est qu'il y avait de la force dans ces traits et en même temps quelque chose de féminin qui venait peut-être de la bouche fraîche et bien dessinée. Mais, parfois aussi, une certaine froideur du regard troublait Sainte-Rose comme si brusquement n'existait plus derrière ce front qu'une pensée unique et obsédante.

Ce fut à la fin du repas, alors qu'ils s'accordaient un dernier moment de répit pour fumer une cigarette (le reste du paquet avait servi à soudoyer le serveur et obtenir un supplément de vin) que Luigi évoqua longuement sa mère, le choc qu'elle avait subi en apprenant le massacre des Ardéatines, son action en faveur des Juifs romains persécutés, mais à aucun moment il ne mentionna Sandra fût-ce de façon allusive. Était-ce délibéré? Une omission de ce genre témoignait-elle d'un éloignement profond? Ou signifiait-elle autre chose?

Or, peu après cette halte, un incident se produisit qui laissa Sainte-Rose plus anxieux que jamais, le cœur tout traversé d'aiguilles. Juste à la sortie de la ville une petite unité de la SS contrôlait les rares voitures civiles qui circulaient en direction de Sulmone et de la zone de front. Les hommes fouillèrent la Fiat avec une minutie obtuse, sondèrent les sièges, explorèrent jusqu'au châssis. Avec la même rigueur le sous-officier qui commandait le détachement examina les papiers, fouilla lui-même les bagages. Il commença par le sac de Sainte-Rose qui ne contenait qu'un peu de linge et quelques instruments de toilette dont un antique rasoir à main offert par Giacomo et doté d'une lame impressionnante. Ensuite il fit ouvrir la valise de Luigi qui, elle, était fort bien garnie. Tout se passait au mieux lorsque le même sous-officier avisa la serviette de cuir de Luigi et l'exigea de même. Luigi protesta, dit qu'elle ne contenait que des documents administratifs. L'Allemand passa outre, retira un à un des dossiers, les remit, retira aussi une sorte de livre relié de cuir et Sainte-Rose cette fois s'aperçut que Luigi devenait nerveux au point qu'il crut à quelque imprudence. Or il ne s'agissait pas d'un livre mais d'un petit album de photographies toutes sous revêtement de matière transparente et, toutes, sans exception, représentaient Sandra. L'une d'entre elles la montrait de profil, la tempe et la pommette caressées par un effet de lumière sophistiquée mais le regard très pur, comme si on l'avait fixée en image dans un de ces rares moments qu'il connaissait bien, où elle semblait recouvrer une âme claire, merveilleusement compréhensive. Froidement le sous-officier enfonça l'album dans la serviette et la rendit à Luigi. Sainte-Rose qui s'était approché dans la crainte d'un incident s'écarta brusquement et toutes ses pensées s'éparpillèrent dans cette minute comme un tumultueux envol d'oiseaux.

Ils repartirent et par une sorte d'accord tacite restèrent silencieux jusqu'à Sulmone. A l'entrée ils subirent un nouveau contrôle mais par des carabiniers italiens qui ne firent pas d'histoires. Corso Ovidio et l'admirable palais de l'Annunziata! Sans s'arrêter — des patrouilles déambulaient partout — ils ressortirent par la Porta Napoli et dès ce moment tous les repères fournis par Luca se révélèrent un à un. Au bout d'un chemin de terre et au pied d'un mamelon couvert de vignes, la maison qu'ils cherchaient apparut, une vaste bâtisse sans caractère avec, peint sur la façade tournée vers la grand-route, le grand panneau publicitaire pour une marque d'apéritif signalé lui aussi par Luca. D'une cheminée sortait de la fumée. Furieusement des chiens aboyèrent sans se montrer. Peut-être étaient-ils à l'attache ou enfermés quelque part. Sainte-Rose laissa Luigi dans la voiture et après avoir traversé la cour et tourné un angle, se dirigea vers une porte vitrée dont il avait vu bouger les rideaux. Elle s'ouvrit avant même qu'il l'eût atteinte. A l'homme qui lui demandait ce qu'il voulait il dit qu'il cherchait un certain Franco Piatelli.

— C'est moi.

— Je viens de la part de Luca.

— Je sais.

— Vous m'attendiez vraiment?

— Je suis également Luca.

Sainte-Rose lui tendit la main, lui dit qu'en effet il correspondait exactement au portrait que Filangeri avait donné de lui.

— Et vous, à votre description par Bourgoin.

Ils rirent et en quelques mots Sainte-Rose lui rapporta sa randonnée depuis Rome avec Luigi.

— Pourquoi est-il resté dehors ? Allez donc le chercher !

Sainte-Rose contourna le bâtiment pour rejoindre la Fiat à l'entrée de la ferme mais à sa vive surprise la voiture venait de partir et filait en direction de Sulmone. Une petite lueur dansait sur sa lunette arrière et les gaz d'échappement formaient un léger nuage bleu. Que signifiait un tel départ ? Très alarmé il revint auprès de Luca qui attendait sur le pas de la porte en flattant deux chiens énormes pour les calmer.

— Bizarre, bien sûr, dit-il. Mais peut-être n'aime-t-il pas les manifestations de reconnaissance. Ce genre d'effusions n'est pas en général goûté des gens de cœur.

Pour Sainte-Rose cette réflexion parut chargée d'une involontaire ironie.

— Vous avez l'air choqué, dit Luca. L'important n'est-il pas que vous soyez ici ?

C'était vrai. Mais la satisfaction d'avoir franchi sans encombre cette première étape était diminuée par le singulier comportement de Luigi qui ranimait en lui des pensées lancinantes. Luca l'avait fait entrer dans une pièce au plafond traversé de grosses poutres. Des cuivres brillaient. Sur la table, couverte de toile cirée : un cruchon de terre, des bols à fleurs, des objets de bois, tout cela très simple, très proche, imprégné de travail humain. Il savait qu'il aurait dû être ivre de joie et comprenait en même temps que tout ce qui donnait vie à son âme relevait de ce sentiment de détresse. Sur le seuil les deux chiens, sans cesser de grogner, le surveillaient de leurs yeux rouges.

Le soir, la Marchesa et Sandra restèrent longtemps devant le feu. Deux heures plus tôt Luigi avait téléphoné de L'Aquila en glissant dans ses propos la formule qui indiquait la réussite du voyage. Sandra se sentait tout engourdie et n'écouta vraiment sa belle-mère que dans l'instant où elle se mit à lui parler de Sainte-Rose, à vanter ses qualités de cœur. (Rien ne permettait d'affirmer qu'elle avait soupçonné quoi que ce fût.) Comme Sandra s'était plainte d'insomnie, la Marchesa promit de lui envoyer par Sofia les comprimés que le docteur Marco lui avait prescrits au moment de sa crise et dont elle n'usait plus. Elle se leva, appuyée sur sa canne, face au foyer qui éclairait impitoyablement son visage enfariné, faisait briller les paillettes qui parsemaient ses paupières, avivait sa bouche sanglante.

— Je vais prier pour Jacques, dit-elle. Il a encore une rude épreuve.

Et elle se dirigea vers l'escalier, en grimpa lentement les marches, blanche et noire dans la pénombre, et décidée semblait-il, à pénétrer dans un des grands cadres baroques, là-haut, sur la galerie, à s'y installer pour l'éternité, l'œil fixe, le sourire sarcastique.

Il pleuvait et Sandra parut attentive à ce léger bruit de la pluie sur la piazzetta, à ce piétinement furtif comme si quelqu'un allait et venait sur la pointe des pieds sous la fenêtre, cherchait un passage vers elle. Elle avait déjà connu ce genre d'hallucination. C'était après la mort de sa petite fille. Elle entendait alors, dans les endroits déserts, ces mêmes pas rapides qui effleuraient à peine le sol juste derrière elle. Au début elle se retournait, le cœur tout bondissant. Ensuite elle prit le parti de continuer à marcher, d'attendre qu'on vînt enfin à sa hauteur. Une fois même dans une allée solitaire de la Villa Borghèse, entre les arbres murmurants, elle était revenue soudain sur ses pas, en criant « Ma chérie, ma chérie ! » comme une vraie folle.

Un peu plus tard Sofia redescendit de chez la Marchesa et lui souhaita une bonne nuit. Sandra attendit encore, enfoncée dans le fauteuil, puis recouvrit le feu, éteignit les lumières du salon et dès qu'elle eut refermé la porte de sa chambre se sentit véritablement prisonnière d'elle-même. A présent toute la maison semblait plongée dans un silence d'abîme. Parfois, de très loin, parvenait une voix qui hurlait : « Lumière ! » et ce cri s'enfonçait dans son esprit en ondulant comme une lueur, la nuit, dans l'eau d'un étang. Sans souci du froid qui lui paralysait les jambes — elle avait ôté ses mules et se tenait pieds nus sur le carrelage glacé — elle persista dans son immobilité songeuse jusqu'au moment où elle leva les yeux, se vit dans la glace de l'armoire et frissonna. *Je devrais me coucher, je vais prendre froid*, mais elle eut conscience que tout mouvement était inutile et regarda autour d'elle le grand lit recouvert de brocard, les tableaux, la photographie de mariage, la belle pendule du XVIIe siècle qui n'avait jamais marché et, sur une étagère, la collection de livres d'art qui appartenait à Luigi. Mais ce n'était pas la présence de Luigi qui était sensible dans cette pièce et de toute manière elle n'en voulait plus à Sainte-Rose. Cette révolte qui l'avait rongée durant ces derniers jours avait disparu, remplacée par cette ironie qui lui permettait de prendre ses distances avec elle-même, l'empêchait de s'attendrir sur son propre compte. Elle se rappela cependant que la veille elle avait contemplé longuement la voiture noire qui allait emmener Sainte-Rose et Luigi et qu'un chauffeur du ministère, complice de l'opération, était venu ranger dans la cour. Elle se rappela aussi qu'elle les avait regardés partir sans véritable émotion, comme deux figures détachées d'elle, sans lien profond avec ce sentiment d'abandon qu'elle éprouvait.

Sans se décider à se mettre au lit et parce que le froid du carrelage la pénétrait à présent jusqu'au ventre elle s'assit au bord d'un fauteuil, les pieds sur l'extrémité d'un tapis de laine. De cet endroit elle se voyait dans la même glace. C'était elle, ce fantôme aux yeux sombres, à la bouche amère et de nouveau elle frissonna. Elle pensa : il ne s'agit pas de bilan, en fait, il s'agit de savoir ce qui me donne l'impression de vivre dans le vide, de ne pouvoir garder quoi que ce soit entre les mains. Ces phrases naissaient dans son esprit alors qu'il se fermait de plus en plus sur lui-même, formait un réduit sans communication avec la vie réelle. *Je suis malade, je dois avoir de la fièvre.* Elle se souvenait cependant d'avoir vécu autrefois des heures semblables, sans épaisseur aucune. L'image de Sainte-Rose n'avait plus le moindre pouvoir sur sa sensibilité, ne soulevait pas cette vague lumineuse qui naguère la rendait forte. Mais comment avait-elle pu s'illusionner ainsi ? De nouveau le froid. Toute la ville semblait morte et cependant le cri *Lumière !* parut voler au-dessus d'elle comme un grand oiseau blanc. Cette fois Sandra sans même retirer sa robe de chambre ni procéder à sa gymnastique et à sa toilette du soir se mit au lit, se glissa sous les couvertures. Dès qu'elle eut éteint elle ne put supporter l'obscurité et ce fut en claquant des dents qu'elle s'assit, ralluma, constata que tous les objets qui l'environnaient n'avaient plus de relation précise avec elle. Dans la maison une horloge sonna onze heures. Ou peut-être minuit? Elle n'avait pas compté. Donc une femme comme elle qui pouvait passer pour intelligente s'était laissé duper par un mirage. Il y avait de quoi se moquer. Sur la commode la vieille pendule marquait quatre heures pour toujours — exactement quatre heures douze — et son regard blanc semblait l'observer. Dormir. Elle désira le sommeil mais comment se résigner à éteindre? Et la lumière la troublait au fond de la torpeur à laquelle elle cédait. Et pas une seule cigarette. Elle n'était plus sortie se ravitailler. Les *grifas* surtout lui manquaient. Elle se leva, se remit à marcher de long en large avec la sensation de piétiner son propre cœur. Comment ai-je pu me leurrer ainsi? Mais curieusement elle comprenait en même temps que cette question que ressassait son esprit n'avait pas d'importance, que l'essentiel était ailleurs. L'essentiel était peut-être ce détachement de plus en plus profond qui s'était emparé d'elle depuis qu'elle avait enduré la fureur de Sainte-Rose et subi ses reproches. Était-ce si difficile pour lui de concevoir qu'elle avait cédé à la peur de le perdre trop vite? *Encore un instant, monsieur le bourreau.* L'ironie pouvait aussi devenir un refuge. La glace de l'armoire lui renvoya son reflet, visage amaigri, sans pulpe — conséquence de ses récentes insomnies —, ses cheveux emmêlés, sa bouche pâle. Une vague odeur de camphre flottait dans la chambre parce que la Marchesa obligeait Luigi à en porter sur lui pour prévenir le typhus, et cette odeur pouvait, aussi bien, n'être que le parfum de son âme qui lentement se désagrégeait, se fragmentait en menus éclats. Jamais elle ne referait de ces débris quelque chose de cohérent, d'harmonieux. Elle se regarda plus attentivement. Depuis la scène avec Sainte-Rose elle avait renoncé à ses soins de beauté habituels d'où cette peau sèche, ces paupières légèrement fripées. D'évidence elle avait changé très vite bien qu'elle conservât de très beaux yeux. Naguère encore, dans leur ardeur amoureuse, des hommes lui disaient leur admiration, mais à présent tout cela aussi devenait indifférent. Elle se sentait l'âme nue, sans protection, menacée de dessèchement. Quel âge aurait sa fille aujourd'hui ? Mais oui, dix-huit ans ! et à cette idée le froid mordit plus vivement tout son corps. Elle se dit qu'avec un comprimé de somnifère elle trouverait enfin le repos mais la Marchesa avait oublié d'en remettre le tube à Sofia et elle-même n'y avait plus pensé.

Elle sortit, monta chez sa belle-mère sans allumer le salon. La clarté qui sortait de sa chambre suffisait à éclairer l'escalier. Posée sur la table au chevet du lit une veilleuse éclairait la Marchesa endormie, lui donnait un teint cireux, la faisait ressembler à une momie à peine dégagée de ses bandelettes, la peau du visage collée aux os, les orbites étonnamment creuses. L'atmosphère glacée de la pièce, les miroirs et les marbres renforçaient l'impression de mausolée. Sandra passa dans la salle de bain, alluma toutes les ampoules, négligea la tablette surchargée de fards et de pommades dont usait Sofia pour attifer sa maîtresse tous les matins et trouva le tube de somnifère. Il s'agissait de gardenal et elle en préleva un seul comprimé. Dose suffisante, se dit-elle. Et elle remplissait déjà un verre d'eau lorsque, en levant les yeux, elle vit dans le miroir au-dessus du lavabo le corps de la dormeuse derrière elle moulé par les couvertures, et une idée bizarre lui vint. Elle se retira, verre et tube dans la même main, traversa de nouveau la chambre où son passage, pourtant furtif, inquiéta la flamme de la veilleuse, la fit vaciller au-dessus de l'huile qui avait une belle couleur dorée. Chez elle, après avoir posé le verre et le tube sur le guéridon, juste sous la lampe elle fit quelques pas, les bras étroitement croisés sur la poitrine. Elle se sentait au bord d'un grand puits d'ombre et s'assit sur un fauteuil, sachant qu'elle céderait au vertige si elle revenait vers le guéridon et le petit tube jaune. Sainte-Rose n'était qu'un accident, une pierre contre laquelle on trébuche. Dans le verre, au centre même du volume d'eau, des éclats lumineux scintillaient. Un jour, alors qu'elle était encore adolescente, un homme s'était jeté sous un train. Il avait perdu son fils et ses amis avaient témoigné que depuis ce malheur le chagrin le minait. Elle comprenait mieux cette nuit ce que cette expression voulait dire. Elle aussi découvrait en elle des failles, des éboulis, des zones d'effondrement. Elle se leva, marcha vers la lampe, prit le verre, « *Qu'est-ce que je vais faire ?* » en regarda les reflets à l'intérieur avec une longue attention, « *Et il suffirait que je sorte, que j'aille à travers les rues pour que cette chose, mon Dieu, devienne impossible* » mais les rues étaient interdites, plongées dans le froid et la nuit, et les chefs d'îlots réclamaient à cris furieux cette obscurité qu'elle redoutait. Dès qu'elle eut reposé le verre à côté du tube, elle sut qu'il y avait entre elle et ces deux objets un lien intime, une étroite connivence qui faisaient de sa propre résistance un élément en marge, un courant étranger. Chaque fois qu'elle passait devant le verre elle en modifiait les lueurs et il lui semblait que des lueurs identiques jouaient dans son esprit, s'avivaient, s'éteignaient, se mêlaient en de mystérieux réseaux. D'un élan soudain elle prit le tube, le vida sur la table, en répandit les comprimés. Ils étaient très blancs, légèrement renflés, marqués au centre d'un sigle de trois ou quatre lettres. Elle les contempla longuement sans songer à les compter bien qu'elle sût qu'il en fallait une dose relativement importante. Le froid lui entoura le cœur sans y pénétrer. Elle retourna au lit, s'y allongea de côté, les jambes repliées, le visage vers le guéridon. Le même silence écrasait toute la maison. Et là-bas, à l'autre bout de la terre, le verre captait les rayons de la lampe et, en arrière-plan, au-dessus de lui, sur la commode, la pendule morte marquait quatre heures douze et ces deux temps, le temps « immobile » et le temps qui coulait allaient bientôt s'identifier exactement, créer pour une seconde seulement la même illusion qui était dans son être. Regrettait-elle d'avoir rencontré Sainte-Rose? de s'être donnée à lui au sens non pas conventionnel mais absolu du terme? d'avoir cru qu'en elle et par lui ce qui semblait desséché définitivement se remettait à vivre? Ainsi toute cette tendresse réveillée ne servirait à rien. De son pas traînant elle se dirigea vers la pendule, l'examina « *Je deviens de plus en plus folle* », puis s'allongea en travers du lit et ferma les yeux. Comme souvent lorsqu'elle était privée de *grifas* elle éprouva la sensation angoissante que la terre tournait plus vite sur son axe, mais elle s'obstina à rester ainsi, sans trouver le sommeil, jusqu'à ce qu'elle entendît sonner quatre coups à l'horloge du salon. Aussitôt elle se releva, retira en hâte sa robe de chambre, sa chemise, s'habilla comme pour sortir, refit les gestes quotidiens, choisit du linge fin, enfila ses bas en vérifiant leur bon état, chaussa ses souliers à boucle « *la semelle droite est usée, le talon de l'autre se déforme* », ces notations entraînées tout de suite, englouties dans le rapide courant qui traversait sa conscience puis, en combinaison, alla vite ouvrir l'armoire pour y prendre la robe qu'elle préférait et qu'une longue rangée de boutons fermait dans le dos, et durant cette opération elle devina plus ou moins confusément que son corps et son esprit ne coïncidaient plus, qu'il lui était indifférent de percevoir toute la réalité, d'accorder à certains objets leur signification. Aussitôt qu'elle fut prête elle se moqua d'elle-même comme elle se serait moquée d'une autre personne dont le comportement lui aurait paru d'une amusante futilité. Quatre heures douze à cette pendule irréparable qui ne servait que d'ornement et quatre heures dix à sa montre-bracelet. L'indication du cadran d'émail, orné de minuscules roses d'une rare perfection, n'était qu'une fantaisie pour railler le destin. Si brusquement elle s'empara du verre qu'un peu du contenu en déborda. Elle attendit que le niveau de l'eau se tranquillisât, formât une fine barre argentée. Elle ne pensait plus ni à son mari « *Pauvre, pauvre Luigi* », ni à Sainte-Rose, ni à la Marchesa, ni à personne, enfermée dans une idée qui se resserrait de plus en plus sur elle, l'emprisonnait plus étroitement dans son anneau, la séparait de cette part encore vivante d'elle-même qui aurait pu la sauver. Ces heures, ces jours, ces années à venir s'ajouteraient à d'autres pour composer une boule informe de temps passé, de temps vécu, d'un poids trop lourd. « *Je peux avaler les comprimés deux par deux une fois couchée* », et s'assit d'abord sur le lit, vérifia sa toilette. « *Et peut-être que quelqu'un pour moi pleurera* », et cette pensée roula à travers son esprit comme un caillou sur une pente, dans la solitude d'une montagne aride. Déjà elle avalait les premiers comprimés.

15

Comment soupçonner l'existence sous la ferme et sous le mamelon couvert de vignes, d'une suite de petites salles souterraines, ancienne nécropole d'une civilisation dont Luca et son frère Pasquale ne savaient rien ? On entreposait là des foudres et des jarres de vin, celles-ci fermées non avec des bouchons mais avec une couche d'huile et un couvercle de papier. Certaines de ces caves contenaient des sarcophages encore engagés dans les parois et ornés de sculptures à peu près intactes. La plus remarquable de ces sculptures représentait une cérémonie avec une femme assise sur un siège d'apparat et recevant en offrande des palmes et des fleurs. Les hôtes clandestins de Luca et Pasquale (deux Anglais, un Américain et un Néerlandais) avaient cordialement accueilli Sainte-Rose. Ils vivaient tous les cinq hors de toute lumière naturelle, éclairés par des lampes à pétrole et disposaient de lits de camp. Des caisses servaient de table et de sièges. Luca attendait encore deux pilotes, après quoi les passeurs seraient alertés.

Les Anglais étaient les deux seuls survivants d'un *Wellington* en détresse au-dessus de l'Adriatique après une mission sur la côte dalmate. Capturés tous deux par une vedette allemande alors qu'ils dérivaient sur leur canot pneumatique ils s'étaient échappés du train qui les conduisait en Allemagne. L'Américain, pilote de *Mustang*, avait été victime de la Flak au-dessus d'Ancône. Tombé en parachute dans la montagne, des paysans l'avaient récupéré. Quant au Néerlandais il s'agissait non d'un aviateur mais d'un officier mécanicien en service sur un ravitailleur britannique qui avait heurté une mine au cours des opérations d'Anzio. Repêché par les Allemands et convenablement soigné de ses brûlures dans un hôpital militaire il s'était enfui une nuit de raid aérien.

Dans ce refuge il était interdit de faire du bruit malgré la profondeur des caves. Interdit aussi de s'approcher de certaines failles qui communiquaient avec la surface. Les Allemands en effet utilisaient des chiens au flair infaillible et livraient une chasse féroce aux passeurs. Au moindre indice les SS ou la Milice enfermaient les suspects dans leur maison avec leur famille et leurs animaux, la bourrait d'explosifs et faisaient tout sauter. Sur les pentes, au-delà de Sulmone, des ruines calcinées rappelaient l'implacable cruauté des représailles. Tous les environs étaient infestés d'unités spécialisées dans la poursuite des maquisards. Elles utilisaient des ruses nombreuses et en particulier minaient certains sentiers soupçonnés de servir aux convois d'évadés. Ces mines le plus souvent décimaient des troupeaux ou tuaient d'inoffensifs bergers.

Durant ces interminables heures d'attente Sainte-Rose jouait aux échecs avec le pilote de *Mustang*. On avait taillé les pièces dans du bois blanc et des plaques de liège. Le pilote s'appelait Roy Frazer. Il dirigeait un gymnase à Philadelphie et avait un corps mince et souple de danseur de ballet.

Il était du genre méditatif, accordé à ces caves millénaires, à ce silence de crypte, à ces lampes dont la lumière inquiète faisait bouger les processions le long des sarcophages. C'était la deuxième fois qu'il était « descendu » mais à la première il avait pu atterrir avec son appareil en feu dans les lignes alliées. Il soutenait à Sainte-Rose que la vie n'était jamais une aventure radieuse mais l'accomplissement d'un destin impitoyable. Il doutait aussi qu'on pût devenir meilleur mais l'important à ses yeux était d'aller toujours au bout de soi-même. Il disait qu'il mourrait bientôt dans cette guerre et quand il parlait de sa mort il prenait un accent pudique comme s'il évoquait ses fiançailles avec quelque jeune fille exquisement délicate.

La nuit venue les reclus montaient pour une heure dans la cour sous la protection de Luca et de Pasquale flanqués chacun d'un chien. Tous demeuraient silencieux à respirer l'air vif. Dans ces moments surtout le souvenir de Marie prenait pour Sainte-Rose plus d'intensité comme si elle était réellement pour lui l'enjeu de toute son existence. Il se rappelait le moment de leur séparation dans l'église, et le moment où il s'était retrouvé seul sur la via Mazzini avec la sensation qu'un croc d'acier lui fouillait le cœur. Autour de la ferme on devinait les sommets tout proches parce qu'ils formaient une longue bande de ciel sans étoiles. Bientôt il cheminerait là-haut, dans ces chaos de rochers et de neige, mais chaque pas serait alors un pas vers Marie.

Il lui arrivait aussi de penser à Sandra. Elle avait dit : « Vous ne comprenez donc rien ? » et cette question à présent se mettait à tourner dans son esprit avec un pénétrant mouvement de vrille. La première nuit qu'il avait passée dans ces caves — et parce que les notions de nuit et de jour, pour eux, se confondaient, — il avait servi à ses camarades ses tours de cartes les plus astucieux. Or quand il voulut pratiquer le plus difficile, celui-là même qui certain soir au *palazzo* avait tant agacé Sandra, il n'y parvint jamais. A chaque tentative la figure choisie se dérobait. Cependant, Roy Frazer ayant pris les choses en main réussit le tour sans effort et le recommença trois fois avec le même succès.

— Vous êtes meilleur que moi, lui dit Sainte-Rose un peu mortifié.

— Pas meilleur, répliqua le petit Américain en le regardant dans les yeux. Mais ce tour requiert une concentration parfaite et vous, quelque chose vous troublait.

Sainte-Rose fut certain qu'il y avait un bloc de glace enfoui au centre même de Frazer et que c'était seulement ce froid étrange qui l'avait fait frissonner.

Le 9 avril les deux hommes qu'on attendait arrivèrent enfin, deux rescapés d'une forteresse volante abattue dans les environs de Pérouse, des gaillards tout joyeux qui réclamèrent du vin pour fêter ce grand jour. Comme ce 9 avril était justement le dimanche de Pâques, Sainte-Rose leur demanda quel était le véritable événement qu'ils voulaient célébrer.

— Mais notre entrée au paradis!

Et de montrer, bras écartés, les foudres, les jarres, les réserves de bouteilles.

Le premier, qui était originaire de Saint-Louis, Missouri, voulut chanter des airs de cow-boy. On le fit boire assez pour qu'il se tût. Le second, chauffeur de taxi à Détroit, après quelques libations n'eut qu'une idée en tête, sonder les sarcophages pour en récupérer les objets précieux. On éprouva du mal à le convaincre que d'autres amateurs l'avaient précédé dans ce projet depuis des temps très anciens et qu'au mieux il ne trouverait là-dedans que des ossements sans intérêt. Il s'obstina malgré ce conseil et se procura finalement un crâne qu'il décida de ramener à sa jeune femme en souvenir.

Sainte-Rose lui suggéra qu'il s'agissait peut-être du crâne de Néron.

— *What's Néron?*

— Le Hitler de l'époque!

— *Very exciting!* Et c'est tout ce qu'il en reste!

— *Las, poor Yorick*, dit doucement Frazer.

Le 10 avril Pasquale vint les prévenir que le dispositif d'évasion était prêt et que les passeurs seraient là un peu avant minuit. A l'heure dite les guides en effet se présentèrent et, détail qui surprit, les chiens se turent à leur arrivée. Ils étaient trois dont le plus âgé paraissait la quarantaine. Ils portaient des vestes et des pantalons de velours brun ou noir, des brodequins ferrés et des casquettes à oreillettes. Le plus jeune avait en bandoulière une gourde en peau de bouc qui contenait sans doute de l'eau-de-vie. Aucun ne semblait armé. Leurs vêtements dégageaient une odeur d'étable, leurs yeux étroits observaient les uns et les autres avec une bienveillante et tranquille insistance. Ils parurent d'abord surpris puis amusés à découvrir le crâne que l'homme de Détroit tenait tout bonnement sous son aisselle. Celui qui commandait le petit groupe énuméra les consignes et Frazer traduisit au fur et à mesure en anglais.

On dut patienter encore avant de partir. La nuit cependant était calme. Le froid rappelait le voisinage des massifs enneigés, arc-boutés un peu plus loin, encapuchonnés de nuages.

Sainte-Rose se souvint de tous les visages, de tous les événements qu'il avait connus depuis qu'il était tombé du ciel, par une aigre journée d'hiver, au bord de la mer d'Italie. Quelque chose de triste et d'exaltant s'était alors emparé de lui comme si, à Rome, au printemps de mil neuf cent quarante-quatre et dans sa vingt-huitième année il avait approché le mystère de sa propre existence. Et à l'instant de dire adieu à Luca et à son frère il eut le sentiment qu'il disait aussi adieu à sa jeunesse, et qu'elle ne serait désormais derrière lui qu'un peu de neige au creux d'un rocher.

Ce lieutenant d'aviation avec l'insigne en argent des pilotes sur son battle dress, *je le connaissais parfaitement : Sainte-Rose ! Jacques Sainte-Rose !*

— Mais je te croyais mort ! D'où sors-tu, Lazare ?

On m'avait rapporté qu'à bord de son « Marauder » il s'était perdu en mer au retour d'une mission sur l'Italie. Brièvement il me dit comment il s'en était tiré.

— Quelle histoire ! Et si j'en faisais un « papier » ?

— Laisse donc.

— Viens boire un verre !

— Merci. Je suis pressé. J'ai besoin de ta jeep.

— Te prêter Lady Pamela ? *Tu es fou ?*

— J'en ai besoin tout de suite.

— Son changement de vitesse requiert une délicatesse de touche dont je suis seul capable.

— Alors, accompagne-moi.

Nous quittâmes le bar, Jacques me raconta que le matin, à l'aube, il avait bombardé avec une formation de quinze B *26, une gare de triage non loin des lignes allemandes. Son mitrailleur arrière avait reçu un éclat d'obus en pleine figure. Mâchoire cassée, un œil touché. Ordre de se poser sur le terrain le plus proche,* Rome *en l'occurrence, de confier le blessé à un hôpital et de rallier ensuite l'escadre en Sardaigne. Il revenait précisément de l'hôpital et cherchait un moyen de transport pour rejoindre son équipage.*

— Parlons net, dis-je. L'hôpital ou la base auraient pu te dépanner. Ce n'est pas que je répugne à te balader dans Rome *! D'autant plus que ma joie de te revoir, et de te revoir intact, est vraie.*

— Ce n'est pas de balade qu'il s'agit.

— Ah, motus ! Mission secrète ! Bravo ! tu peux compter sur ma discrétion.

Il était de taille plutôt petite mais bien proportionné, le visage fin, le regard triste. Nous avions fait la traversée Marseille-Alger sur le même cargo, juste avant le débarquement des Alliés en Afrique du Nord.

Pour éviter qu'on m'empruntât Lady Pamela *de façon plus ou moins définitive je l'avais laissée dans un garage militaire à la garde d'un M. P. et pour plus de sécurité son volant était attaché par une chaîne en acier dûment cadenassée. Je montrai ma carte au M. P. et priai Sainte-Rose de monter près de moi. Dehors le fulgurant soleil de juillet blessait les yeux.*

— Où allons-nous?

— Je vais te guider.

*Avant de retourner au terrain d'aviation il avait deux visites à faire. Je suivis donc ses indications et en cours de route lui fis décrire sa traversée des Abruzzes avec ses compagnons d'évasion. Après une longue, une épuisante marche dans la neige, à travers une région chaotique, ils avaient rejoint les avant-postes de la VIII*e *Armée britannique. D'un blockhaus deux fantassins anglais leur avaient crié : « Come on boys » et à ces voix qu'étouffait l'air glacé ils avaient compris qu'ils venaient d'arriver. C'était au point du jour. Il se souvenait qu'il y avait partout de fichus bar-*

belés mais que la lumière tremblait au dessus des crêtes. Moi je lui donnais des nouvelles de quelques amis communs, en particulier de Serge Longereau, blessé pendant la grande offensive sur Rome.

Bientôt la jeep pénétra sur une petite place. Sainte-Rose descendit pour aller frapper à la porte d'un hôtel particulier. Un homme lui ouvrit, voûté, maigre, le crâne tondu. Une bonne grosse tête de paysan.

— Je voudrais voir la Marchesa Vitti.

— La Marchesa? Mais, monsieur, elle est partie.

— Où donc?

— A Viterbe. Chez son fils aîné. Ils ont là-bas une propriété.

— Je sais. N'y-a-t-il personne dans la maison? Où sont passés Sofia et Giacomo?

— Ah, vous les connaissez?

— Quand les Allemands occupaient Rome j'ai été caché ici.

— Je comprends. Sofia et son mari ont suivi la Marchesa.

— Et M. et Mme Pavone?

— Eux aussi sont partis, mais dans la famille de Madame, à Bénévent.

— Comment vont-ils?

— Madame a été très malade.

— Quel genre de maladie?

— Elle abusait des somnifères, de drogues de toute sorte. Vous savez combien la vie à Rome, en ce temps-là, détraquait les nerfs.

— Quand a-t-elle commencé à être souffrante?

— Je n'en sais rien.

— Lorsque je me suis évadé au début d'avril elle allait bien.

— Je crois que Sofia m'a parlé précisément du début d'avril! N'oubliez pas qu'un peu avant il y avait eu cette effroyable tragédie des Ardéatines.

— En effet.

— La Marchesa aussi en a été profondément affectée. Les voilà remises toutes les deux.

— Je m'en réjouis.

Je regardai Sainte-Rose. Pour un homme qui se réjouissait il avait l'air plutôt désemparé. Je comprenais cependant qu'il aurait aimé saluer ceux qui à leurs risques et périls l'avaient aidé à échapper aux Allemands. Le vieux gardien, lui, le dévisageait avec curiosité.

— J'aimerais jeter un coup d'œil au moins dans le salon, dit enfin Sainte-Rose. Est-ce possible?

— Certainement.

Je cadenassai le volant de Lady Pamela *et les suivis. Le salon en question était sombre, avec des fauteuils recouverts de housses, un grand lustre vénitien et, de chaque côté de la cheminée, deux tapisseries assez remarquables. Sainte-Rose examinait ce décor où flottait une odeur d'encaustique tandis que le portier et moi restions un peu en retrait. Les tapisseries semblaient dégager une lumière très pâle. Des cartouches indiquaient ce qu'elles représentaient : la course d'Atalante et l'attente d'Hector et Andromaque sur les remparts de Troie.*

Après que Sainte-Rose eut laissé un message pour la Marchesa (le portier avait fourni l'enveloppe) nous repartîmes à travers la ville.

— Au fond, beau merle, tu n'as pas dû être si malheureux dans cette jolie cage !

Il ne me répondit pas. Je longeai le Tibre qui étincelait sous ce ciel chauffé à blanc et Sainte-Rose me pria ensuite d'enfiler une rue, puis une autre jusqu'à m'arrêter devant un grand immeuble jaune. Il faisait très chaud. On se sentait soulagé dès qu'on trouvait l'abri d'une plaque d'ombre. Un soleil fou tournoyait au-dessus des toits et je songeai à ceux qui se battaient au nord de Rome et que j'allais rejoindre le lendemain. Après avoir pris avec Lady

Pamela *les précautions d'usage je m'engageai avec Sainte-Rose dans le corridor.*

— Je t'accompagne, dis-je, sauf si je te parais importun.

— Viens donc.

— Tu as été caché ici aussi?

— Non.

Je voyais bien qu'il était soucieux et qu'il refusait de livrer ses pensées. Sur la porte, dès ma sortie de l'ascenseur, je lus : S. Filangeri. Une dame âgée nous reçut. Elle était précisément Mme Filangeri. Comme elle parlait d'une voix très basse je compris tout juste que son mari était absent. Mais Sainte-Rose parut soudain si ému que je prêtai davantage l'oreille. En fait, ce Filangeri, sculpteur, était absent pour toujours. Autant dire tout à fait mort. Nous étions à l'intérieur de l'appartement où régnait une reposante fraîcheur. J'appris alors que ce malheureux avait été assassiné par les nazis dans les grottes ardéatines. Inutile de s'exciter au sujet d'un « papier », l'histoire ayant été déjà fortement exploitée par la majorité des confrères. N'importe. La vieille dame expliquait que son mari se trouvait dans une catégorie de prisonniers qui ne devaient pas figurer sur les listes d'otages. Personne jusqu'ici n'avait pu éclaircir dans quelles circonstances il avait cependant été désigné pour le massacre. Elle ne pleurait pas, bien que sa voix tremblât. Ses yeux usés, entourés de peaux sèches, regardaient Sainte-Rose avec une expression de désespoir. J'avais vu beaucoup de choses au long de cette guerre mais la douleur d'un vieillard me touchait plus que beaucoup d'autres. Sainte-Rose lui avait pris les mains et lui parlait si bas que malheureusement je ne pus rien percevoir de ce qu'il lui disait. Je les laissai et pénétrai dans l'atelier. Je savais que depuis le début de ce mois de juillet les Italiens travaillaient à dégager les cadavres dans ces galeries que les nazis avaient obturées à la mine. Je savais qu'on venait à peine de découvrir les deux énor-

mes pyramides de victimes, dans une odeur infâme, au milieu d'un grouillement de larves, de mouches géantes, et que des rats nichaient jusque dans les crânes éclatés. La fenêtre de l'atelier était ouverte sur le ciel en feu. Entre les balustrades de la terrasse on voyait des fragments du panorama de Rome, *des toits de tuiles rondes, des clochers, des dômes blanchis par l'orage solaire. Je fis le tour de la pièce. De son œil vert un chat me guettait. Il était couché sur l'appui d'un castelet, parmi des marionnettes, la patte droite en avant, la peau des doigts d'un joli cuir noir et je me souvins qu'au Japon, au cimetière pour chats de Go-To-Ku-Ji, j'avais vu la fresque des matous sur la façade du temple, la patte levée pour un mystérieux salut. Selon les légendes chinoises et japonaises l'âme d'une personne morte de mort violente pouvait être recueillie dans le corps d'un chat et même parler par sa bouche.*

— Maneki Neko, *dis-je doucement, en lui caressant l'échine.*

C'était la formule magique qu'on m'avait apprise à Tokyo pour faire parler un chat dont le maître avait été tué. Mais celui-ci se contenta de frissonner sous ma main. Derrière moi Mme Filangeri et Sainte-Rose m'ayant rejoint, j'entendis qu'ils s'entretenaient d'une autre personne qui, elle, s'appelait Marie.

— *Je n'ai pas de ses nouvelles, disait la vieille dame. On m'a dit cependant qu'elle était en zone occupée, à Turin, je crois. Comment savoir, mon Dieu?*

— *En arrivant j'ai téléphoné en vain à la* Radio. *Tout a été changé.*

— *Marie a été obligée de quitter* Rome *quand on a commencé à la soupçonner de quelque chose. Elle est partie pour ne pas être arrêtée. C'était, il me semble, à la fin avril.*

Il demanda à Mme Filangeri si elle l'autorisait à écrire chez elle, à cette Marie, pour que celle-ci trouvât ses lettres à son retour.

— *Mais oui. Écrivez-lui donc à mon adresse. Je lui garderai tout ce que vous enverrez. Elle reviendra, ayez confiance.*

Pour la première fois elle sourit et une expression très jeune éclaira ses yeux. Et moi je pensais qu'à elle aussi on avait dû lui dire au sujet de son mari : ayez confiance, et je me récitai les vers de Dante : Per me si va nella città dolente, Per me si va nell'eterno dolore, *tant j'ai toujours eu l'esprit farci de citations littéraires.*

Mais près de la fenêtre j'avais découvert une statue de glaise qui captait à présent toute mon attention. Malheureusement, comme on avait négligé d'humecter le voile qui la protégeait elle était toute desséchée, écaillée, fendillée, craquelée, squameuse, et malgré ces altérations irrémédiables qui me désolaient elle conservait encore une grâce qui par miracle survivait à cette décomposition. Je demandai à Mme Filangeri.

— *Que représente-t-elle ?*

— *Peut-être une Vénus. Ou la naissance du printemps. Ou autre chose.*

Sainte-Rose regardait lui aussi la statue et j'aurais juré qu'il était intérieurement tout aussi navré que moi de cette détérioration sans recours. Je voyais son regard assombri. Je voyais aussi une veine qui battait vite le long de son cou.

— *Votre mari ne vous a jamais rien précisé à ce sujet ?*

— *Vénus ou printemps ou Aphrodite, il disait ce qu'on voulait. Un jour il a même parlé d'Hélène.*

— *D'Hélène ? D'Hélène de Troie ?*

— *Oui, et des Grecs qui s'étaient battus pour elle, c'est-à-dire pour la beauté et pour l'honneur.*

Nous étions groupés dans la violente lumière qui passait la porte-fenêtre ouverte sur la terrasse, la tête levée vers la statue qui, tout abîmée qu'elle fût, rayonnait encore dans une sorte de sérénité triomphante, comme si elle venait, après des millénaires, d'être arrachée aux entrailles de la terre, selon le cycle d'une éternelle résurrection. Sainte-Rose ne disait rien mais il me parut très pâle. Peut-être était-ce l'effet du soleil qui l'enveloppait tout entier. Sans m'expliquer pourquoi je me sentais un peu ému. Je dis :

— Ainsi, madame, vous croyez qu'il s'agit d'Hélène ?

— Non, je ne crois rien, dit-elle. Ou plutôt je crois que mon mari n'en savait rien lui-même et qu'au fond il s'agissait seulement d'un rêve.

Et elle me sourit de sa manière douce et humble qui me touchait au cœur. J'aurais aimé lui parler davantage, malheureusement Sainte-Rose ne pouvait plus s'attarder et je devais le conduire à toute vitesse au terrain d'aviation.

Dans l'ascenseur je l'interrogeai :

— Parlons net : pourquoi a-t-on laissé une œuvre aussi belle à l'abandon ?

— Quand Filangeri a été arrêté sa femme se trouvait à Spolète. L'atelier a dû rester longtemps vide.

En geignant l'ascenseur glissait le long des étages. Sainte-Rose, près de moi, paraissait songeur.

— Dis moi, tu as connu le modèle ?

— Oui.

— Veinard. Elle avait réellement cette allure de reine ?

— Oui.

Encore une ou deux minutes et nous arriverions en bas. Je voyais bien qu'il n'était pas enclin aux confidences.

— Et cette Marie ? Peut-on en parler ? Tu penses qu'elle reviendra ?

— J'en suis sûr. Et je t'en prie, laisse donc ce sujet.

— Comme tu voudras. Mais tu n'as pas l'air d'avoir perdu ton temps en « captivité ».

— *Avec elle ce n'est pas ce que tu penses !*

— *Ah bravo ! Et pardonne-moi. Donc elle reviendra.*

— *Nous avons rendez-vous à Rome.*

Je faillis aussitôt ironiser à propos d'une telle réponse et de ce ton d'évidence qu'il avait employé mais nous sortions déjà dans le corridor de l'immeuble et, tout au fond, la porte sur la rue découpait un grand rectangle de soleil.

— *Tu as raison, et je fus soudain très convaincu de ce que je disais. Tu as raison, Jacques. Depuis toujours Rome est la ville des rendez-vous décisifs. Personne, jamais, n'y a manqué le sien.*

Du même auteur

AUX EDITIONS DU SEUIL

romans

Federica
Les Couteaux
Cela s'appelle l'aurore
Les Hauteurs de la ville
La Remontée du fleuve
La Croisière
Le Vésuve
Saison violente
Les Sirènes
Venise en hiver
La Chasse à la licorne
Norma ou l'exil infini

nouvelles

La Mort en face
L'Homme d'avril
L'Ombre et la Rive

poèmes

Un amour sans fin
suivi de Les Horloges de Prague

théâtre

Montserrat

La vérité est morte

L'Horloge, *suivi de* Porfirio

Plaidoyer pour un rebelle

suivi de Mer libre

Un château en novembre

suivi de La Fenêtre

CHEZ D'AUTRES EDITEURS

L'Arbre invisible
Balland

Théâtre complet, 2 vol.
Grasset

TRADUCTIONS

Galop de la destinée, de Serrano Plaja
Seghers

Le Roi et la Reine, de Ramon Senders
Seuil

IMPRIMERIE BRODARD ET TAUPIN À LA FLÈCHE
DÉPÔT LÉGAL MAI 1990. N° 12191 (1936C-5)

Collection Points

SÉRIE ROMAN

DERNIERS TITRES PARUS

R249. Juliette, chemin des Cerisiers, *par Marie Chaix*
R250. Le Baiser de la femme-araignée, *par Manuel Puig*
R251. Le Vésuve, *par Emmanuel Roblès*
R252. Comme neige au soleil, *par William Boyd*
R253. Palomar, *par Italo Calvino*
R254. Le Visionnaire, *par Julien Green*
R255. La Revanche, *par Henry James*
R256. Les Années-lumière, *par Rezvani*
R257. La Crypte des capucins, *par Joseph Roth*
R258. La Femme publique, *par Dominique Garnier*
R259. Maggie Cassidy, *par Jack Kerouac*
R260. Mélancolie Nord, *par Michel Rio*
R261. Énergie du désespoir, *par Eric Ambler*
R262. L'Aube, *par Elie Wiesel*
R263. Le Paradis des orages, *par Patrick Grainville*
R264. L'Ouverture des bras de l'homme
par Raphaële Billetdoux
R265. Méchant, *par Jean-Marc Roberts*
R266. Un policeman, *par Didier Decoin*
R267. Les Corps étrangers, *par Jean Cayrol*
R268. Naissance d'une passion, *par Michel Braudeau*
R269. Dara, *par Patrick Besson*
R270. Parias, *par Pascal Bruckner*
R271. Le Soleil et la Roue, *par Rose Vincent*
R272. Le Malfaiteur, *par Julien Green*
R273. Scarlett si possible, *par Katherine Pancol*
R274. Journal d'une fille de Harlem, *par Julius Horwitz*
R275. Le Nez de Mazarin, *par Anny Duperey*
R276. La Chasse à la licorne, *par Emmanuel Roblès*
R277. Red Fox, *par Anthony Hyde*
R278. Minuit, *par Julien Green*
R279. L'Enfer, *par René Belletto*
R280. Et si on parlait d'amour, *par Claire Gallois*
R281. Pologne, *par James A. Michener*

R282. Notre homme, *par Louis Gardel*
R283. La Nuit du solstice, *par Herbert Lieberman*
R284. Place de Sienne, côté ombre
par Carlo Fruttero et Franco Lucentini
R285. Meurtre au comité central
par Manuel Vásquez Montalbán
R286. L'Isolé soleil, *par Daniel Maximin*
R287. Samedi soir, dimanche matin, *par Alan Sillitoe*
R288. Petit Louis, dit XIV, *par Claude Duneton*
R289. Le Perchoir du perroquet, *par Michel Rio*
R290. L'Enfant pain, *par Agustin Gomez-Arcos*
R291. Les Années Lula, *par Rezvani*
R292. Michael K, sa vie, son temps, *par J. M. Coetzee*
R293. La Connaissance de la douleur
par Carlo Emilio Gadda
R294. Complot à Genève, *par Eric Ambler*
R295. Serena, *par Giovanni Arpino*
R296. L'Enfant de sable, *par Tahar Ben Jelloun*
R297. Le Premier Regard, *par Marie Susini*
R298. Regardez-moi, *par Anita Brookner*
R299. La Vie fantôme, *par Danièle Sallenave*
R300. L'Enchanteur, *par Vladimir Nabokov*
R301. L'Ile atlantique, *par Tony Duvert*
R302. Le Grand Cahier, *par Agota Kristof*
R303. Le Manège espagnol, *par Michel del Castillo*
R304. Le Berceau du chat, *par Kurt Vonnegut*
R305. Une histoire américaine, *par Jacques Godbout*
R306. Les Fontaines du grand abîme, *par Luc Estang*
R307. Le Mauvais Lieu, *par Julien Green*
R308. Aventures dans le commerce des peaux en Alaska
par John Hawkes
R309. La Vie et demie, *par Sony Labou Tansi*
R310. Jeune Fille en silence, *par Raphaële Billetdoux*
R311. La Maison près du marais, *par Herbert Lieberman*
R312. Godelureaux, *par Eric Ollivier*
R313. La Chambre ouverte, *par France Huser*
R314. L'Œuvre de Dieu, la part du Diable, *par John Irving*
R315. Les Silences ou la vie d'une femme, *par Marie Chaix*
R316. Les Vacances du fantôme, *par Didier van Cauwelaert*
R317. Le Levantin, *par Eric Ambler*
R318. Beno s'en va-t-en guerre, *par Jean-Luc Benoziglio*

R319. Miss Lonelyhearts, *par Nathanaël West*
R320. Cosmicomics, *par Italo Calvino*
R321. Un été à Jérusalem, *par Chochana Boukhobza*
R322. Liaisons étrangères, *par Alison Lurie*
R323. L'Amazone, *par Michel Braudeau*
R324. Le Mystère de la crypte ensorcelée
par Eduardo Mendoza
R325. Le Cri, *par Chochana Boukhobza*
R326. Femmes devant un paysage fluvial, *par Heinrich Böll*
R327. La Grotte, *par Georges Buis*
R328. Bar des flots noirs, *par Olivier Rolin*
R329. Le Stade de Wimbledon, *par Daniele Del Giudice*
R330. Le Bruit du temps, *par Ossip E. Mandelstam*
R331. La Diane rousse, *par Patrick Grainville*
R332. Les Éblouissements, *par Pierre Mertens*
R333. Talgo, *par Vassilis Alexakis*
R334. La Vie trop brève d'Edwin Mullhouse
par Steven Millhauser
R335. Les Enfants pillards, *par Jean Cayrol*
R336. Les Mystères de Buenos Aires, *par Manuel Puig*
R337. Le Démon de l'oubli, *par Michel del Castillo*
R338. Christophe Colomb, *par Stephen Marlowe*
R339. Le Chevalier et la Reine, *par Christopher Frank*
R340. Autobiographie de tout le monde, *par Gertrude Stein*
R341. Archipel, *par Michel Rio*
R342. Texas, tome 1, *par James A. Michener*
R343. Texas, tome 2, *par James A. Michener*
R344. Loyola's blues, *par Erik Orsenna*
R345. L'Arbre aux trésors, légendes, *par Henri Gougaud*
R346. Les Enfants des morts, *par Henrich Böll*
R347. Les Cent Premières Années de Niño Cochise
par A. Kinney Griffith et Niño Cochise
R348. Vente à la criée du lot 49, par *Thomas Pynchon*
R349. Confessions d'un enfant gâté
par Jacques-Pierre Amette
R350. Boulevard des trahisons, *par Thomas Sanchez*
R351. L'Incendie, *par Mohammed Dib*
R352. Le Centaure, *par John Updike*
R353. Une fille cousue de fil blanc, *par Claire Gallois*
R354. L'Adieu aux champs, *par Rose Vincent*
R355. La Ratte, *par Günter Grass*

R356. Le Monde hallucinant, *par Reinaldo Arenas*
R357. L'Anniversaire, *par Mouloud Feraoun*
R358. Le Premier Jardin, *par Anne Hébert*
R359. L'Amant sans domicile fixe
par Carlo Fruttero et Franco Lucentini
R360. L'Atelier du peintre, *par Patrick Grainville*
R361. Le Train vert, *par Herbert Lieberman*
R362. Autopsie d'une étoile, *par Didier Decoin*
R363. Un joli coup de lune, *par Chester Himes*
R364. La Nuit sacrée, *par Tahar Ben Jelloun*
R365. Le Chasseur, *par Carlo Cassola*
R366. Mon père américain, *par Jean-Marc Roberts*
R367. Remise de peine, *par Patrick Modiano*
R368. Le Rêve du singe fou, *par Christopher Frank*
R369. Angelica, *par Bertrand Visage*
R370. Le Grand Homme, *par Claude Delarue*
R371. La Vie comme à Lausanne, *par Erik Orsenna*
R372. Une amie d'Angleterre, *par Anita Brookner*
R373. Norma ou l'exil infini, *par Emmanuel Roblès*
R374. Les Jungles pensives, *par Michel Rio*
R375. Les Plumes du pigeon, *par John Updike*
R376. L'Héritage Schirmer, *par Eric Ambler*
R377. Les Flamboyants, *par Patrick Grainville*
R378. L'Objet perdu de l'amour, *par Michel Braudeau*
R379. Le Boucher, *par Alina Reyes*
R380. Le Labyrinthe aux olives, *par Eduardo Mendoza*
R381. Les Pays lointains, *par Julien Green*
R382. L'Épopée du buveur d'eau, *par John Irving*
R383. L'Écrivain public, *par Tahar Ben Jelloun*
R384. Les Nouvelles Confessions, *par William Boyd*
R385. Les Lèvres nues, *par France Huser*
R386. La Famille de Pascal Duarte, *par Camilo José Cela*
R387. Une enfance à l'eau bénite, *par Denise Bombardier*
R388. La Preuve, *par Agota Kristof*
R389. Tarabas, *par Joseph Roth*
R390. Replay, *par Ken Grimwood*
R391. Rabbit Boss, *par Thomas Sanchez*
R392. Aden Arabie, *par Paul Nizan*
R393. La Ferme, *par John Updike*
R394. L'Obscène Oiseau de la nuit
par José Donoso